Marie Matisek

SONNENSEGELN

Roman

Besuchen Sie uns im Internet:
www.knaur.de

Originalausgabe Mai 2016
Knaur Taschenbuch
© 2016 Knaur Taschenbuch
Ein Imprint der Verlagsgruppe
Droemer Knaur GmbH & Co. KG, München
Alle Rechte vorbehalten. Das Werk darf – auch teilweise –
nur mit Genehmigung des Verlags wiedergegeben werden.
Umschlaggestaltung: FAVORITBÜRO, München
Umschlagabbildung: Somjork, Jayne Duncan, tm2003 –
alle Shutterstock.com
Umschlagabbildung innen: FinePic
Innenteilabbildungen: Shutterstock / Olesia Bilkei
Shutterstock / Oxana Denezhkina
Satz: Daniela Schulz, Puchheim
Druck und Bindung: CPI books GmbH, Leck
ISBN 978-3-426-51739-0

*»Dieser schmale provenzalische Weg ... wand sich
durch zwei von der Sonne durchglühte Mauern,
über deren Rand die großen Blätter der Feigenbäume,
buschige Clematisranken und hundertjährige Oliven
sich zu uns herunterneigten. ...
Ich hörte die Zikaden singen und auf der im Licht
honiggelben Mauer entdeckte ich Tiere, die wie in
Stein gehauen dort lagen
und mit offenem Mund die Sonne tranken.«*

Marcel Pagnol

© 1964 by LangenMüller in der F. A. Herbig
Verlagsbuchhandlung GmbH, München
aus dem Französischen von Pamela Wedekind

Prolog

»Dann lass mal die Hosen runter«, forderte Marita Hans-Peter auf, der erwartungsgemäß kicherte.
»Nicht nötig«, sagte er und lupfte keck sein Nachthemd. Joseph, der neben ihm auf dem Bett saß, stieß ihn mit dem spitzen Ellbogen in die Seite. »Nu zeig ihr, wo der Hammer hängt.«
»Lass du man selbst die Hosen runter«, giggelte daraufhin Hans-Peter und blätterte stolz einen Flush auf den Nachttisch.
Marita riss die Augen auf und tat erstaunt. »Du alter Hund!« Dann legte sie ihre schwache Straße daneben. »Zum Glück spielen wir kein Strip-Poker.«
Die beiden Alten, die nebeneinander auf dem Bett saßen, sahen sie treuherzig an. »An uns soll's nicht liegen«, meinte Hans-Peter und streckte dann fordernd eine Hand aus. »Rück mal rüber mit dem Gewinn.«
Marita holte seufzend ihre Packung Zigaretten aus dem Kittel und gab eine daraus dem alten Mann. Dieser zog die kleine weiße Rolle langsam unter seiner Nase vorbei und atmete genüsslich den Geruch ein, bevor er die Kippe in der Brusttasche seines Nachthemds versteckte. Dann hielt

er sich am Infusionsgestell fest und stemmte sich mühsam vom Bett hoch. Mit sehr kleinen Tippelschritten schlurfte er zur Tür. Das Gestell mit den Beuteln und Schläuchen schob er neben sich her. Bevor er das Zimmer verließ, drehte er sich zu Marita um und schickte ihr einen Luftkuss. »Danke, meine Schöne! Wenn ich dich nicht hätte …« Dann fiel die Tür hinter ihm zu.
Hans-Peter musste einst ein stattlicher Mann gewesen sein. Er war knapp zwei Meter groß, aber heute, mit vierundneunzig Jahren, wirkte er nur noch wie ein klapperdürres Riesengespenst. Die wenigen grauen Haare waren vom vielen Liegen am Hinterkopf zerzaust, die welke Haut von dunklen Altersflecken gesprenkelt.
Marita sammelte die Karten ein und legte das Päckchen in Hans-Peters Nachttisch zurück. Dann scheuchte sie Joseph in sein Bett – nicht ohne vorher das Kissen aufgeschüttelt zu haben. Sie musste Joseph helfen, sich hinzulegen, seine Gliedmaßen waren steif und verkrümmt. Liebevoll deckte Marita den alten Mann zu und streichelte sanft über seine Stirn.
»Und jetzt mach mal ein bisschen die Augen zu.« Sie lächelte ihn an. Joseph lächelte zurück und schloss gehorsam die faltigen Lider. »Aber nicht für immer«, murmelte er und war sofort eingeschlafen. Marita überprüfte noch die Schläuche und den Infusionsapparat, die Zufuhr von Schmerzmittel und Kochsalzlösung, dann verließ sie das Zimmer der beiden Männer.
Draußen auf dem Gang lief sie ausgerechnet Martin Joosten in die Arme. Der schien bereits auf sie gewartet zu haben und nahm sie wie eine bösartige Hornisse ins Visier.
»Frau Schade!«

Marita, die sich bei seinem Anblick rasch auf dem Absatz umgedreht hatte, zuckte zusammen. Mit gezwungener Freundlichkeit wandte sie sich dem neuen Klinikmanager wieder zu. Martin Joosten war gerade mal fünf Monate im Amt und hatte bereits alles umgekrempelt. Er war von der Klinikleitung dazu auserkoren, eine »Kostenoptimierung« zu prüfen, was nichts anderes hieß, als überall Kürzungen durchzuführen. Er prüfte den Verbrauch jedes Blattes Klopapier eigenhändig und war beim Personal der Klinik alles andere als beliebt.

»Ihre Verweildauer in diesem Zimmer hat exakt vierzehn Minuten betragen«, hielt er Marita nun vor und tippte auf ein Klemmbrett.

Und das war eine schnelle Partie Poker, dachte Marita bei sich. Laut aber sagte sie: »Die beiden Patienten sind schwer erkrankt, wie Sie wissen. Sie benötigen besondere Pflege und Aufmerksamkeit.« Den pampigen Tonfall konnte sie nicht unterdrücken, und das entging auch Joosten nicht.

»Sie sind Krankenschwester und keine Altenpflegerin«, korrigierte er. »Besondere Pflege heißt in dem Fall wohl auch, dass Sie Herrn Schuster in seiner Nikotinsucht unterstützen?«

Herr Schuster, das war Hans-Peter, und Marita hoffte inständig, dass dieser jetzt draußen auf dem Patientenbalkon stand und genüsslich an seiner Zigarette zog.

»Er hat unheilbar Krebs und laut Dr. Samland nur noch wenige Wochen, wenn nicht Tage zu leben. Ich bin die Letzte, die einem Mann wie ihm die kleinen Freuden nimmt. Viele hat er ohnehin nicht mehr.« Ihr Ton war jetzt nicht länger pampig, er war scharf.

Joosten sah sie drohend an. »Ob seine Familie das ebenso sieht?«

»Er hat keine.« Marita hielt Joostens Blick stand.

Einige Sekunden vergingen, dann wandte der Klinikmanager den Blick ab, notierte etwas auf seinem Klemmbrett und wiegte bedenklich den Kopf. »Ich werde das zu Protokoll nehmen und der Klinikleitung vortragen. Ich denke, Disziplinarmaßnahmen werden nicht ausbleiben.«

Marita starrte Joosten an und spürte, wie die Galle in ihr hochstieg. Sie war siebenundvierzig. Seit siebenundzwanzig Jahren war sie Krankenschwester, davon die meiste Zeit hier in Husum. Bei Kollegen wie Patienten und Angehörigen war sie gleichermaßen beliebt. Marita machte ihren Job mit Herzblut, sie ging darin auf, sie kümmerte sich gerne um Menschen, die Hilfe brauchten, und vermutlich hätte sie diesen Beruf noch einmal ergriffen, wenn sie erneut die Wahl gehabt hätte. Aber in den letzten Jahren war es immer schwieriger geworden, sich den Patienten zu widmen. Ständig neue Vorschriften, immer mehr Büroarbeit, jeder minimale Handgriff musste notiert und bewertet werden, sie und ihre Kollegen verbrachten bald mehr Zeit mit dem Papierkram als mit der Pflege – sie war davon oftmals einfach genervt. Und dass diese halbe Portion sie schwach anredete, ihr sogar drohte, das war heute zu viel des Guten.

»Sie können mich mal«, hörte Marita sich selbst sagen. Dann drehte sie sich um, ging forsch den Gang hinunter zum Schwesternzimmer und knallte die Tür hinter sich zu. Ihre Schicht war ohnehin bereits seit einer Dreiviertelstunde zu Ende, und Marita wusste genau, dass sie diese Überstunden weder abfeiern konnte noch bezahlt bekam.

Sie wusch und desinfizierte ihre Hände, nickte dem Pfleger zu, der sie verwundert anstarrte und ihr dann wortlos einen Kaffee hinhielt. Marita lehnte dankend ab, verließ das Schwesternzimmer und rauschte über die Hintertreppe nach unten in den Hof der Klinik. Dort schwang sie sich auf ihr Hollandrad. Am liebsten hätte sie jetzt eine geraucht, ihre Hände zitterten, und die Knie waren weich, sie war nicht der Typ, der Konflikte dieser Art gut aushielt, aber heute waren die Pferde wieder mal mit ihr durchgegangen.
Es war Februar, und ein scharfer Wind pfiff durch Husum. Marita strampelte tapfer nach Hause, die Nase lief, die Kälte fraß sich sogar durch ihre dicken Handschuhe, und wenn sie Luft holte, fühlte es sich an, als frören die Nasenlöcher zu. Aber sie fuhr bei jedem Wetter mit dem Fahrrad zur Arbeit, egal ob es stürmte, regnete oder schneite. Es war so etwas wie ein Ablasshandel: Dafür, dass sie noch zur seltenen Spezies der Raucher gehörte, zahlte sie mit jedem sportlich erstrampelten Kilometer. Die Zigaretten waren ihre Achillesferse, natürlich sah sie als Krankenschwester auf der onkologischen Station täglich die Folgen des Tabakgenusses, aber wie bei den meisten ihrer Kollegen ließ sich der Arbeitsstress kaum anders kompensieren. Marita fühlte sich schlecht und schuldig, wenn sie rauchte, aber gesund und vorbildlich, wenn sie bei Wind und Wetter Fahrrad fuhr. Es war ihre Art, mit dem lieben Gott zu dealen.
Zu Hause angekommen, warf sie sich gleich aufs Bett. Sophie, ihre Tochter, war noch in der Schule. Für gewöhnlich kam sie nicht vor fünf nach Hause, sie stand kurz vor dem Abitur, und das Lernen war zum Vollzeitjob geworden.

Marita, die seit vier Uhr morgens auf den Beinen war, kuschelte sich in ihr Bett, stellte sich den Wecker auf achtzehn Uhr und schloss erleichtert die Augen.

Doch trotz der Erschöpfung wollte sich kein Schlaf einstellen. Die Drohung von Joosten mit einer wie auch immer gearteten Maßnahme und ihre freche Entgegnung ließen ihr keine Ruhe. Was, wenn sie jetzt die Kündigung bekam? Marita wälzte sich auf den Rücken und starrte an die Decke. Undenkbar. Vom Chefarzt und der Klinikleitung bis runter zum Hausmeister gab es wohl niemanden in der Klinik – Joosten ausgenommen –, der sie loswerden wollte. Und doch … Marita wusste, dass sie sich nicht korrekt verhielt. Mit den Patienten pokern und ihnen Zigaretten zustecken war nicht gerade das, was man als Krankenschwester unter Pflichtbewusstsein verstand. Einerseits. Andererseits verlangte der Klinikalltag danach, dass man manchmal beide Augen zudrückte, sonst war der Betrieb nicht auszuhalten – sowohl als Patient als auch auf Seiten der Mitarbeiter. Marita wusste, dass es immer Ärzte gab, die sich zu den Rauchern auf dem Patientenbalkon gesellten, manchmal gerade zu jenen, denen sie wenige Minuten zuvor jegliche Genussmittel aus Gesundheitsgründen untersagt hatten.

Rausschmeißen würde sie wohl niemand. Aber eine Ermahnung war unumgänglich.

Marita drehte sich erneut um die eigene Achse und kuschelte sich tiefer in die Kissen. Sie würde den Anschiss hinnehmen müssen, wenn er denn kam. Aber es war eine Demütigung, ohne Frage. Sie war doch Krankenschwester mit Leib und Seele. Allerdings merkte sie jetzt, nach so vielen Jahren in dem Job, dass die Anstrengungen nicht

spurlos an ihr vorübergingen. Sie war weniger stressresistent. Immer häufiger war sie chronisch übermüdet. Die traurigen Schicksale nahmen sie mehr mit als früher. Patienten, die es nicht geschafft hatten – und davon gab es auf der onkologischen Station mehr, als ihnen allen lieb war –, gingen ihr nicht mehr aus dem Kopf.
Annette, ihre beste Freundin, mit der zusammen sie ihre Schwesternausbildung gemacht hatte, war vor sechs Jahren ausgestiegen. Hatte einen Kurs samt Prüfung zur Yogalehrerin gemacht. Seitdem gab sie Kurse bei der Volkshochschule. Mit dem, was sie dort verdiente, konnte sie keine großen Sprünge machen, aber sie war tiefenentspannt und sah plötzlich zehn Jahre jünger aus. Allerdings hatte Annette auch einen Mann, der in seinem Job fest angestellt war und gut verdiente. Der hatte die Yogalehrer-Ausbildung mal eben finanziert. Kunststück, dachte Marita neidisch und schämte sich gleichzeitig, weil sie sich nicht einfach nur für ihre Freundin freuen konnte.
Maritas Blick fiel auf die hübsche indische Kette mit bunten Stoffelefanten und goldenen Glöckchen, die Annette ihr geschenkt hatte und die nun an ihrem Fenster hing. Bilder von Indien, Thailand und Bali zogen an ihrem geistigen Auge vorbei, und Marita schlief mit dem Gedanken an Tempel, Palmen, weiße Strände und Elefanten selig ein.

Ein paar Stunden später prostete sie fröhlich einem grasgrünen Monster mit Stöpselohren zu.
»Hau weg den Scheiß!«, sagte das Monster, legte den haarlosen Kopf in den Nacken und kippte einen Klaren auf ex.
»Babsi, mach langsam«, mahnte Marita lachend, die selbst fast nie Schnaps trank und sich an einem Alster festhielt.

»Mensch, lass die Babsi«, raunzte Heidi Klum mit schwerer Zunge und schob sich die Blondhaarperücke wieder gerade auf den Kopf.
Shrek-Babsi nickte Heidi Klum dankbar zu. »Dangge, Heidi. Die Marita is 'ne Spaßbremse heute.« Damit schickte sie einen missbilligenden Blick über den kleinen Stehtisch und popelte sich hingebungsvoll in einem ihrer grünen Gummiohren.
Heidi kicherte und zupfte Shrek liebevoll an dem anderen Ohr. »Weissu was – ich hab heut ein Foto für dich, mein Schöner!« Über den Scherz, den Heidi an diesem Abend gefühlt tausend Mal schon gemacht hatte – nicht nur mit Shrek, auch mit dem Kellner, der Toilettenfrau und beinahe jedem halbwegs ansehnlichen Mann, der an ihrem Dreimädeltisch vorbeiging –, brachen Maritas Freundinnen vor Lachen beinahe zusammen. Seufzend zog sich Marita die rote Schaumgumminase ab, unter der sie höllisch schwitzte und die sie beim Trinken behinderte.
Sie standen im *Glücklichen Matthias,* einer gemütlichen Kneipe am Husumer Hafen, und feierten Faschingsdienstag. »Feierten« war relativ, denn während Shrek-Babsi und Heidi Klum, die im bürgerlichen Leben Annette hieß, ausgelassen herumblödelten, war Marita heute nicht in Partylaune. Eigentlich hatte sie nach dem Erlebnis mit Martin Joosten ganz absagen wollen, aber ihre Tochter Sophie hatte sie überredet. »Das bringt dich auf andere Gedanken, Mama«, meinte sie.
Es hatte noch nicht wirklich funktioniert. Schon an dem Versuch, sich zu verkleiden, war Marita gescheitert. Ein Ringelhemd und die rote Nase, das war das Höchste an Karnevalsgefühl, das Marita aufbringen konnte. Sie kam

auch nicht dazu, ihren beiden besten Freundinnen von ihrem Kummer zu erzählen, denn als sie die Kneipe betraten, war diese bereits rappelvoll, und Andreas Gabalier hatte die Bude zum Kochen gebracht.
Marita ließ Babsi und Annette am Tisch weiterlachen und ging nach draußen, um eine zu rauchen.
Unter dem Heizpilz stand ein Mann und schlotterte. Er trug hochhackige Schuhe und Strapse zu seinem behaarten Bauch, der notdürftig in ein schwarzes Lackkorsett gezwängt war. Marita wandte den Blick rasch ab.
»Können wir tauschen?«, fragte der schlotternde Mann und zeigte abwechselnd auf sein Korsett und Maritas Ringelhemd. Sie lachte und schüttelte den Kopf.
»War 'ne Wette«, sagte der Mann und guckte sehr unglücklich. Er sah gar nicht so schlecht aus, fand Marita, als sie ihm nun doch ins Gesicht blickte. Anfang fünfzig, sympathische Augen. Aber ein Flirt war in dem Kostüm absolut indiskutabel.
Marita musste lachen. »Dann doch lieber um Geld wetten«, gab sie zurück. Er nickte. Die Tür der Kneipe schwang auf und spuckte außer einem Schwall verbrauchter Luft und Fetzen von »It's raining men« auch Shrek und Heidi aus.
»Hier bist du!«, rief der grüne Oger und schob seinen massigen Bauch an Marita heran, während Heidi Klum das Hinterteil des Mannes in den Strapsen musterte und ihm »Mmmh, du kriegst nachher ein Foto von mir« in den Nacken hauchte.
»Lieber nicht«, gab dieser zurück, nickte Marita zu und verschwand wieder im *Glücklichen Matthias*.
»Wassn los mit dir?!«, wandte sich Heidi nun Marita zu

und zog sich die blonde Perücke vom Kopf. Jetzt war sie wieder Annette, was Marita auch viel lieber war.
»Hatte heute Stress mit unserem Klinikmanager.«
»Joosten, der Arsch«, kommentierte Babsi-Shrek. Sie und Marita waren Kolleginnen und hatten sich in der Klinik kennengelernt.
»Das habe ich ihm leider auch ins Gesicht gesagt«, gestand Marita.
Annette sog scharf die Luft ein. »O je – und jetzt?«
Marita zuckte mit den Schultern. »Keine Ahnung. Morgen bin ich nicht im Dienst. Er meinte, es gibt eine Strafe oder Belehrung oder keine Ahnung was.«
»Weil du ihn beleidigt hast?«
Sowohl Babsi als auch Annette wirkten plötzlich schlagartig nüchtern.
»Nein. Das kommt noch als Sahnehäubchen obendrauf.«
Nun gestand Marita ihren Freundinnen ihr Fehlverhalten: zu lange Verweildauer bei den Patienten, die Zigaretten, die sie Hans-Peter zugesteckt hatte, und noch weitere, lässliche Sünden.
»Pfff, das ist doch total normal«, winkte Babsi ab. »So was machen doch alle.«
Annette sah sie schräg von der Seite an. »Na ja, alle ist wohl übertrieben.« Und zu Marita gewandt sagte sie: »Darum habe ich den Job nicht mehr ausgehalten. Schon allein das Wort Verweildauer. Bei kranken Menschen!« Sie schüttelte sich. »Dass ihr das noch immer aushaltet?!«
Marita und der Oger warfen sich einen Blick zu. Shrek zuckte mit den fetten Schultern und nahm einen tiefen Zug von Maritas Zigarette. »Sex and drugs and Rock 'n' Roll.«

»In solchen Situationen überlege ich mir schon, ob ich einfach alles hinschmeiße«, gestand Marita.
»Auf gar keinen Fall!« Der grüne Oger schlang seine mit Schaumstoff gepolsterten Arme um sie und drückte sie fest. »Das ist eine ganz normale Krise. Die haben andere Leute in anderen Berufen auch. In unserem Alter jedenfalls.«
Annette nickte bekräftigend. »Vielleicht kannst du ja mal 'ne Auszeit nehmen?«
»Ich glaub nicht, dass es das bei uns gibt.« Marita hatte selbst schon daran gedacht, eine Kur zu beantragen. Wegen Burn-out oder so. Andererseits fühlte sie sich nicht wirklich so, als bräuchte sie so etwas. Sie sehnte sich nur manchmal nach Veränderung. Ob da eine Kur half?
»Yoga hilft total«, meinte Annette nun und rief mit dem Kommentar tiefes Seufzen bei ihren Freundinnen hervor. Yoga war Annettes Mittel gegen alles. Frust, kein Sex, Hüftspeck – sie pries Yoga als Allround-Heilmittel. Dabei litt sie selbst noch immer unter den zwei letztgenannten Wehwehchen. Nur der Frust war weg.
»Komm, meine Schöne, wir wärmen uns ein bisschen auf, und du wirst sehen, morgen sieht der Tag schon ganz anders aus.« Babsi zog Marita hinter sich her, und diese folgte gehorsam, schließlich war sie mittlerweile total durchgefroren.
Im *Glücklichen Matthias* war die kleine Tanzfläche gestopft voll und die Stimmung auf dem Siedepunkt. Der DJ nudelte für sein Publikum im besten Alter die dollsten Kracher der letzten vierzig Jahre herunter, schließlich wollten vom Dreißig- bis Sechzigjährigen alle Gäste Spaß haben. Strapsmann hatte offensichtlich bei irgendjemandem mit seinem

Klamottentausch landen können und trug nun das Oberteil eines Biene-Maja-Kostüms. Er balancierte darin geschickt auf seinen High Heels und winkte Marita freundlich von der Tanzfläche aus zu. Babsi schubste Marita in seine Richtung, und diese beschloss, den Ärger Ärger sein zu lassen und das zu tun, was eigentlich ihre Kernkompetenz war: gute Laune haben und andere damit anstecken. Schließlich lief gerade »Kiss« von Prince, ein Lieblingshit aus ihren Zwanzigern.
Marita blieb noch schweißtreibende zwei Stunden auf der Tanzfläche, tanzte und flirtete mit der männlichen Biene Maja, dessen richtigen Namen sie wegen der lauten Musik nicht verstand, tauschte schließlich ihre Sneakers gegen seine High Heels und lief weit nach Mitternacht, links mit Shrek am Arm, rechts mit Heidi, nach Hause.
Den Krach mit Martin Joosten hatte sie sich tatsächlich von der Seele getanzt. Als sie vor dem Schlafen noch eine schöne heiße Dusche nahm, dachte sie lediglich bedauernd daran, dass sie mit der bestrapsten Biene Maja nicht Telefonnummern ausgetauscht hatte, und wenn es nur war, um ihre Sneakers zurückzubekommen. Mit einem Lächeln auf den Lippen fiel sie schließlich in einen komatösen Schlaf.

Als Marita um acht aus dem Bett kroch, war Sophie bereits in der Schule, hatte ihrer Mutter aber trotzdem den Tisch in der kleinen Küche gedeckt und ihr einen Zettel hingelegt: »Genieß deinen freien Tag, ich hab dich lieb, S.«
Mit dem Gefühl, dass ihr Leben eigentlich doch ganz in Ordnung war, schäumte Marita sich die Milch für ihren Kaffee auf. Von der Klinik hatte sie nichts gehört, vermut-

lich würde Joosten ohnehin zu feige sein, um ihr an den Karren zu fahren.

Nichts wird so heiß gegessen, wie es gekocht wird, dachte Marita zufrieden. Draußen vor dem Fenster tanzten die Schneeflocken so dicht, dass sie ihr die Sicht auf die gegenüberliegenden roten Backsteinhäuser nahmen.

Marita liebte ihre kleine Wohnung in Husum. Und sie liebte die »graue Stadt am Meer«, die viel weniger grau war, als man ihr nachsagte. Sie war zur Ausbildung nach Husum gekommen und hatte die Stadt schnell ins Herz geschlossen. Für sie als junges Mädchen atmete die Hafenstadt damals den Duft der großen, weiten Welt. Denn viel rumgekommen war sie bis dahin noch nicht. Auch jetzt, mit Ende vierzig, hatte Marita noch nicht viel von der Welt gesehen. Sie war einmal in Kroatien, einmal in der Türkei und vor langer Zeit ein paar Mal in Italien gewesen. Eigentlich hatte sie das Reisen nicht großartig vermisst, sie war auf Amrum geboren, und wenn sie das Bedürfnis nach Urlaub verspürte, dann kehrte sie am liebsten auf ihre Heimatinsel zurück, wo ihre Eltern noch immer wohnten. Die kleine Perle in der Nordsee war zu jeder Jahreszeit ein Traum, fand Marita, und obwohl sie ihre wenigen Abstecher in den Süden stets genossen hatte, vermisste sie doch immer den weißen Strand mit den hohen Dünen, die geduckten kleinen Reetdachhäuser, ihre Laufstrecke am Watt und die wunderbare klare Nordseeluft.

Ihr Bedürfnis nach Großstadtleben wurde in Husum gestillt, es zog Marita nicht in die Metropolen der Welt.

Ganz anders ihre Tochter. Sophie hatte schon immer einen großen Wunsch gehabt: Reisen! Nur wegen ihr hatte Marita die Pauschalurlaube gebucht, aber in Sophie war die

Sehnsucht danach, die Welt zu erkunden, durch die Abstecher in fremde Länder nur noch größer geworden. Seit sie sechzehn war, seit drei Jahren also, jobbte Sophie eifrig, um sich ihre Urlaube leisten zu können. Sie hatte schon jetzt mehr gesehen als Marita, fuhr mit dem günstigen Fernbus durch halb Europa oder flog zum Schnäppchenpreis nach Paris, Barcelona, London.

Marita umklammerte ihre Tasse mit dem heißen Milchkaffee und warf einen Blick auf die mit Fähnchen gespickte Weltkarte über dem Tisch. Jedes Fähnchen markierte einen Ort, an dem Sophie bereits gewesen war. Und ihr erklärtes Ziel war es, dass sich die Fähnchen von Europa auf alle anderen Kontinente ausbreiteten.

Nur noch wenige Monate, dann machte ihre Tochter Abitur, und Marita wusste, dass die gemeinsamen Tage gezählt waren. Es versetzte ihr einen Stich ins Herz. Sophie würde zusammen mit ihrem Freund auf Weltreise gehen. Ihre zarte kleine Tochter würde sich einen Rucksack, der halb so groß wie sie selbst war, auf den Rücken schnallen und furchtlos in einen Flieger steigen, der sie in die entlegensten Winkel katapultierte.

Neben dem Schmerz, dass sie ihre Tochter auf längere Zeit nicht mehr sehen und schrecklich vermissten würde, empfand Marita aber auch Stolz und Bewunderung. Fremde Sprachen, Ungeziefer, ansteckende Krankheiten – Sophie lachte alle Einwände Maritas einfach weg. Sie hatte keine Angst, sie war wagemutig und neugierig. Ein Quentchen von dieser Unbedarftheit – was das Reisen anging – wünschte sich Marita auch. Sie hatte viel zu viele Berührungsängste, was daran lag, dass ihre Eltern mit ihr nur selten weggefahren waren. Sie vermieteten Ferienwohnungen, und da auf Amrum immer Saison war, hatten sie die Insel kaum verlassen.

Aber vermutlich, so dachte Marita jetzt, während sie wieder auf die verschneite Häuserzeile blickte, spielte außerdem eine Rolle, dass sie nicht mit dem Internet aufgewachsen war. Für Menschen im Alter von Sophie war die Welt kleiner geworden; viel greifbarer waren Menschen, Länder und Kulturen auf der anderen Seite der Erde. Eine globale Generation, die mühelos und in Sekundenschnelle Bilder, Videos und Nachrichten von Grönland nach Peru oder eben von Husum nach Französisch-Polynesien verschickte.

Marita dachte daran, wie lange früher ein Brief nach Australien gebraucht hatte – insbesondere wenn man vergessen hatte, eine der blauen kleinen »Air Mail«-Briefmarken darauf zu kleben! Durch die Zeit, die der Brief brauchte, die fremden Stempel und Marken, war die Entfernung begreifbar geworden. Heute skypte man und konnte das Gefühl bekommen, als säße der Gesprächspartner drei Häuser weiter und nicht Tausende von Kilometern entfernt.

Mit diesen Gedanken im Kopf griff Marita zur Zeitung und freute sich darauf, heute mal Zeit zu haben, diese von vorne bis hinten zu lesen, anstatt wie sonst im Stehen ihren Kaffee zu schlürfen und dabei nur einen Blick auf die Schlagzeilen zu werfen.

Nach ausgiebiger Lektüre und drei Milchkaffee später war Marita auf der Seite mit den Kleinanzeigen angekommen. Neugierig warf sie einen Blick in die Stellenanzeigen. Nur mal so gucken, dachte Marita. Tatsächlich gab es einige Angebote in der Rubrik »Sozialberufe«, hauptsächlich aber wurden Altenpflegekräfte gesucht. Sie hatte eher

daran gedacht, sich räumlich zu verändern. In der Klinik gab es einige Ärzte, die sich bei Ärzte ohne Grenzen engagierten und für einen gewissen Zeitraum, manchmal nur ein paar Wochen oder Monate, aus dem deutschen Klinikalltag ausklinkten. So etwas müsste es für Krankenschwestern doch auch geben, hatte Marita sich überlegt. Das wäre ideal, um dann wieder in den Job zurückzukehren.
Da fiel ihr Blick auf eine kleine zweizeilige Anzeige: »Private Pflegerin für schwerkranken Unternehmer nach Südfrankreich gesucht. Sprachkenntnisse von Vorteil, aber nicht Bedingung.«
Ein paar Sekunden lang blieb ihr Blick an den Zeilen hängen, aber dann wanderten Maritas Augen weiter. Frankreich kam ja gar nicht in Frage, sie hatte in der Schule nur ein Jahr Französisch gehabt, und das war eine halbe Ewigkeit her.
Einerseits.
Andererseits.
Südfrankreich.
Hm.
Marita warf einen Blick auf die Weltkarte. Sie musste aufstehen, um die Namen, die entlang der Mittelmeerküste zwischen Italien und Spanien aufgeführt waren, zu entziffern. Namen, die prickelten wie Champagner, standen dort dicht an dicht: Nizza, Cannes, Marseille ... Augenblicklich stiegen Bilder vor ihrem Auge auf, Bilder von schroffen hellen Felsen, die sich über türkisfarbenes Wasser wölbten, weiße Pferde vor wogenden grünen Reisfeldern, lilafarbene Lavendelfelder im Licht der glühenden Sonne, die pink wie eine reife Grapefruit am Horizont versank.
Kam ja gar nicht in Frage.

Plötzlich wurde Marita ganz heiß. Aufregung stieg in ihr hoch, Wangen und Ohren glühten, und ihr Herz schlug schneller. Augenblicklich hatte sie das dringende Bedürfnis, etwas Verrücktes zu tun. Sie ging in ihr Schlafzimmer, das gleichzeitig auch ihr kleines Büro war, und fuhr den PC hoch. Dann begann sie zu googeln. Und konnte nicht mehr aufhören. Palmen, Pinien, die Croisette, Schluchten, Wasserfälle, Avignon, die Camargue, malerische Steinhäuser und besonders der Lavendel hielten sie gefangen und zogen sie in ihren Bann. Immer schneller flogen Maritas Finger über die Tasten, sie las Artikel über Artikel, klickte von einem Link auf den nächsten, und ehe sie sichs versah, hatte sie eine Mail geschrieben und auf Senden gedrückt. An: information@domainelafleur.fr.
Marita wurde schlecht. Was hatte sie getan? Sie hatte sich doch nicht ernsthaft beworben? Aber dann versuchte sie, sich wieder zu beruhigen. Niemals würde sie eine Antwort bekommen. Sie hatte auf Deutsch geschrieben und nicht einmal ein Zeugnis mitgeschickt. Marita fuhr den PC herunter. Sie war ein wenig durch den Wind. Vielleicht, so befürchtete sie, kündigten sich bei ihr langsam die Wechseljahre an.
Aber Südfrankreich sah wirklich sehr schön aus.

I

1762

Er machte Rast auf einem Plateau, wählte einen Findling, der wie ein Sattel geformt und so von der Sonne des Tages erwärmt war, dass Bo Ricklefs die Hitze durch den groben Stoff seiner Hose spürte. Das Bündel, welches er seit Tagen an einem Stock geknüpft auf den Schultern trug, legte er beiseite. Nichts darin war ihm jetzt von Nutzen, er hatte eine trockene Kehle, aber seine Feldflasche hatte er bereits in den frühen Morgenstunden geleert und seitdem keine Möglichkeit gehabt, sie aufzufüllen.
Bo blickte über die Bucht. Weit spannte sich der Bogen von Genua bis Marseille und umfasste sanft das türkisfarbene Mittelmeer. Von hier oben und aus weiter Entfernung wirkte das Wasser ruhig. Harmlos, fast lieblich. Aber Bo wusste es besser. Er hatte sein siebenundzwanzigstes Lebensjahr erreicht, er war ein weit gereister und erfahrener Seemann. Und er hatte Stürme erlebt. Er hatte Wellen sich auftürmen sehen, höher als fünf Häuser übereinander. Er kannte das Ächzen eines Schiffes, bevor es mit einem Seufzen der Gewalt des Meeres nachgab und auseinanderbrach, schreiend, bevor die Fluten es verschlangen, mitsamt Ladung und Mannschaft. Er kannte die Tücken der spiegel-

glatten See während einer Flaute, wenn sich das Meer nur bereit zu machen schien, seine Kräfte sammelte, um sich dann, wenn der dunkle Horizont immer näher kam, binnen einer Stunde zu Brechern zusammenzuballen, so dass man sich mit einem Seil festzurren musste, um nicht über Bord zu gehen.

Während er über die tückische Braut, die das Meer für ihn seit nunmehr zwanzig Jahren war, nachdachte, spürte Bo Ricklefs den Stich des Heimwehs. Es war Oktober, und während hier, an der lieblichen Küste Südfrankreichs, die Sonne mit unverminderter Macht herniederbrannte, bereiteten sie sich in seiner Heimat, auf der Insel Amrum, auf die Herbststürme vor. Womöglich peitschte gerade eben der Regen flach über den Kniepsand, während die Männer seiner Familie mit ihren geteerten Booten, den kleinen Schmacken, aus Grönland zurückkehrten. Im Frühjahr zogen sie aus, gen Holland, und von dort führte der weite Weg ins Eis. Von allen Inseln heuerten die Männer beim Walfang an, wurden mit großen Feuern im März verabschiedet und ließen ihre Familien über die Frühlings- und Sommermonate allein auf der Insel zurück.

Bo Ricklefs stammte aus einer Familie von Walfängern; solange er denken konnte, hatte es nichts anderes unter den Männern der Ricklefs gegeben. Großvater, Vater, seine Brüder – sie verdienten ihr Geld mit Harpunieren, dem Schleppen der Wale, dem Zerlegen der riesenhaften Tiere für die Niederländer, die dadurch reich und mächtig wurden. Auch die Walfänger selbst verdienten gut, auf den Inseln selbst gab es kaum ein Auskommen. Bo war mit dem dumpfen Geruch des Trans groß geworden, er hatte nichts darüber hinaus gekannt und keine größeren Wünsche gehabt, als in die Fußstapfen seiner Vorfahren zu treten und ebenfalls Walfänger zu werden. Aber es war anders gekommen.

Eines Tages war ein Mann auf der Insel erschienen, seltsam gekleidet, mit Rüschen am Rock und einer gepuderten Perücke. Er hatte mit den Männern gesprochen, als sie nach einem harten Tag auf See ins Gasthaus kamen, um ihren Rum zu trinken. Er hatte auf sie eingeredet, bis sie stumm und nachdenklich geworden waren. Bo war nicht dabei gewesen, aber sein Bruder hatte ihm erzählt, wie es gewesen war, und er konnte sich noch daran erinnern, wie sein Vater in der Nacht in die Stube getorkelt war. Er hatte kaum etwas gesagt, aber das Weinen seiner Mutter hatte den kleinen Bo die ganze Nacht hindurch verfolgt.

Am nächsten Tag hatte sein Vater Hark ihn ordentlich angezogen, an die Hand genommen und zum Hafen geführt. Dort warteten bereits vier seiner Freunde, ebenso ahnungslos und verwirrt wie er. Bevor der Fremde mit den Rüschen sie auf die Schaluppe führte, hatte Hark den kleinen Bo fest an beiden Schultern gefasst und ihm in die Augen geblickt. »Du kommst zurück, min Jong«, hatte er gesagt, »als ein reicher Mann mit einem besseren Leben.«

Dann war Bo zusammen mit den anderen auf die Schaluppe gegangen, und viele Jahre hatte es sich angefühlt, als sei das, was der Vater ihm gesagt hatte, nichts weiter als eine fromme Lüge gewesen.

Seine Freunde verlor Bo schnell aus den Augen, sie waren als Schiffsjungen verkauft und in Hamburg auf dem Markt auf verschiedene Schiffe verteilt worden. Bo hatte großes Glück gehabt. Er war auf einer britischen Fregatte gelandet und segelte mit ihr als Schiffsjunge nach Ostindien.

Schiffsjungen waren in dieser Zeit eine Ware; sie starben, sie gingen über Bord, sie wechselten das Schiff – niemand vermisste sie, sie wurden nicht bezahlt und nur so lange auf einem Schiff geduldet, solange sie ihre harte Arbeit ohne Klagen verrichteten. Bo Ricklefs, gerade mal sieben Jahre alt und bisher vom Leben nicht verwöhnt, begriff das schnell. Und so duckte er sich, tat, was von ihm verlangt wurde, teilte sein Essen mit den Ratten und Hunden – und überlebte. Er wuchs, wurde größer und kräftiger, mauserte sich zum Matrosen und wurde schließlich ein Mann, dessen Arbeitskraft bezahlt wurde. In den Häfen ging er an Land und suchte sich neue Schiffe, wobei er stets danach trachtete, sich zu verbessern.

Und so kam es, dass er, Bo Ricklefs, Sohn des Walfängers Hark Ricklefs von der Insel Amrum, im Alter von zwanzig Jahren auf seine Heimatinsel zurückkehrte – als gemachter Mann. Sein Vater erlebte nicht mehr, dass seine Prophezeiung sich erfüllt hatte, er war bei einem der Walfangzüge im Packeis über Bord gegangen und nicht mehr nach Hause zurückgekehrt.

Bo aber hatte sein Glück gemacht. Er brachte Goldstücke nach Hause, Gewürze aus Indien und anderen fernen Ländern, feinen Stoff, den er auf den Basaren der Türken erstanden hatte. Die Freude seiner Mutter und auch der jungen Frauen auf der Insel war groß, denn Bo war ein stattlicher Mann mit langem blondem Haar, die Haut dunkel von seinen Seefahrten unter südlicher Sonne. Aber ein Jahr war kaum vergangen, da hielt es Bo nicht mehr aus in den geduckten dunklen Häusern unter dem Schilf. Ertrug den Geruch des verbrannten Walfetts nicht mehr, mit dem die Insulaner kochten und heizten und ihre Häuser abdichteten. Er sehnte sich nach der brennenden Sonne, wie er sie nur vom Mittelmeer kannte. Nach den Düften auf den Märkten, wo in großen Haufen Vanille und getrocknete Paprika und gelbes scharfes Pulver feilgeboten wurde. Wo die Händler lauthals schrien, um sich zu überbieten, und roter Wein in Strömen aus Messingbechern floss. Wo die Frauen dunkelhaarig und glutäugig waren und man des Nachts unter freiem Himmel schlafen konnte, weil es dann noch immer so heiß war wie in Amrum am Tage nur in den Sommermonaten.

So saß Bo Ricklefs auf dem Stein, betrachtete das Meer und die in Terrassen ansteigenden Hügel unter sich. Er hatte die schlimmste Seereise hinter sich, die er jemals erlebt hatte, sie hatten das Kap der Guten Hoffnung umrundet und dabei mehr als die Hälfte der Mannschaft verloren. Auch sein Freund war dabei gewesen, ein kleiner dunkler Italiener, mit dem er die letzten Jahre auf den gleichen Schiffen verbracht hatte – Bo als Bootsmannsmaat und der Kleine als Koch. Der Italiener war ihm mit seiner drolligen Sprache und seiner Art, alles, was er sagte, mit ausladenden Gesten zu untermalen, ans Herz gewachsen. Und da Bo wusste, dass dieser in Genua eine Familie, Frau und acht Kinder hatte, war er dort an Land gegangen. Nachdem er zwei Tage bei der Familie des Kochs, die über den Verlust des Ernährers schier verzweifelt war, verbracht hatte, ließ er sich treiben.

Noch nie hatte Bo mehr als zehn Tage an Land verbracht, aber hier, in dem besonderen milden Klima der Bucht, gefiel es ihm. Er nahm beizeiten eine Kutsche, dann wanderte er wieder ein gutes Stück und genoss es, dass der Boden unter seinen Füßen nicht schwankte, obgleich er nichts anderes kannte. In Nizza hatte ihm jemand von Grasse erzählt, der lieblichen Stadt im Hinterland. So war Bo Tag für Tag weiter in den Westen und weiter ins Landesinnere vorgedrungen, weg vom Meer, hoch in die Luft. Es gefiel ihm. Die Milde, die Ruhe, nur unterbrochen vom Zirpen der Zikaden. Er mochte die steinigen Wege, die Kräuter, die am Rande wuchsen und ihn mit ihren würzigen Gerüchen begleiteten. Bo Ricklefs spürte, wie die Rastlosigkeit von ihm wich, wie er träge wurde und es genoss, ohne Arbeit in den Tag zu leben. Er war kein junger Mann mehr und sein Geld reichte, um sich eine Zeitlang zur Ruhe zu setzen.

Während er also auf dem warmen Findling saß und gelassen über die Bucht blickte, hörte er das Rumpeln hölzerner Räder. Ein alter Mann mit einem Esel kam den steilen Weg herauf. Vier große Körbe, aus Weide geflochten, waren an dem Tier festgezurrt. Ein betörender Duft von lieblicher Süße und zarter Frische stieg dem Seemann in die Nase. Von dem Alten konnte der Duft schwerlich ausgehen, denn der lachte ihn aus zahnlosem Mund an, die Haut fast schwarz verbrannt, Falten im Gesicht und am Körper, dreckige Lumpen umhüllten die klapperdürre Gestalt. Als der Eselstreiber den blonden Seemann erblickte, lachte er freundlich und winkte. Bo erwiderte den Gruß und bedeutete dem Mann mit Gesten, dass es gut röche, dabei deutete er auf die großen Körbe. Der Alte lachte noch breiter, griff in einen der Körbe und holte eine Handvoll zarter weißer Blüten hervor, die er Bo reichte. Ein Duft, wie er ihn noch niemals gerochen hatte, stieg in die Nase des Friesen. Er atmete tief durch die Nase ein, schloss die Augen und blähte die Nüstern. Es war ein süßer Duft der Verheißung, der

von den kleinen Blüten ausging. Es roch wie eine Sommernacht an der Seite der Geliebten, wie ihre zarte warme Haut, die man sanft liebkost.
Der Alte erkannte die Verzückung des Fremden, er forderte Bo auf, ihm zu folgen. Dabei lachte er ohne Unterlass, deutete den Hügel hinauf, wo sich, weit entfernt, die Mauern der Stadt Grasse erhoben. Bo Ricklefs zögerte nicht, er packte seinen Stock mit dem Bündel und folgte dem Alten und seinem Esel den Berg hinauf. Obgleich sie sich nicht durch eine gemeinsame Sprache verständigen konnten, »unterhielten« sie sich doch prächtig miteinander. Vor allem mit Hilfe des Weins, den der Alte aus einem Schlauch anbot und der dem durstigen Bo mit dem ersten Schluck in die Glieder fuhr.
Nach einigen scharfen Wegkehren öffnete sich die Hügellandschaft und gab den Blick frei auf breite Felder, die sich an den Berg schmiegten und durch kleine Mäuerchen aus Stein abgrenzten. Weiße Blüten, wohin das Auge schweifte. Und Frauen, die inmitten der stark duftenden Blütenfelder standen und mit geschickten Fingern die zarten Blüten von den Bäumchen pflückten. Sie hatten große Tücher vor Brust und Bauch gebunden, in welchen sie die Blüten sammelten, und wenn diese bis oben hin gefüllt waren, kippten sie die Tücher in Weidenkörbe wie die, die der Alte an Bos Seite transportierte. »Jasmin«, sagte der Alte mit knarrender Stimme in seltsam eckigem Französisch und deutete auf die Felder und seine Körbe. »Jasmin!« Dabei lachte er Bo aus seinem zahnlosen Mund freundlich an.
Jetzt sah Bo Ricklefs auch die Türme und stattlichen Häuser von Grasse, umgeben von Palmen und Blütenkaskaden, die über die Stadtmauer fielen, Zitronen- und Orangen-

bäume, welche die Straße säumten. Und im Kopf des Friesen, benebelt vom süßen Roten, formte sich die Idee, dass er, ein Mann, den die rauhe See geknetet hatte, dessen Hände schwielig von den feuchten Tauen waren und dessen Rücken gekrümmt vom Wind, gegen den er sich stets stemmen musste, dass er hier in der Stadt der zarten Düfte wohl eine Zeit verweilen und sein Glück suchen konnte.

1.

Der Landeanflug auf Nizza erfolgte bei schönstem Sonnenschein, und alles, was Marita von dem kleinen Fenster aus erblickte, übertraf ihre Erwartungen. Grüne Hügel, die in Terrassen zum Meer hin abfielen, cremefarbene, halb verfallene Palazzi, Palmen und, alles überstrahlend, das glitzernde Mittelmeer. Von der Sonne durchdrungen, strahlte es in allen Schattierungen von hellem Blau bis Türkis. Es funkelte wie ein fein bearbeiteter Edelstein, ganz anders als die rauhe Nordsee, von der sich Marita vor wenigen Stunden verabschiedet hatte. Die Nordsee war dunkelgrün, ihre Schaumkronen gelblich, sie war schwer und tief, ganz und gar ungeschliffen. Sie roch nach Salz und Sand, rief Assoziationen nach wilden Stürmen und geborstenen Deichen hervor. Wenn das Mittelmeer eine reich geschmückte Tänzerin war, so musste die Nordsee ein Arbeiter auf einer Bohrinsel sein, im Ölzeug, mit schweren Gummistiefeln.
Es war Ende April, in Schleswig-Holstein stiegen die Temperaturen noch nicht über fünfzehn Grad, aber beim Landeanflug auf Nizza hatte der Pilot soeben verkündet, dass hier zweiundzwanzig Grad herrschten, bei wolkenlosem

Himmel und strahlendem Sonnenschein. Natürlich war Marita, an die Temperaturen im Norden gewöhnt, zu warm angezogen, und während sie nach unten auf die Côte d'Azur starrte, schwitzte sie auch noch vor Aufregung. Was würde sie erwarten? Sie wusste so wenig über ihren neuen Auftraggeber.

Auf Maritas unbedacht abgesandte E-Mail war bereits nach einer Stunde eine Antwort gekommen, auf Französisch. Ein Monsieur Lucien Lafleur hatte sich mit knappen Worten vorgestellt und Marita gebeten, einen Lebenslauf sowie ein Arbeitszeugnis vorzulegen. Sophie hatte ihrer Mutter die Mail am Abend übersetzt und war vollauf begeistert gewesen, als Marita ihr von ihrer spontanen Aktion erzählt hatte. Eigentlich hätte Marita Herrn Lafleur lieber geantwortet, dass es sich um ein Missverständnis handelte, aber ihre Tochter korrespondierte in ihrem Namen sogleich mit dem Franzosen und drängte Marita, ihm die erforderlichen Unterlagen zuzusenden. Es koste ja nichts, und hey, wer weiß, vielleicht saß sie in ein paar Wochen schon in der Provence und freute sich über ihr neues Leben!
Sophie war Feuer und Flamme. Wie hatte die Figur in Maritas Lieblingsserie immer gesagt? »Fürchte dich nicht vor Veränderung, fürchte dich vor dem Stillstand.« Na, dann, allez hopp!
Die Klinikleitung war aus allen Wolken gefallen, als Marita um ein Arbeitszeugnis gebeten hatte, aber sie versicherte, dass sie nicht im Ernst vorhatte, tatsächlich nach Frankreich zu gehen, sie wolle sich nur einmal ausprobieren, vielleicht eine kurze Auszeit nehmen … Maritas Chefs

stellten ihr ein hervorragendes Zeugnis aus, allerdings nur unter der Bedingung, dass sie es sich noch einmal reiflich überlegte. Von einem Disziplinarverfahren war keine Rede mehr, und Marita genoss es, dass sie offenbar unentbehrlich war und Martin Joosten eine lange Nase drehen konnte.
Aber Monsieur Lafleur meinte es durchaus ernst. Nachdem er ihren Lebenslauf und das Arbeitszeugnis erhalten hatte, bot er Marita einen dreimonatigen bezahlten Probeaufenthalt an, danach könnten beide Seiten entscheiden, ob sie längerfristig zusammenarbeiten konnten und wollten.
Marita hatte angenommen.
Sophie hatte die Lafleurs gegoogelt und zauberhafte Bilder zutage gefördert. Die Familie war seit Jahrhunderten im Blumenanbau tätig, Rosen und Jasmin. Das Anwesen samt den Blumenfeldern befand sich in der Umgebung der Stadt Grasse, von jeher die Stadt der Parfümeure und ihrer Zulieferer. Marita würde sich um den alten Lafleur kümmern müssen, der, so schrieb sein Sohn Lucien, nach einem Schlaganfall halbseitig gelähmt war und sein Sprachvermögen eingebüßt hatte. Lucien Lafleur deutete lediglich an, dass der Charakter seines Vaters nicht ganz einfach war, aber damit hatte Marita kein Problem. Sie dachte an die betagten Herren, die sie all die Jahre auf ihrer Station betreut hatte. Auch unter ihnen waren nicht nur dankbare Opis gewesen, aber sie hatte die meisten Griesgrame früher oder später geknackt. Sie würde auch mit Lafleur senior klarkommen, da machte sie sich die wenigsten Sorgen. Dass er nicht sprechen konnte, war ein Vorteil für sie, dann hatte sie vielleicht mehr Chancen, sich nonverbal zu ver-

ständigen, denn ihrem Französisch-Intensivkurs, den sie in den vergangenen vier Wochen belegt hatte, traute Marita nicht recht über den Weg.

»Drei Monate Südfrankreich, und das im Sommer? Das ist ein Sechser im Lotto!« Annette war sofort aufgesprungen und hatte aus dem Kühlschrank eine Flasche Prosecco geholt.
»Dafür bezahlen andere ein Vermögen!«, hatte auch Babsi beigepflichtet.
Sie hatten bei Annette zu Hause gesessen, als Marita ihren Freundinnen ihre Pläne enthüllt hatte.
»Und dabei kann ich nicht mal richtig Französisch.« Marita war von ihrer eigenen Courage etwas überfordert, aber Sophie hatte ihr von Anfang an keine Wahl gelassen. Nun saß sie in Annettes Küche, ein Flugticket in der Tasche und hoffte in einer Ecke ihres Herzens, dass jemand sie endlich an den Schultern packen, sie schütteln und ihr sagen würde, dass alles nur ein Traum war.
Stattdessen wiegte Annette ihre Hüften, schenkte den Prosecco ein und sang mit Babsi lauthals im Duett: »Voulez-vous coucher avec moi, ce soir …«
»Das ist alles, was du brauchst«, hatten ihre Freundinnen ausgelassen gemeint. »Die Liebeskunst der Franzosen ist doch legendär!«
Marita hatte kopfschüttelnd gelächelt, den Prosecco getrunken und ihre Freundinnen liebevoll-wehmütig betrachtet. Dort unten würde sie niemanden mehr zum Reden haben, keine Sophie und keine durchgeknallten Freundinnen. Sie konnte sich nicht vorstellen, dass sie es länger als drei Monate aushalten würde.

Als nun die Stewardess kam und überprüfte, ob alle Gurte geschlossen und Tische hochgeklappt waren, lehnte sich Marita zurück, schloss die Augen und dachte daran, wie schnell alles gegangen war.
Knappe zwei Monate war es her, dass sie in spontanem Überschwang die Mail an M. Lafleur geschickt hatte. Zwei Monate, die vergangen waren wie im Flug. Zwei Monate, in denen sie gar nicht recht begriffen hatte, welches Abenteuer sie wagte. Jetzt, mit dem Blick auf das südfranzösische Hinterland, die Mittelmeerküste und Nizza, wurde alles ganz real.

Am Flughafen von Nizza kaufte sich Marita als Erstes eine Sonnenbrille. Ein schickes großes Gestell, das sie aussehen ließ wie eine mondäne Badeurlauberin. Jetzt fehlt nur noch die entsprechende Bräune, dachte Marita gut gelaunt und betrachtete sich in dem kleinen Spiegel. Ihre Haare waren noch immer dunkelbraun, nur vereinzelt zeigten sich graue Strähnen. Ihre Haut war nicht mehr so straff wie noch vor zehn Jahren, aber sie fand, dass sie sich auch ohne Botox noch ganz gut sehen lassen konnte. Die Schatten unter ihren Augen waren allerdings dunkel und ihr Teint ein wenig fahl. Wurde Zeit, dass sie mehr an die Sonne kam.
Beschwingt suchte Marita die Schalter der Autovermietungen und hielt wenig später bereits den Schlüssel eines kleinen Wagens mit Faltdach in der Hand. Es lief wie am Schnürchen, fand Marita und fragte sich, warum sie vorher so einen Bammel gehabt hatte. Was sollte ihr noch passieren? Sie würde den kleinen Flitzer durch die Sonne von Nizza nach Grasse steuern, eine ausgemacht schöne Route, wenn man dem Reiseführer, den sie noch in Husum

studiert hatte, glauben durfte. Marita programmierte das Navi, fasste die Haare zu einem Zopf zusammen, startete den Motor und öffnete das Faltdach, damit sie das sonnige Frühlingswetter in vollen Zügen genießen konnte. Dann ging es los.

Obwohl das Navigationsgerät mit ihr französisch sprach, konnte sich Marita anfangs noch ganz gut orientieren. Sie blickte abwechselnd auf die Hinweisschilder, die vom Gelände des Flughafens führten, und auf das Display. Beim ersten Kreisverkehr nahm sie sicherheitshalber die Ausfahrt »Toutes Directions«, dann steuerte sie auf Nizza zu. Die Sonne wärmte durch das geöffnete Dach ihren Nacken, der Fahrtwind war zwar noch recht frisch, aber gut auszuhalten und die Stadt vor ihr ein Traum. Der Flughafen lag an einer Meeresbucht, man musste zunächst durch Nizza hindurch, um auf die richtige Straße zu gelangen.

Schon an der dritten Ampel allerdings verlor Marita ihre Route aus den Augen, zu lange hatte sie auf die mondänen Yachten am Hafen gestarrt. Hinter ihr hupte jemand, sie fuhr hektisch an und verpasste dabei die Anweisung des Navis. Dessen Stimme gab ihr nun eine ganze Menge Befehle, auf dem Display war lediglich ein sich drehender Kreis zu sehen, offenbar wurde die neue Streckenführung berechnet. »*Tournez à droite* – Biegen Sie rechts ab!«, kommandierte das Navi, aber weil die Autos hinter ihr dicht auffuhren und sie eilig überholten, fühlte sich Marita plötzlich gedrängt und gab einfach Gas. Neue Anweisungen erfolgten auf dem Navi, der Kreis drehte sich noch immer, und die Schilder mit dem Hinweis auf die Route Nationale, die Marita hätte nehmen sollen, waren plötzlich verschwunden. Die Straße wurde einspurig, Marita setzte den Blinker rechts, bloß um der Hektik des schnell fließenden Verkehrs zu entkommen. Damit kam das Navi erst recht nicht klar, der Grafik auf dem Display war zu entnehmen, dass Marita gefälligst umdrehen solle, aber die Straße, auf der sie sich jetzt befand, war eine Einbahnstraße, viel befahren, Lieferwagen parkten am rechten Straßenrand, und Marita musste sich voll darauf konzentrieren, im Verkehrsfluss zu bleiben.

Die freundliche Stimme aus dem Navi gab nun pausenlos Anweisungen, sie schien Marita auch plötzlich weniger freundlich, und während sie lediglich »droite« und »gauche« aus dem französischen Wortsalat herausfiltern konnte, hatte sie sich im Gewirr der Straßen völlig verfahren. Es wurde immer enger und kleiner, die Hochhäuser waren verschwunden, Marita schlängelte sich nervös durch schmale Altstadtstraßen, hinter sich immer irgendeinen Einheimischen, der drängelnd an ihrer Stoßstange hing.

Das Navi rechnete und rechnete, der Kreis drehte und drehte sich. Wenn einmal eine Grafik mit dem roten Pfeil erschien, wie sie zu fahren hatte, machte Marita in ihrer Überforderung genau das Entgegengesetzte, und dann drehte sich wieder der Kreis. War »Droite« nun rechts oder links?, überlegte Marita gestresst, aber ihr wollte nur der Begriff »Rive gauche« und daraufhin Yves Saint Laurent einfallen, und schließlich erblickte sie am rechten Straßenrand einen freien Parkplatz. Sie schlug hart rechts ein, die Reifen schrammten am Bordstein, der Motor wurde abgewürgt, und Marita legte stöhnend den Kopf aufs Lenkrad. Nach ein paar tiefen Atemzügen sah sie sich um. Sie war in einer winzigen Einbahnstraße gelandet, um sie herum unverkennbar Altstadt und rechts neben ihr ein Obst- und

Gemüseladen. Unter einer großen roten Markise waren frische Früchte kunstvoll drapiert, sogar halbierte Wassermelonen leuchteten ihr einladend entgegen. Marita beschloss, mit ihrem Vorsatz, in Frankreich mit dem Rauchen aufzuhören, erst einmal zu brechen, packte ihr Portemonnaie und stieg aus. In der Tür des Geschäftes stand ein Herr, sehr beleibt und mit einem breiten Grinsen im Gesicht. Er hatte tiefschwarze Haut, die bläulich schimmerte, eine polierte Glatze und ziemliche Segelohren. Marita hoffte, dass sie sich ihrer mühsam erlernten Brocken Französisch erinnern konnte.

»*Bonjour*«, kam schon mal über ihre Lippen. Na also, das war doch immerhin ein Anfang! »*Cigarettes?*« war vielleicht nicht der Gipfel an Kommunikationskunst, aber der freundliche Mann lachte noch breiter, wies in das Innere seines Geschäftes und antwortete Marita mit einem Schwall an Worten, die sie nicht verstand. Sprachen alle Franzosen so schnell? Das konnte ja heiter werden.

Marita folgte dem freundlichen Mann in den Laden, und das Erste, was sie sah, war eine breite Palette an Rauchwaren. Sie zeigte auf die einer französischen Marke. Der nette Herr kassierte und redete dabei unaufhörlich. Als Marita ihm das Geld passend hinlegte, zuckte sie mit den Schultern und antwortete – immerhin das fiel ihr noch ein – mit »*Je ne comprends pas, je suis Allemande* – Ich verstehe nicht, ich bin Deutsche.«

»Aaahhh!«, lachte der Ladenbesitzer breit – und setzte seinen französischen Redefluss einfach fort.

»Help«, machte Marita einen zaghaften Versuch, ihn zu unterbrechen, und dachte nach. »Ich habe mich verfahren« war zu komplex für sie in der fremden Sprache, das war irgendwie in ihrem Kurs nicht vorgekommen. Sie hatten eher Szenen im Restaurant geprobt, und, ach ja, da war doch noch was?! »Zeigen Sie mir den Weg zum Bahnhof«, das hatte sie auswendig gelernt, erinnerte sich Marita. Ersetze »Bahnhof« durch »Grasse«, das dürfte doch wohl nicht so schwierig sein.

»Ähm, *la direction de Grasse?*« Der Satz, den sie im Kurs gelernt hatte, war eigentlich anders gewesen, aber egal, der Mann hatte sie auf Anhieb verstanden.

»Grasse!«, wiederholte er und fing sofort an, Marita wort- und gestenreich die richtige Strecke zu erklären. Es gelang ihr dennoch, ihm mit Händen und Füßen verständlich zu machen, dass sie ihn eben nicht verstand. Stattdessen verließ sie mit ihm das Geschäft und zeigte durch das Seitenfenster ihres Mietwagens auf das Navi.

»*Parle français*«, sagte sie. »Ich versteh nix.«

»Ahhh!« Jetzt ging dem freundlichen Mann ein Licht auf. »*Un moment!*« Damit verschwand er wieder in seinen Laden. Kurz darauf kam er mit einer Karte wieder. Marita grinste ihn an. Der Mann breitete die Karte auf der Kühlerhaube des kleinen Wagens aus. Er machte mit einem Stift einen Kringel in die Karte. Marita erkannte, dass es sich um einen kleinen Stadtplan von Nizza handelte. Auch die Innenstädte von Grasse, Aix-en-Provence und Draguignan waren mit Extraplänen dargestellt. Auf der anderen Seite der Karte aber, die bereits sehr zerknittert und teilweise eingerissen war, also wohl aus dem Privatbesitz des Händlers stammte, war die Region dargestellt. Perfekt für ihre Zwecke.

Der Mann tippte auf den Punkt, den er eingekreist hatte. »*Moi*«, sagte er und klopfte sich dann lachend auf die

Brust. »Monsieur Babajou.« Dann streckte er Marita die Hand hin.
»*Moi Marita*«, gab sie zurück und hatte plötzlich das sichere Gefühl, dass der großartige Monsieur Babajou ihr aus der Patsche helfen würde.
Es dauerte auch keine zwei Minuten, da hatte Monsieur Babajou ihr die Strecke aus der Stadt und in die Berge nach Grasse geduldig auf der Karte erklärt und eingezeichnet. Marita bedankte sich bei ihm radebrechend, aber überschwenglich in einer Deutsch-Französisch-Englisch-Mischung und wollte aufbrechen. Aber Babajou bedeutete ihr, einen Moment zu warten. Er suchte aus seinem reichhaltigen Sortiment einen Apfel aus, den er sorgfältig polierte, bevor er ihn Marita für die Reise mitgab.
»*Au revoir! Et bonne route!*«, wünschte er ihr, und Marita winkte ihm bei der Abfahrt freundlich zu, bevor sie sich auf die Karte und die Strecke, die vor ihr lag, konzentrierte. Das Navi hatte sie wohlweislich ausgeschaltet. Nach Karte fahren konnte Marita, und so dauerte es keine halbe Stunde, bis sie Nizza in der richtigen Richtung verlassen hatte und sich auf der Strecke nach Grasse befand.
Jetzt konnte Marita die Fahrt genießen, keine vierzig Minuten, und sie verließ Autobahn und Route Nationale, um sich auf einer kleinen Straße nach Grasse emporzuschlängeln. Auf einem Foto hatte sie die Parfümstadt mit hell verputzten Häusern gesehen, die sich malerisch an den Berg schmiegten und von einem dreigliedrigen Kirchturm überragt wurden. Die Realität sah ein bisschen anders aus. Die Straße führte durchaus an Palmen, Orangen- und Zitronenbäumen vorbei, ab und an tauchte eine Villa auf oder mondäne Einfahrten, die dahinter liegende Parks

erahnen ließen, aber diese wechselten sich mit eng gebauten kleinen Häusern, Mietskasernen und Industriegebieten ab. Ein Kreisverkehr folgte auf noch einen Kreisverkehr, Marita fuhr unbeirrt immer in die Richtung »Centre Ville«, die Augen konzentriert auf den starken Verkehr geheftet. Das Geräusch laut knatternder Mofas erschreckte sie durch das offene Fenster, Abgase verpesteten die Luft, aber als ihr kleines Auto endlich die Innenstadt von Grasse erreicht hatte und sich in einer Haarnadelkurve an der Parfümfabrik Fragonard und dem Parfümmuseum vorbeiquetschte, war Marita beeindruckt von der Schönheit und Lebendigkeit der Stadt.

Kurz nachdem sie Grasse passiert hatte, hielt Marita an einer Parkbucht. Der Ausblick von hier oben raubte ihr den Atem. Sie blickte nach Süden auf das weite Meer, dessen hellblaue Wasseroberfläche mit winzigen weißen Tupfen gesprenkelt war – die Yachten und Segelboote der Reichen und Schönen. Die Luft war mild, die Sonne warm, und Marita dachte, dass sich weit in ihrem Rücken, mehr als zweitausend Kilometer entfernt, Husum befand und noch ein Stückchen weiter weg ihre Heimatinsel Amrum. Noch nie hatte sie die Nordsee so schön von oben betrachten können wie jetzt das Mittelmeer.

Marita klopfte die erste Zigarette des Tages aus der Packung und rauchte sie voller Genuss, bevor sie wieder in den Wagen stieg und die letzten Kilometer zur Domaine de Lafleur zurücklegte, ihrem Arbeitsplatz für die kommenden drei Monate.

Das Anwesen der Lafleurs, in das sie fünfzehn Minuten später einbog, ließ sie schließlich stumm vor Staunen werden.

Fast wäre sie an dem verwitterten Holzschild vorbeigefahren, das halb unter Efeu verborgen an einer Mauer angebracht war und auf einen hellen Sandweg, der von der Straße abzweigte, wies. Sie folgte dem Weg, der nun steil bergauf führte. Er war eher eine staubige Schotterpiste als eine Straße und machte ein paar enge Kurven, bevor Marita schließlich ein schmiedeeisernes Tor erreichte, dessen Granitpfeiler von Bougainvilleen überwuchert waren. »Domaine de Lafleur« stand in kunstvollen Lettern auf dem Torbogen. Das Tor war geöffnet, aber Marita fuhr nicht sofort durch, sondern hielt an, um die Aussicht, die sich ihr bot, zu genießen.

Die Auffahrt führte zu einem kleinen Rondell, in dessen Mitte ein verwitterter Springbrunnen emporragte. Er war mit Moos bewachsen und sah aus, als habe er schon seit vielen Jahren nicht mehr gesprudelt. Hinter dem Rondell führte eine breite steinerne Treppe zum Haupthaus, das Marita auf den ersten Blick vorkam wie ein Schlösschen. Ein sehr kleines und sehr altes Schlösschen zwar, das seine besten Zeiten schon lange hinter sich hatte, aber in all seiner Verwitterung malerisch und einladend aussah. Einst musste es ziegelrot verputzt gewesen sein, mit dunkelgrünen Fensterläden, aber nun waren Putz und Holz ausgebleicht und abgebröckelt. Das tat dem Charme dieses südfranzösischen Landhauses jedoch keinen Abbruch. Es war umgeben von hohen Laubbäumen und Zypressen, an einer Seite rankte sich Wein empor. Einige Fenster waren geöffnet, und helle Vorhänge bewegten sich sanft im leichten Wind. Zwei Katzen saßen auf der Balustrade, ansonsten war kein Lebewesen zu entdecken.

Hinter dem Haus aber lagen die Blumenfelder, die sich in

sanften Wellen leicht abschüssig zum Meer hin wölbten. In der Ferne wurde die Luft über dem Meer milchig, die Hügel mit den hingetupften kleinen Ortschaften und einzelnen Landsitzen verschmolzen am Horizont ineinander, die Landschaft eine einzige fließende Bewegung. Und dazwischen die Blumenfelder. Reihe um Reihe standen hier Rosenbüsche, dem Augenschein nach in voller Blüte. Selbst aus der Entfernung erkannte Marita die rosafarbenen Akzente der Blüten.

Die südliche Sonne strahlte so hell auf die Szenerie, dass sie trotz der Sonnenbrille das Flirren in der Luft wahrnahm, das ihr das, was sie sah, wie eine Fata Morgana erscheinen ließ.

Es war zum Heulen schön.

2.

Die Augen des Juniors musterten sie, aber weder streng noch interessiert, sie blieben einfach gleichgültig. Der Senior dagegen hatte eines seiner Augen geschlossen, das andere aber stierte sie unbeweglich an. Voller Misstrauen. Marita saß ihren künftigen Arbeitgebern gegenüber und rutschte verunsichert auf dem Stuhl hin und her. Sie hatte sich ihre Ankunft anders vorgestellt. Vielleicht nicht unbedingt herzlich, aber doch zumindest so, als habe man sie erwartet. Stattdessen musste sie durch das fremde Haus laufen, an jede Zimmertür klopfen und rufen. Gefunden hatte sie niemanden. Im Kopf hatte Marita gerechnet, ob sie sich vielleicht im Datum geirrt hatte, einen Tag zu früh oder zu spät aufgekreuzt war, aber ein Blick auf die ausgedruckten Mails sagte ihr, dass dem nicht so war. Sogar in der Küche hatte sie keine Menschenseele gefunden, obwohl ein großer Topf mit wunderbar duftender Gemüsesuppe auf dem Herd gebrodelt hatte. Schließlich war sie in einem Zimmer auf den alten Lafleur gestoßen, der bei ihrem Anblick etwas in sein am Rollstuhl angebrachtes Tablet eingegeben hatte. Kurz darauf war der junge Lafleur gekommen und hatte sie in sein Arbeitszimmer gebeten.

»*Bonjour*« war alles, was er zur Begrüßung hervorgebracht hatte. Nicht einmal nach dem Verlauf ihrer Reise hatte er sich erkundigt. Nun saßen sie hier einander gegenüber.
Lucien Lafleur, der Sohn und offenkundig Boss des Unternehmens »Domaine de Lafleur«, war ein schlanker Mann Mitte fünfzig mit müdem Gesicht. Er war einen halben Kopf größer als Marita, ungefähr eins achtzig, und hatte eher den Körperbau eines Jungen. Er schien schmal und nicht sehr muskulös, seine Hände aber waren kräftig. Er hatte die Haut eines Südländers, der Teint war leicht olivfarben, die Augen dunkelbraun. Tiefe Schatten lagen darunter, zusammen mit den Falten in den Mundwinkeln und zwischen den Augenbrauen erzählten sie von Sorgen, die diesen Mann umtrieben. Sein Kinn allerdings passte zu den zupackenden Händen, es wirkte entschlossen und kantig. Er trug ein unscheinbares Baumwollhemd und Jeans und sah ganz so aus, als wolle er das Gespräch mit Marita rasch hinter sich bringen, um zu seiner Arbeit zurückzukehren. Der Juniorchef hätte ein attraktiver Mann sein können, dachte Marita, wenn er nicht so gramgebeugt und sorgenvoll wirken würde.
Sein Vater, Georges Lafleur, war vierundachtzig, wie Marita wusste, machte aber einen deutlich jüngeren Eindruck. Obwohl er halbseitig gelähmt und an den Rollstuhl gefesselt war, sah er ziemlich flott aus. Er trug einen hellen Leinenanzug, ein gebügeltes weißes Hemd und eine Fliege. Er konnte zwar seine Beine nicht mehr nutzen, hatte an den Füßen jedoch polierte Lederschuhe, die für Marita wie Maßarbeit aussahen. Die schütteren weißen Haare waren sorgfältig frisiert, an den Seiten kurz geschnitten und am Oberkopf nach hinten gekämmt. Das schmale weiße Men-

jou-Bärtchen auf der Oberlippe komplettierte das Bild eines Dandys. Der Ausdruck des einen geöffneten Auges allerdings war alles andere als charmant. M. Georges Lafleur taxierte seine zukünftige Krankenschwester äußerst kritisch. Innerlich wappnete sich Marita und machte sich auf jede Menge Widerstand gefasst.

Der alte Mann kommunizierte gar nicht mit ihr, er starrte sie unverwandt an und tippte ab und zu etwas in sein Tablet. Anscheinend empfing sein Sohn diese Nachrichten auf seinem Smartphone, er warf einen raschen Blick darauf und stellte Marita eine Frage oder sagte etwas. Marita war neugierig, wie sie sich mit ihrem Pflegefall unterhalten sollte. Mit Lucien Lafleur musste sie sich auf Englisch verständigen. Ihr Französisch war noch nicht weit genug gediehen, um ihn gut zu verstehen, er sprach sehr schnell und gab sich keine Mühe, sich auf Maritas Sprachproblem einzustellen.

Marita konnte ihn auf den ersten Blick nicht leiden.

Während er die Arbeitskonditionen herunterratterte – freie Kost und Logis, vierundzwanzig Stunden Bereitschaft, Krankenversicherung und das gleiche Gehalt, das sie auch im Krankenhaus bekommen hatte, das alles drei Monate auf Probe ohne Urlaubsanspruch –, musterte Marita die Zertifikate und gerahmten Bilder, die hinter den beiden Lafleurs an der Wand hingen. Auch wenn sie nicht alles verstand, war offensichtlich, dass die Lafleurs seit Jahrhunderten den Blumenanbau in ihrer Familie betrieben und sich im Lauf der Zeit eine Menge Auszeichnungen verdient hatten. Orden, Zeugnisse, Diplome, alles war sorgfältig gerahmt und wurde dem Betrachter stolz präsentiert. Dazwischen jede Menge Familienfotos, zum Teil stammten sie aus den Anfangszeiten der Fotografie. Körnige Schwarzweißaufnahmen von stolzen Männern, die im Festtagsanzug inmitten vieler Arbeiterinnen posierten, diese mit weißen Kopftüchern oder Strohhüten sowie den für Blumenpflückerinnen charakteristischen Schürzen und Weidenkörben.

An der linken Wand neben dem Schreibtisch von Lucien Lafleur allerdings stand eine alte Vitrine, sorgsam restauriert, die Maritas Neugier weckte. In ihr waren Parfümflakons ausgestellt, bestimmt an die fünfzig Stück. Berühmte Flakons von Chanel Nr. 5, Eau Sauvage von Dior und Opium von Yves Saint Laurent waren darunter, viele, die Marita nicht kannte, sowie antike Fläschchen mit seidenen Pumpzerstäubern oder kunstvoll geschliffenen Glasstöpseln und alten, liebevoll gestalteten Etiketten. Marita konnte den Blick nicht abwenden. Lafleur junior bemerkte das und unterbrach seinen Redefluss. Er wies auf die Vitrine, und plötzlich überzog ein Strahlen sein Gesicht. Er lächelte. »In dieser Vitrine sind all jene Parfüms ausgestellt, in denen unsere Jasminblüten enthalten sind«, sagte er. »Wir bauen seit über zweihundertfünfzig Jahren Rosen und Jasmin für die Parfümerie an und sind sehr stolz darauf.« Für einige Sekunden ruhte sein Blick auf den Flakons und war ganz weich. Dann wandte er sich wieder Marita zu, und erneut wirkte sein Gesichtsausdruck kühl und distanziert.

Er ist mit seinem Job verheiratet, durchzuckte es Marita. Sie wusste nichts über die Familienverhältnisse der beiden Lafleurs, aber bislang war noch kein weiblicher Name gefallen, und auch heute, beim Nicht-Empfang Maritas, war weit und breit keine Frau zu sehen. Wenn es keine Madame

Lafleur gab, dann hatte wohl Lucien selbst den herrlich duftenden Gemüseeintopf gekocht, mutmaßte Marita. Denn auch von einer Haushälterin war nichts zu entdecken. Sie nahm sich vor, sich auf gar keinen Fall irgendwelche Arbeiten im Haus aufdrücken zu lassen. Nicht dass die beiden Herren vor ihr dachten, sie hätten neben der Krankenschwester auch noch eine günstige Putzkraft eingestellt.

»Ich zeige Ihnen jetzt Ihr Zimmer.« Lucien Lafleur erhob sich. »Sie haben den Rest des heutigen Tages ja zu Ihrer eigenen Verfügung, Ihr erster Arbeitstag wird erst morgen sein.«

Marita nickte.

»Sie werden außerdem den Mietwagen nach Grasse zurückbringen wollen«, fügte er hinzu, während er vor Marita her in den ersten Stock hinaufging. Marita folgte ihm und sah sich neugierig um. Im Haus war es kühl, es roch ein ganz klein wenig muffig nach altem Mauerwerk und Putz. Dunkel war es und still im Inneren des Hauses, aber durch die Fenster im Treppenhaus drangen die Geräusche der Natur zu ihnen herein. Das Zirpen der Zikaden, Rauschen eines leichten Windes in den Pappeln, Vogelgezwitscher. Marita fiel auf, dass es im Haus sehr sauber war. Das hölzerne Treppengeländer war mit Seife geschrubbt, das konnte sie riechen. Überhaupt war ihr der Geruch des alten Hauses sympathisch. Neben der leicht muffigen Note des jahrhundertealten Gebäudes und der Seife, mit der sicher auch die Holzböden behandelt wurden, drängte sich ein weiterer Geruch in den Vordergrund: unverkennbar Lavendel. Auf dem Weg nach Grasse hatte Marita keine der für die Provence typischen Lavendelfelder gesehen, sie wusste außerdem, dass die Lafleurs ausschließlich Rosen und Jasmin anbauten, umso mehr freute sie sich darüber, den würzigen Duft des Krautes im Haus wiederzufinden. Als Lucien Lafleur ihr die Tür zu ihrem Zimmer im zweiten Stock öffnete, wusste sie, woher diese intensive Duftnote kam. An einem Schrank im Zimmer hing ein dickes Büschel getrockneter Lavendelruten, auf der gegenüberliegenden Kommode lagen Duftsäckchen, in einer Glasschale zwei Handvoll der Blüten. Wahrscheinlich waren alle Schlafzimmer in dem Haus auf diese Art parfümiert. Das Zimmer roch dadurch intensiv nach Lavendel, und Marita, die diesen Geruch über alles liebte, fühlte sich hier sofort wohl. Außerdem hatte sie schon beim Eintreten einen Blick aus dem weit geöffneten Fenster geworfen. Es war nach Süden ausgerichtet, sie konnte über die Rosenfelder und die sanften Hügel bis zum Meer sehen. Ein Ausblick wie eine Postkarte, dachte sie.

»Ich bringe Ihnen Ihr Gepäck nach oben«, sagte Lucien Lafleur und wollte sofort wieder verschwinden, als sei es ihm unangenehm, mit Marita in einem Zimmer zusammen zu sein.

»Danke.« Marita setzte ihr gewinnendstes Lächeln auf. »Und wann können wir den Wagen nach Grasse bringen?«

»Wir?« Der Junior sah sie verständnislos an.

»Na ja, ich muss ja auch irgendwie zurückkommen.« Marita war ungefähr fünfzehn Minuten von Grasse zur Domaine gefahren. Es mochten mindestens zehn Kilometer vom Zentrum der Stadt bis hierher sein.

»Es fährt ein Bus. Vier Mal am Tag jedenfalls. Oder dreimal?«, gab Lafleur irritiert zurück. »Niemand kann Sie fahren. Wir haben zu tun. Es ist Saison.« Er wies mit einer

Hand aus dem Fenster. »Oder Sie laufen. Es gibt einen kleinen Weg, querfeldein.«
Damit ließ er sie stehen und lief rasch die Treppe nach unten, um Maritas Gepäck zu holen – und einer Fortsetzung des Gesprächs aus dem Weg zu gehen. Marita zögerte. Zwei Dinge waren ihr gerade eben klargeworden: Sie würde die nächsten drei Monate mit zwei Männern verbringen, die ihre Anwesenheit als nichts weiter denn ein lästiges Übel betrachteten. Und sie war vollkommen auf sich gestellt – weitab von irgendeiner Art städtischen Lebens. Einfach mal ein Café besuchen, ein Kino oder nur shoppen gehen? Fehlanzeige. Sie würde die Domaine wohl nur selten bis gar nicht verlassen können.

Zwei Stunden später saß sie am Marktplatz im Zentrum von Grasse in einem der vielen Cafés, vor sich ein Glas eiskalten Rosé, neben sich eine große Tüte Mitbringsel. Obwohl sie die Stadt wohl erst in drei Monaten wieder verlassen würde, hatte sie den vielen kleinen Läden der Altstadt nicht widerstehen können. Zu verführerisch war das Angebot. Neben den typischen Duftsäckchen in allen erdenklichen Größen und Formen wurde einfach alles angeboten, was irgendwie mit Blüten und Duft zu tun hatte. Badezusätze, Seifen, parfümiertes Bügelwasser, Deodorants, Duftkerzen, Lotionen, Öle, Cremes, die nach Lavendel, Rose, Nelken, Narzissen, Iris, Bergamotte, Zeder, Jasmin, Limonen, Orangen, Rosenholz oder Kombinationen aus verschiedenen Düften rochen. Es war wie ein Rausch. Bald ging es hier ein paar Treppen hinab in einen gewölbeartigen Laden, bald öffnete sich dort ein Geschäft, verführte eine kleine Gasse, lockte ein Innenhof.

Marita war von Grasse verzaubert. Über allem lagen der Glanz des Südens und in der Ferne das blaue Meer am Horizont. Sie entdeckte so vieles, was sie sich bei Gelegenheit ansehen wollte, das Parfümmuseum, die Parfümerie Fragonard oder das historische Museum der Provence. Ob sie die Zeit dazu fände trotz der Rund-um-die-Uhr-Betreuung des alten Lafleur? Ihr Plan, ihn mit seinem Rollstuhl durch die Stadt oder einen Park zu schieben, würde sich kaum realisieren lassen. Sollte sie etwa tagein, tagaus mit ihm im Landhaus sitzen? Das Anwesen schien riesig zu sein, aber nach spätestens einem Monat wären vermutlich auch diese Pfade ausgetreten.

Aber Marita beschloss, sich nicht jetzt den Kopf über ungelegte Eier zu zerbrechen. Dafür war der Moment viel zu schön. Sie sah auf die Uhr. Es war schon nach sechs, den Wagen hatte sie bei der Mietwagenfirma bereits abgegeben. Sie würde sich nun auf die Suche nach dem Bus machen, von dem Lucien Lafleur gesprochen hatte.

Erster Anlaufpunkt war das Tourismusbüro, das zum Glück noch geöffnet hatte. Die junge Frau hinter dem Schalter war sehr zuvorkommend, sprach fließend Englisch und sogar ein paar Brocken Deutsch. Auf die Frage nach dem Bus zur Domaine de Lafleur schüttelte sie lachend den Kopf. »Der fährt nur zwei Mal am Tag«, gab sie Marita zu verstehen. »Einmal früh am Morgen, es ist auch der Bus für die Schüler, und einmal am frühen Nachmittag.«

Marita setzte einen verzweifelten Gesichtsausdruck auf. Der Bus fiel als Transportmittel für sie wohl generell aus.

»Aber es gibt einen wunderschönen Wanderweg.« Die junge Frau faltete eine Karte von Grasse vor Marita aus

und malte rasche Kringel mit ihrem Kugelschreiber. »Wir befinden uns hier – und hier ist die Domaine.« Dann sah sie kurz hoch. »Darf ich fragen, ob die Lafleurs jetzt vermieten?«
»Nein. Ich arbeite dort. Ich betreue M. Lafleur senior.«
Die junge Frau verzog das Gesicht, als hätte sie Zahnschmerzen. »Oje. Viel Glück.« Dann sprach sie schnell weiter und beschrieb Marita den Wanderweg, als habe sie bereits zu viel gesagt.
Marita folgte ihren Worten aufmerksam, sie wollte sich auf keinen Fall verlaufen, ihr reichte das Erlebnis in Nizza am Mittag. Aber bevor sie das Tourismusbüro verließ, musste sie doch noch einmal nachfragen. »Wieso haben Sie ›oje‹ gesagt? Ist es schlimm, für die Lafleurs zu arbeiten?«
»Nein, nein«, beeilte sich die junge Frau einzulenken. »Die beiden Herren sind nur … etwas eigen. Wir organisieren ja in der Saison immer Führungen, daher kennt man sich.« Offensichtlich wollte sie sich nicht näher äußern, und Marita wollte sie nicht drängen. Also nickte sie und machte sich auf den Weg.
Zuerst hatte sie befürchtet, dass sie an der Straße entlanggehen musste, aber schon nach wenigen Metern zweigte ein kleiner Trampelpfad links ab, er war sogar ausgeschildert. Die Dame aus dem Tourismusbüro hatte ihr erklärt, dass er Teil eines größeren Wanderweges durch die Provence war.
Das Zirpen der Zikaden hatte sich verstärkt, die Luft war merklich abgekühlt, aber noch immer sehr angenehm. Marita folgte dem Weg, der idyllisch an Blumenfeldern, einigen Olivenhainen, kleinen Zitrusplantagen und anderen Blumenfeldern entlang verlief. Zypressen, Pinien und

Korkeichen beschatteten den Weg, ab und an kreuzte ein kleines Flüsschen. Marita lief zügig und genoss die Bewegung, aber sie merkte jetzt auch, dass ihr die Reise in den Knochen steckte. Um mit dem Zug nach Hamburg zu fahren, war sie noch in der Dunkelheit in Husum aufgebrochen. In Hamburg hatte sie eine S-Bahn zum Flughafen genommen. Dann der Flug nach Nizza, die Aufregung darüber, dass sie sich verfahren hatte, M. Babajou – das alles schien plötzlich lange her zu sein. Neben der Müdigkeit spürte Marita aber auch noch etwas anderes. Sie hatte seit dem Apfel, den der freundliche Gemüsehändler ihr zugesteckt hatte, nichts gegessen! Bei dem bloßen Gedanken daran fühlte sich Marita augenblicklich unterzuckert.
Sie blickte in die Richtung, in der sie die Domaine vermutete. Aber weit und breit war kein Gebäude zu sehen. Wie lange würde sie noch laufen müssen? Ihre Beine zitterten jetzt, der Schweiß brach ihr aus. Sie setzte sich auf eine der kleinen Steinmauern, die überall die Landschaft durchzogen, und machte eine Pause. Bis hierher hatte sie die traumhafte Umgebung sehr genossen, aber plötzlich befiel sie Panik. Was, wenn sie einen Schwächeanfall erlitt? Es würde dunkel werden und sie allein hier draußen, nur mit einer leichten Hose und T-Shirt bekleidet. Es war Anfang Mai, mit Sicherheit waren auch hier noch die Nächte bitterkalt. Warum hatte sie um Himmels willen nur ein Glas Rosé bestellt, anstatt ordentlich zu essen? Marita schimpfte sich für ihre Dämlichkeit und warf einen Blick in die Tüte mit den Mitbringseln. Hatte sie nicht zufällig doch irgendetwas Essbares gekauft? Aber Fehlanzeige. Sie könnte jetzt nur in das Lavendelsäckchen beißen oder an der Rosenseife lutschen.

Am Horizont färbte sich der Himmel bereits leicht pink, ein sicherer Hinweis darauf, dass die Sonne in den nächsten ein bis zwei Stunden untergehen würde.
Trotz der wenig ermunternden Aussicht hätte Marita sich am liebsten einfach nach hinten fallen lassen, im Gras zusammengerollt und Hunger und Erschöpfung weggeschlafen. Stattdessen gab sie sich einen Ruck und lief los. Ihr war ein wenig schwindelig, sie hatte auch keine Augen mehr für die malerische Umgebung, sie wollte nur eines: endlich die Rosenfelder der Domaine de Lafleur erblicken! Ein halbe Stunde später erkannte sie die rostroten Mauern des Herrenhauses und legte noch einen Zacken zu. Sie war vollkommen durchgeschwitzt, die Haare klebten in Gesicht und Nacken, jetzt gesellte sich zu dem Verlangen nach Essen und Schlafen noch das nach einer Dusche.
Marita betrat das Haus durch den vorderen Eingang und hörte in Richtung der Küche etwas klappern. Kurz zögerte sie: Sollte sie gleich dort nachfragen, ob sie etwas zu essen bekam? Aber als sie an sich herunterblickte, entschied sich Marita anders. In diesem desolaten Zustand wollte sie nicht vor den Herrn des Hauses treten. Sie erklomm die zwei Treppen zu ihrem Zimmer und sank auf das Bett nieder. Erst jetzt fiel Marita ein, dass Lucien Lafleur versäumt hatte, ihr das Badezimmer zu zeigen. Sie konnte sich auch schlecht alleine auf die Suche machen, am Ende duschte sie im Bad der beiden Herren – woher sollte sie das wissen? Also würde sie doch wieder nach unten ins Erdgeschoss gehen müssen.
Marita seufzte tief. Offensichtlich lagen hier Glück und Leid sehr nah beieinander: Einerseits erschien ihr alles wie ein Traum. Nizza, Grasse, das türkisfarbene Meer mit

seinen Buchten, die kleinen Segelboote, die traumhafte Landschaft, ihr liebevoll eingerichtetes Zimmer und das alte Haus – was konnte es Schöneres geben? Andererseits ihre beiden unfreundlichen Arbeitgeber, die Entfernung der Domaine zu allem, was ein bisschen Leben verhieß, die Aussicht, ohne Pause den unzugänglichen Senior zu betreuen – war es ihr da in Husum nicht doch bessergegangen? Hatte sie einen Fehler gemacht?
In diesem Moment klopfte es an der Tür. Mühsam stemmte Marita sich vom Bett hoch, wischte die Haare aus dem Gesicht und zupfte ein wenig an Hose und T-Shirt, um Lucien Lafleur nicht komplett derangiert gegenüberzustehen. Dann öffnete sie die Tür.
Sie musste nach unten blicken. Denn die Person, die geklopft hatte, war nicht Lafleur junior gewesen. Im Flur stand eine sehr kleine Frau, sie war beinahe ebenso breit wie hoch, trug ihre dunklen Haare zu einem strengen Dutt gebunden und lächelte Marita breit mit einem lückenhaften Gebiss an.
»Marita?«, fragte sie mit rollendem R.
Marita nickte. Daraufhin trat die kleine Kugel einen Schritt ins Zimmer, umarmte Maritas Taille und drückte sie mit der Kraft eines Sumo-Ringers.
»*Aahhh! Bonsoir, bonsoir!*«, rief sie dann, als sie sich wieder löste. »*Moi, je suis Ségolène – tu as faim?*«
Marita verstand lediglich, dass es sich bei der kleinen Frau vor ihr, die sich über sie freute, als sei sie eine längst verschollen geglaubte Verwandte, um Ségolène handelte.
Ségolène lachte. »*Manger?*« Dabei machte sie Schaufelbewegungen zum Mund.
»*Oui!*« Jetzt hatte Marita verstanden. Die Frau fragte, ob

sie essen wolle. Und ob sie das wollte! Marita nickte begeistert und rieb sich den Bauch. Daraufhin klatschte Ségolène begeistert in die Hände und sagte etwas auf Französisch, das Marita nicht verstand. Stattdessen erkundigte sie sich nach der *douche*. Die kleine Frau, die offenkundig so etwas wie die Haushälterin war, nickte und bedeutete Marita, ihr zu folgen. Am Ende des Ganges öffnete sie eine Tür zu einem großen Badezimmer. Sie zeigte Marita jede Menge Handtücher, und mit Händen und Füßen verständigten sich Marita und Ségolène darauf, dass Marita sich erst duschen und dann zum Essen in die Küche kommen würde.

Keine halbe Stunde später tunkte Marita Baguette in die kräftige Gemüsesuppe, deren betörender Geruch ihr bereits vor Stunden das Wasser im Mund hatte zusammenlaufen lassen. Ségolène saß ihr am Tisch gegenüber und freute sich über Maritas Appetit. Sie hatten sich mit herrlichem Rotwein zugeprostet, den Ségolène in kleinen Wassergläsern auf den Tisch stellte. Es war ein einfaches, aber ungemein aromatisches Essen, Marita aß, als hätte sie seit drei Tagen nichts bekommen. Sie freute sich nicht nur über das unverhoffte Mahl, sondern noch mehr über die Gesellschaft der Haushälterin. Obwohl Ségolène ausschließlich Französisch sprach, und das mit dem ausgeprägten Dialekt der Region, war es ihnen beiden durchaus möglich, sich zu verständigen. Die kleine runde Frau untermalte alles, was sie sagte, mit ausdrucksstarker Gestik, außerdem wiederholte sie einige Wörter so lange, bis auch Marita sie verstanden hatte. Marita gelang es, sich an die Grundlagen ihres Intensivkurses zu erinnern, und auch sie nahm Mimik und Gestik zu Hilfe.

Auf diese Weise erfuhr Marita, dass Ségolène bereits als junges Mädchen angefangen hatte, für die Familie Lafleur den Haushalt zu machen. Sie hatte selbst vier Kinder, die schon groß waren, ein Enkelkind und einen Mann, mit dem sie in einem Haus in der Nähe lebte.
Marita erzählte von Sophie und zeigte Ségolène auf dem Handy Bilder von ihrer Heimat. Ségolène lachte darüber und schüttelte sich. Sie legte die Arme um den Körper und imitierte Frieren und Zähneklappern.
Zu gerne hätte Marita noch etwas über ihre Arbeitgeber erfahren, aber für diese Feinheiten fehlte ihr der Wortschatz. Sie brachte gerade mal die Frage »*Les Messieurs Lafleur sont gentils?* – Die Herren Lafleur sind freundlich?« heraus, woraufhin Ségolène erneut lachte, die Schultern hob und »*Comme ci, comme ça*« antwortete. Marita verstand.
Nach einer Stunde geselligen Beisammenseins – weder von Lucien Lafleur noch von Georges war etwas zu hören oder zu sehen – verabschiedete sich Ségolène nach Hause. Sie würde am nächsten Morgen um sieben Uhr das Frühstück servieren. Marita nickte, sie war von Lucien Lafleur schon genauestens über den Tagesablauf instruiert worden.
Bei der Verabschiedung gab Ségolène Marita drei Küsschen, links, rechts, links, und drückte innig ihre Hand. Bevor sie aber das Haus verließ, zögerte sie, drehte sich auf dem Absatz um und sah Marita ernst an. »*Et Marita ... attention à Georges* – Und Marita: Nimm dich in Acht vor Georges.«
»*Pourquoi?*«
Aber darauf schüttelte Ségolène nur den Kopf und verschwand in der Nacht.

Marita starrte ihr hinterher, auch als die Rücklichter des kleinen Fiats schon längst verschwunden waren. Was sollte sie von der Warnung halten?

Ratlos ging sie nach oben in ihr Zimmer und legte sich ins Bett. Lange grübeln musste sie über Ségolènes Warnung nicht, denn sie war so müde von den Erlebnissen des Tages, dass sie augenblicklich wie ein Stein schlief.

Vielleicht lag es aber auch am Lavendel.

3.

Obwohl Marita auf das Schlimmste gefasst war, stellte sich ihr Arbeitsalltag zunächst als wenig strapaziös heraus. Und vor allem verlief jeder Tag gleich. Oder, besser gesagt: jede Woche. Denn zwei Tage in der Woche musste Georges Lafleur nach Nizza ins Krankenhaus gebracht werden. An den anderen Wochentagen aber herrschte gepflegte Langeweile.

Als Marita an ihrem ersten Morgen zum Frühstück herunterkam, das sie, wie auch Lucien Lafleur, in der großen Küche mit dem schwarz-weiß gekachelten Boden bei Ségolène einnahm, stand dort bereits eine dampfende Schale gesüßter Milchkaffee für sie bereit. Dazu röstete die kleine Haushälterin Baguettescheiben in einer Grillpfanne und servierte Marita diese mit gesalzener Butter und selbstgemachter Erdbeermarmelade. Marita hatte den Geruch des köstlichen Frühstücks bereits im zweiten Stock wahrgenommen, wovon ihr das Wasser im Mund zusammenlief, und verschlang nun mit großem Appetit eine Brotscheibe nach der nächsten. Der Junior war bereits bei der Arbeit, sein leerer *bol,* wie Ségolène die Milchkaffeeschale nannte und Marita sich im Kopf abspeicherte, stand noch auf dem Tisch.

Von draußen hörte Marita die Stimmen von mehreren Frauen und sah Ségolène fragend an. Diese zeigte aus dem Küchenfenster, durch welches man einen hervorragenden Blick auf die Rosenfelder hatte. Sie gestikulierte und erzählte etwas von den Rosen, wobei sie immer wieder eine Geste mit der Hand machte, die Marita nicht verstand. Aber endlich fiel bei ihr der Groschen. Die Blüten wurden geerntet! Aus diesem Grund waren die Pflückerinnen zur Domaine gekommen. Dem Kauderwelsch Ségolènes entnahm Marita, dass die Blüten in der Frühe geerntet werden mussten, in der Mittagshitze waren die Blütenblätter bereits zu schlaff und gaben nicht mehr ausreichend Duftstoffe ab.

Marita hätte gerne bei der Blütenernte zugesehen oder sogar mitgeholfen, aber sie hatte zu tun. Lucien Lafleur betrat nun ebenfalls die Küche. Er begrüßte Marita nur mit einem leichten Nicken des Kopfes und ging nahtlos dazu über, ihr die Sache mit dem Tablet und dem Handy zu erklären. Keine Nachfrage, wie sie geschlafen hatte, kein »Guten Appetit«, kein Lächeln kam über seine Lippen. Es bestätigte sich für Marita der Eindruck, den sie schon am Vortag gewonnen hatte: Lucien Lafleur war mit seiner Arbeit verheiratet. Er war an Small Talk nicht interessiert, und der viel beschworene Charme der Franzosen fehlte ihm gänzlich. Er instruierte Marita für den heutigen Tag und ging dann rasch in sein Büro.

Marita blickte auf die Unterlagen, die er ihr zur Durchsicht überlassen hatte. Es waren ein paar Briefe vom Krankenhaus mit Kopien von Diagnoseblättern, einige Pflegeprotokolle und die genauen Angaben, welche Medikamente Georges Lafleur wann bekam, was er essen durfte und was

nicht. Sein Blutzuckerspiegel war regelmäßig zu überprüfen, Blutdruck sowieso, außerdem war er allergisch gegen Penicillin.
Marita machte sich damit vertraut, und schnell erschien vor ihrem geistigen Auge die Krankengeschichte des Seniors. Außer dass er Dialysepatient zu sein schien – was aus den lückenhaften Unterlagen nicht hervorging, aber aus diesem Grund musste er wohl zwei Mal in der Woche nach Nizza –, war Georges Lafleur nicht ernsthaft krank. Er hatte die alterstypischen Zipperlein, mehr nicht. Herztabletten, blutdrucksenkende Mittel, Vitamincocktails zum Aufbau, das war es im Wesentlichen. Ansonsten schien er »gesund« zu sein – von den Nachwirkungen des Schlaganfalls einmal abgesehen – so gesund, dass Marita nicht verstand, warum die Lafleurs eine Krankenschwester hatten engagieren wollen. Noch dazu eine aus dem Ausland. Für die Dienste, die Georges in Anspruch nahm, hätte eine Pflegekraft gereicht. Aber vielleicht, so sagte sie sich, wollten sie für den Fall vorbauen, dass der alte Herr plötzlich ernsthafte Beschwerden bekam, die medizinisch geschultes Personal erforderten. Außerdem wollte Marita nicht an dem Ast sägen, auf dem sie saß, also sagte sie nichts und fragte auch nicht nach. Wenn sie sich besser kannten, würde sie sich einmal bei Ségolène einmal danach erkundigen.

Um Punkt zehn Uhr klopfte sie wie verabredet an die Zimmertür des Seniors, in der Hand ein Tablett mit einer frischen Rose, einer Schale Milchkaffee und einem Croissant. Das allerdings – so verlangte es der alte Herr – vom Vortag sein musste. Er tunkte es in den Kaffee und lutschte dann hingebungsvoll an dem Hörnchen. Marita musste ihn also nicht füttern.

Dann tauchte er – ein künftig immer wiederkehrendes Ritual – seine Nase in die Blüte der Rose, die Marita, gemäß Anweisung, direkt bevor sie zu ihm ging, vom Feld geschnitten hatte. Er schloss die Augen und nahm einen tiefen Atemzug. Es handelte sich um eine Rose der Sorte *Rosa centifolia,* von außen eher unscheinbar, eine Strauchrose, aber aus ihr wurde ein kostbares Rosenöl gewonnen, ein wichtiger Grundstoff in der Parfüm- und Kosmetikindustrie.

Wenn Marita Georges Lafleur dabei zusah, wie er inbrünstig den Duft der soeben geschnittenen Blume einatmete, beschlich sie der Gedanke, dass dies eine Art Lebenselixier für den alten Herrn war. Sein Gesichtsausdruck war dabei vollkommen glücklich und entspannt.

Lafleur senior machte alles mit der rechten Hand, die linke Körperhälfte konnte er seit dem Schlaganfall nicht mehr bewegen. Er bestand aber darauf, dass Marita ihn weder wusch noch anzog, denn das erledigte er allein. Sein Badezimmer war mit dem Schlafzimmer barrierefrei verbunden, überall waren Haltegriffe angebracht, so dass es dem alten Herrn offenbar gelang, sich allein in die Sitzdusche und auf die Toilette zu hangeln. Maritas Aufgabe bestand im Weiteren lediglich darin, ihm bei der Morgentoilette, beim Rasieren und Ankleiden zu assistieren.

Außerdem machte Marita mit Lafleur senior regelmäßig krankengymnastische Übungen und wunderte sich dabei jedes Mal, wie wenig verkümmert die Muskeln des Alten waren, obwohl er im Rollstuhl saß.

Sprechen konnte M. Lafleur zwar nicht mehr, aber er war

durchaus in der Lage, sein Missfallen durch Töne zu äußern, und davon machte er reichlichen Gebrauch. So schnalzte er mit der Zunge, wenn Marita das falsche Paar Socken aus der Schublade holte. Oder er grunzte abfällig, wenn es ihr nicht gelang, die Fliege auf Anhieb perfekt zu binden. Da dies nicht zu ihren Kernkompetenzen als Krankenschwester gehörte, war Marita anfangs nicht besonders gut in diesen »Butlertätigkeiten«. Und M. Georges Lafleur konnte man es vermutlich ohnehin nicht leicht recht machen.

Marita hatte in ihrem Beruf schon mit schwierigen Typen zu tun gehabt, mit einem solchen Exzentriker wie dem alten Lafleur aber noch nie. Er bestand auf der genauesten Einhaltung seiner Rituale, er achtete peinlich darauf, dass Marita stets die gleichen Arbeiten zur gleichen Zeit verrichtete und vor allem, dass sie sehr exakt und sauber arbeitete. Lafleur war penibel, hier ein Stäubchen, dort ein Fleck, der Blister einer Medikamentenpackung – nichts entging seinem kritischen Blick. Er selbst hätte sich niemals vernachlässigt, Reinlichkeit war das oberste Gebot, niemals würde Georges Lafleur sein Zimmer in Morgenmantel und Pantoffeln, unrasiert und ungewaschen verlassen, so wie viele von Maritas ehemaligen Patienten. Er ließ sich nicht gehen und duldete das auch bei niemand anderem. M. Georges Lafleur war stets wie aus dem Ei gepellt.

Er besaß zudem den exquisitesten Kleiderschrank, den Marita jemals gesehen hatte – die Schränke von Frauen eingeschlossen. An die vierzig Anzüge nannte er sein Eigen, durchweg maßgeschneidert. Dazu edle Oberhemden jeder Schattierung, aber nichts Gemustertes. Muster waren den

Fliegen vorbehalten, allesamt aus Seide, in den ausgefallensten Farben und Mustern. Sie waren in einer eigenen Kommode untergebracht, fünf Schubladen voll, sorgsam angeordnet.

Und erst die Maßschuhe! Blank geputzt standen an die zwanzig Paare im Schuhregal. Marita fragte sich, wer diese wohl putzte, denn sie glänzten durch die Bank top poliert. Vermutlich gehörte dies zu Ségolènes Aufgaben, Marita konnte sich kaum vorstellen, dass sich Georges' Sohn dazu hergab.

Keine Frage, der Seniorchef des Unternehmens hielt viel auf sein Äußeres. Marita wusste, wie schwer es gerade für Menschen, denen ihr Erscheinungsbild so wichtig war, zu ertragen war, plötzlich körperlich versehrt zu sein. Vermutlich rührte seine Kratzbürstigkeit daher, dass er als Folge des Schlaganfalls gebrechlich und kein stattlicher Mann mehr war. Marita kannte das zur Genüge von ihren ehemaligen Patienten. Einstige Frohnaturen wurden über Nacht zu Griesgramen. Deshalb hatte Marita auch gelernt, Bosheiten, Beleidigungen oder Angriffe an sich abprallen zu lassen. So gut es ging jedenfalls. Natürlich traf es sie, aber sie sagte sich dann: Es war das Unglück, das den Charakter so verändert hatte.

Aber von Georges Lafleur kamen zunächst keinerlei Sticheleien. Es kam gar nichts. Kaum eine Reaktion auf sie. Nur dieses Schnauben oder Zungenschnalzen.

Und die Anordnungen. Da M. Lafleur seit dem Schlaganfall nicht mehr sprechen konnte, kommunizierte er mit seiner Außenwelt über das Tablet. Es war eine spezielle Konstruktion, über einen kleinen Monitor wurde das, was er schrieb, für die anderen sichtbar. Marita hatte von Lucien

Lafleur außerdem ein Smartphone bekommen, ein älteres Modell mit deutlichen Gebrauchsspuren, damit sie die Nachrichten ihres Patienten auch empfangen konnte, wenn sie ihn nicht sah. Außerdem sollte sie die medizinischen Daten darauf eintragen, den Blutzuckerspiegel, Blutdruck und alle anderen Werte, die sie bei Georges Lafleur nahm. Darüber hinaus konnte sie den Rollstuhl orten, wenn der alte Herr ohne sie unterwegs war. Das kam allerdings eher selten vor. Georges Lafleur ließ sich von Marita grundsätzlich schieben. Er hatte einen Motor am Rollstuhl, aber den schien er niemals zu benutzen.

Die morgendliche Toilette nahm eine gute Stunde in Anspruch. Kurz nach elf schob Marita den alten Dandy in seinem hellgrauen Leinenanzug, an Sonnentagen mit einem Strohhut auf dem Kopf, aus dem Zimmer. Dann begann die erste Spazierrunde des Tages. Georges Lafleur wollte jeden Morgen einmal über das Grundstück gefahren werden, rund um die Rosenfelder, auf denen die Pflückerinnen arbeiteten. Er beobachtete sie dabei kritisch, sah ihnen genau auf die Finger. Wenn er das Gefühl hatte, eine von ihnen arbeite nicht gründlich, zupfte vielleicht eine Blüte ab, die noch nicht ausreichend aufgegangen war, oder erwischte zu viel von Stengeln und Blättern, ließ er Marita über sein Tablet sofort eine Nachricht zukommen. Sie musste dann die Betreffende mahnen. Was anfangs wegen der Sprachbarriere nicht leicht war. Mit der Zeit aber kannte Marita alle Ausdrücke, die der Senior für seine Schelte benutzte. Die Pflückerinnen, die diese Prozedur bereits seit Jahren kannten, nickten lächelnd, aber Marita hatte stets den Eindruck, dass die Ermahnungen an ihnen abprallten.

Dafür war sie selbst völlig fasziniert davon, wie rasch und genau die Frauen vorgingen. Sie mussten bei der Ernte ein wenig gebückt arbeiten – Marita bekam vom Zusehen schon einen Hexenschuss. Dann nahmen die Frauen mit flinkem Griff und bloßen Händen eine volle Blüte in die Hand und brachen diese geschickt vom Stiel. In Sekundenschnelle verschwand diese dann im großen Fach einer Stoffschürze. War die Schürze voll, wurde der Inhalt in große Weidenkörbe geleert.

Marita war erstaunt, dass hier alles noch mit der Hand gemacht wurde, dass es keine Maschinen gab, die diese Arbeit erledigten. Sie nahm sich vor, Lucien Lafleur bei Gelegenheit danach zu fragen. Ihre Tochter hatte bei ihrer Recherche über die Domaine de Lafleur herausgefunden, dass man unendlich viele Blüten benötigte, um wenige Tröpfchen Destillat zu gewinnen. Wie kostbar musste diese Essenz sein! Schließlich lebten Zulieferer wie die Lafleurs davon, sie unterhielten große Ländereien, mussten sich um die Pflanzen kümmern, beschäftigten die Pflückerinnen. Und was machten sie eigentlich in der Zeit, in der keine Rosen und kein Jasmin blühten? Marita war begierig darauf, mehr über dieses fremde Geschäft zu erfahren. Leider konnte sie sich nicht mit ihrem Patienten darüber unterhalten. Georges Lafleur hätte gewiss viel Interessantes zum Besten geben können. Er hatte die Plantage vor seinem Sohn geführt, und vor ihm sein Vater und Großvater. Bis ins siebzehnte Jahrhundert reichte die Geschichte der Domaine de Lafleur zurück, auch das wusste Marita aus dem Internet.

An diesem Morgen war sie nun am Ende des Rosenfeldes angekommen und schob M. Lafleur an der Längsseite ent-

lang. Er zeigte auf das andere Ende des Weges, dort stand eine kleine Baumgruppe, darunter zwei Holzschuppen und ein eingezäuntes Areal.
Als sie die Bäume erreicht hatten, schob Marita den Senior auf sein Geheiß neben eine Bank. Dort fing er an, sich intensiv mit seinem Tablet zu beschäftigen, und nahm Maritas Anwesenheit gar nicht mehr wahr. Nach ein paar Minuten, die sie neben ihm tatenlos auf der steinernen Bank ausgeharrt hatte, erhob sich Marita, um sich neugierig ein wenig umzusehen. Bei ihrer Ankunft waren sofort zwei Ziegen meckernd aus einem der Holzverschläge gerannt, die nun bettelnd am Zaun standen. Füttern konnte Marita sie nicht, sie wusste nicht, ob Ziegen von frischem Gras vielleicht Koliken bekamen, aber die beiden ließen sich genussvoll hinter den Ohren kraulen. Der alte Mann nahm von Marita keine Notiz mehr, also warf sie einen Blick in den anderen Schuppen. Hier waren Hasen untergebracht, die viel scheuer als die frechen Ziegen waren und sich erst nach längerem Zureden und dem Angebot von frischem Gras und Löwenzahn aus der Deckung wagten.
Marita liebte Tiere über alles. Am liebsten hätte sie einen Hund gehabt, aber das hatte ihr Beruf nicht zugelassen. Also hatte sie, als Sophie klein gewesen war, eine Katze gekauft. Zwölf Jahre hatten sie Lola gehabt, dann wurde sie in ihrer kleinen Straße überfahren. Es war traumatisch für Sophie und sie gewesen, und Marita, die glaubte, den Tod eines Tieres nicht noch einmal ertragen zu können, hatte nie mehr daran gedacht, sich erneut eines zuzulegen. Aber wo immer sie eines sah, musste sie es locken, streicheln und liebkosen. Auf dem Grundstück der Domaine streunten mehrere gescheckte Katzen umher, aber Marita hatte nirgendwo Näpfe

gesehen. Vermutlich wurden die Mäusejäger auch so satt und von Ségolène und den Lafleurs nur geduldet.

Es waren vier große Hasen, alle mit anderer Fellfärbung, und Marita konnte gar nicht so viel Grünes ausrupfen, wie diese aus ihrer Hand fraßen. Marita war ganz hingerissen von den Hasen, ihren großen weichen Ohren, den schwarzen Knopfaugen und den süßen Näschen, so dass sie beinahe enttäuscht war, als Georges zum Aufbruch rief. Es war Viertel nach zwölf, als sie sich auf der anderen Seite der Rosenfelder wieder zum Haupthaus aufmachten. Bald würde Marita von selbst wissen, wann es Zeit war zu gehen, denn es passierte an jedem Tag zur gleichen Minute. Georges Lafleur, der spät gefrühstückt hatte, bestand dennoch darauf, jeden Mittag um halb eins am Tisch des Salons zu sitzen und von Ségolène das Mittagessen serviert zu bekommen.

Marita bemerkte, dass kein weiteres Gedeck auf dem Tisch lag. Also würde weder sie noch Lucien mit dem alten Herrn speisen, was ihr nicht so unrecht war. Sie fand dessen schweigende Anwesenheit irgendwie beklemmend. Er zeigte genau wie sein Sohn an ihr kein Interesse, sie sollte nur das ausführen, was er ihr anschaffte. Ein seltsames Arbeitsverhältnis, an das sich Marita erst noch gewöhnen musste. Sie hielt sich in ihrem Job als Krankenschwester immer zugute, dass sie mit jeder harten Nuss schnell ins Gespräch kam, aber hier stieß selbst sie, dank ihrer schlechten Sprachkenntnisse, an ihre Grenzen: Wie dankbar war sie für jede Minute, die sie in der Gegenwart der quirligen Ségolène verbringen durfte.

Diese bedeutete ihr nun, ihr auf die hinter dem Haus gelegene Terrasse zu folgen. Dort waren unter zwei großen weißen Schirmen einfache Bänke aufgebaut und eine lange

Tafel, an der die Pflückerinnen saßen. Ein Platz war frei – er war für Marita gedacht. Die Frauen, im Alter zwischen zwanzig und fünfzig, begrüßten sie sehr freundlich und reichten ihr die Schüsseln, in welchen Ségolène das Essen auf die Tische gestellt hatte. Es gab einen wunderbar aromatischen Fleischtopf, eine Art Gulasch, mit geschmortem Gemüse. Dazu frisches Weißbrot, eiskalten Rosé in großen Glaskaraffen und Wasser. Die Frauen um sie herum fragten neugierig, ob Marita »die Neue« sei, und es gelang Marita, sich mit den Frauen, ebenso wie mit Ségolène, ganz gut zu verständigen. Englisch, Deutsch, Französisch, Hand und Fuß – alles wurde zu Hilfe genommen, und in kürzester Zeit war Marita mit allen per Du. Sie erzählten und lachten, und Marita hätte Stunden so weitermachen können, wenn Ségolène ihr nicht ein Zeichen gegeben hätte, dass Georges nun zur Mittagsruhe in sein Zimmer gebracht werden wollte. Die Pflückerinnen waren für heute ebenfalls mit der Arbeit fertig, Marita lernte in den folgenden Wochen, dass sowohl die Rosen als auch später der Jasmin von acht bis zwölf geerntet wurden, danach wurden die Frauen mit dem gemeinsamen Essen verabschiedet.
Doch bevor sie zu ihrem Patienten eilte, gab Marita Ségolène das Smartphone und bat sie, ein Foto von der Runde aufzunehmen. Alle rückten zusammen und lachten in die Kamera. Es war das erste Foto von Marita in Frankreich, und sie hoffte, dass dies ein gutes Omen war.

Als sie wieder hineinging, um ihren Patienten von seinem Mahl abzuholen und alles für den Mittagsschlaf bereit zu machen, hörte sie aus dem Esszimmer einen lauten Streit. Genauer genommen, nur den Teil eines Streits. Der eine

Streitende redete laut und mit zorniger Stimme. Es war Lucien Lafleur. Der andere Streitende war stumm.
Marita hielt die Klinke in der Hand und zögerte. Sie wollte nicht in den Disput zwischen Vater und Sohn platzen. Während sie noch überlegte, wurde die Tür plötzlich von innen aufgerissen, und Lucien Lafleur stand vor ihr mit rotem Gesicht. Er starrte sie kurz an und stürmte dann an ihr vorbei. Marita war es hochnotpeinlich, es musste so aussehen, als habe sie gelauscht, dabei hatte sie kaum ein Wort verstanden.
Sie sah Lucien Lafleur nach, der rasch aus dem Haus lief, sogar am Hinterkopf war ihm der Ärger abzulesen.
Als Marita jedoch in das Zimmer trat, war Lafleur senior der Streit nicht anzumerken. Vollkommen gelassen saß er in seinem Rollstuhl, tupfte sich den Mund mit der Serviette ab und würdigte Marita kaum eines Blickes. Er wedelte lediglich mit der rechten Hand, um zu signalisieren, dass sie ihn doch bitte vom Tisch wegfahren möge.
War Georges Lafleur kein emotionaler Mensch, oder konnte er seine Gefühle nur so gut verbergen? Das fragte sich Marita, während sie ihm aus dem Sakko half, ihm seine Medikamente gab und ihn schließlich in das Bett legte, in welchem er seine Mittagsruhe zu halten pflegte. Er wirkte von dem heftigen Streit mit seinem Sohn vollkommen unberührt. In zwei Stunden wolle er wieder geweckt werden, schrieb er ihr auf dem Tablet. Dann war es Zeit für den Kaffee und eine weitere Spazierrunde.

»*Et moi? Que fais?* Und ich? Was mache?«, erkundigte sich Marita ratlos bei Ségolène. Sie würde jetzt zwei Stunden die Zeit totschlagen, während Monsieur ruhte. Sie hätte die Stunden gut nutzen können, um sich die Gegend anzusehen oder nach Grasse zu fahren, stattdessen saß sie ohne fahrbaren Untersatz auf der Domaine fest. Marita erkannte plötzlich, dass dies vielleicht die größte Herausforderung ihrer neuen Arbeit werden könnte: der Langeweile zu trotzen. Sie kam sich unnütz vor und auf absurde Weise eingesperrt.

Ségolène schien genau zu spüren, wie es um sie stand, und forderte sie auf, ihr zu helfen. Sie würde Rosengelee einkochen und bat Marita, ihr einen kleinen Sack voll Blüten zu pflücken. Trotz der Mittagshitze waren die Blüten der pinkfarbenen Rose aromatisch, und wenn sie auch den Anforderungen der Parfümeure nur in den frühen Morgen- und Vormittagsstunden standhielt, so war die Qualität doch allemal genug für köstliches Gelee.

Voller Freude ging Marita mit einer Pflückerinnenschürze nach draußen. Sie stellte schnell fest, dass sie zur Erntehelferin nicht taugte. Sie war weit davon entfernt, die Blütenköpfe so rasch und mühelos abzubrechen, wie sie es heute bei den Frauen auf dem Feld beobachtet hatte. Und ohne Handschuhe ging gar nichts! Sie hatte in der Schürzentasche gerade mal den Boden mit Blüten bedeckt, aber ihre Hände waren bereits zerkratzt und geschwollen.

Doch die Mühe lohnte sich. Marita war selbst eine gute Köchin, und so brauchte es nicht viele Erklärungen von Ségolène. Marita wusste auch so, was sie tun musste, um der Haushälterin eine Hilfe zu sein. Sie schnitten zunächst das Weiße von den Blüten, dann kochten sie zwei Drittel davon in einer Zuckerlösung aus und ließen die Blüten in dem Sirup ziehen. Darauf wurde die Lösung durch ein sehr feines Sieb gestrichen und zusammen mit Zitronensaft,

Gelierzucker und Sekt aufgekocht. In die Gläser kamen jeweils frische Blüten, dann wurde das heiße Gelee daraufgegossen und die Gläser schließlich für ein paar Minuten auf den Kopf gedreht. Zu guter Letzt stellte Ségolène alle Gläser in eine Obstkiste und trug diese in die kühle Speisekammer, wo das Gelee fest werden sollte. Gemeinsam tranken sie einen kleinen schwarzen Kaffee, dann war es Zeit, Georges Lafleur zu wecken.

Der Nachmittag wurde nicht spannender als der Vormittag. Dieses Mal führte die Spazierrunde auf die andere Seite der Straße. Marita schob den Rollstuhl durch das große schmiedeeiserne Tor, einen kleinen Pfad entlang, was sehr mühsam war, denn der Weg zwischen Wiesen war schmal und holprig durch unregelmäßig große Steine. Marita musste sich mit dem Rollstuhl sehr abmühen. Dann querten sie die Straße oberhalb der eigentlichen Einfahrt und passierten ein weiteres Tor. Dahinter dehnten sich die Jasminfelder aus, die ebenso groß wie die mit den Rosen waren. Der Jasmin blühte noch nicht, er wurde erst von August bis Oktober geerntet. Auf dem Feld war dennoch jemand bei der Arbeit, ein Mann, Marita hatte ihn heute schon einmal auf dem Grundstück der Domaine gesehen. Er winkte, als er sie und Georges erblickte, und beide winkten sie zurück. »Pierre« erschien erklärend auf dem Display. Es war das erste Mal, dass der Senior von sich aus so etwas wie einen »Dialog« mit Marita führte.
»Ah«, antwortete sie – äußerst schlagfertig.
Fils de Ségo«, folgte nun. Der Sohn von Ségolène.
Da Marita nicht noch einmal »Ah« antworten wollte, ihr aber nichts Besseres einfiel, sagte sie »Hm, hm«.

Der alte Mann im Rollstuhl schnalzte mit der Zunge. Dann fiel Marita doch etwas ein. »*Elle a un fils?* – Sie hat einen Sohn?«

»*Trois. Et une fille.* – Drei. Und eine Tochter.«

Vier Kinder! Marita sah nun genauer zu dem Mann auf dem Feld. Er schien Ende zwanzig zu sein, das war auf die Entfernung nicht gut zu erkennen, außerdem hatte er ein wettergegerbtes Gesicht, was ihn älter wirken ließ. Das bestätigte ihre Schätzung, nach der Ségolène zwischen Ende fünfzig und Ende sechzig sein musste. Ob die ganze Familie der kleinen Haushälterin auf der Domaine arbeitete? Marita konzentrierte sich auf ihre frisch erworbenen Sprachkenntnisse. »*La famille de Ségolène travaille ici?* – Die Familie von Ségolène arbeitet hier?«

Doch der Senior antwortete nicht mehr. Er hatte den Rollstuhl gestoppt und zeigte auf einen Bewässerungsgraben entlang des Weges. Es war kein Wasser in dem Graben, er war wild zugewuchert, aber jemand hatte hier Unrat abgeladen. Zwei Autoreifen, ein kaputtes Mofa und diverser anderer Müll lagen dort. Der Senior wurde ganz unruhig, und Marita musste Pierre holen, damit dieser das Malheur begutachtete.

Ségolènes Sohn begrüßte Marita freundlich und formvollendet, stellte sich vor und zog sogar die Baseballkappe ab, die er bei der Arbeit auf dem Feld getragen hatte. Dann befasste er sich mit dem Müllproblem. Es ging etwas hin und her zwischen Pierre und Georges' Anweisungen auf dem Tablet, und zu guter Letzt versicherte Pierre, er werde den Unrat selbstverständlich beseitigen. So viel konnte sogar Marita verstehen. Georges Lafleur schien damit zufrieden, und sie setzten ihre Runde um das Jasminfeld fort.

Der spätere Nachmittag war heute mit Kaffeetrinken, Krankengymnastik und Nichtstun ausgefüllt. Ségolène verschwand irgendwann, und Lucien hatte sich in seinem Büro vergraben. Nachdem Marita das Abendessen für Georges hergerichtet hatte, schickte er sie weg. Er würde sie bis zum nächsten Morgen nicht brauchen, aber das Handy sollte sie trotzdem immer in Bereitschaft haben, falls er in der Nacht Beschwerden bekäme.

Es war noch hell draußen, und Marita wusste nicht so recht, was sie mit sich anfangen sollte. Gerne hätte sie jetzt Gesellschaft gehabt, mit jemandem geredet. Zwar hatte sie Lektüre dabei, aber es war ihr zu früh, sie war noch unternehmungslustig. Nach Grasse zu laufen traute sie sich nicht, den Wanderweg wollte sie im Dunklen nicht alleine gehen. Und was, wenn der Senior plötzlich nach ihr verlangte? Sie würde also hierbleiben müssen.

Kurz entschlossen packte Marita sich ein paar Sachen in ihre Tasche, dazu ein wenig Brot, Karotten und Wasser, und lief zu den Ställen. Dort fütterte sie die Ziegen und die Hasen, streichelte sie und setzte sich dann auf die alte Steinbank unter den Bäumen. Sie lauschte den Zikaden und den Singvögeln, spürte den leichten Wind auf ihren nackten Armen und schloss die Augen. Das war also mein erster Arbeitstag, dachte sie. Ein bisschen langweilig, ziemlich unspektakulär, aber alles in allem das genaue Gegenteil ihrer bisherigen Arbeit. Vielleicht sollte sie lernen, das zu genießen. Die Ruhe, die Zeit, die sie plötzlich hatte, und dass hier die Uhren anders gingen. Drei Monate, das war überschaubar. Und danach würde sie vielleicht neue Ziele haben.

Marita wusste, dass sie das Beste aus den drei Monaten auf

der Domaine herausholen wollte. Und dazu gehörte, Land und Leute kennenzulernen. Sie kramte in ihrer Tasche und holte einen kleinen MP3-Player und Kopfhörer heraus. Es war Sophies Abschiedsgeschenk. Auf dem Gerät war eine Menge Musik, ihre Tochter hatte Maritas Lieblings-CDs auf das Gerät übertragen. Aber auch etwas anderes hatte sie darauf gespielt. Marita streifte die Kopfhörer über und drückte auf Play. »*Salut! Tu as choisi des leçons françaises…*«
Sie schloss die Augen und lauschte konzentriert. Noch lange nach Sonnenuntergang saß Marita dort und lernte die allzu fremde, aber melodische Sprache. Als die Mondsichel hoch am Himmel stand, ging sie durch die sternenklare Nacht zum Haus zurück. Der Rosenduft hing schwer und süß in der Luft und begleitete sie bis in ihr Zimmer.

4.

Also Nizza. Marita atmete tief durch und ließ den Motor an.
Es war ihr dritter Arbeitstag, und die Gleichförmigkeit der vergangenen beiden Tage – die Marita allerdings sehr genossen hatte – wich einem neuen, in Zukunft regelmäßigen Programmpunkt. Es gab zwei Tage in der Woche, an denen sie ihren Patienten ins Poliklinikum nach Nizza bringen musste, wo er jeweils vier Stunden bei der Dialyse verbrachte. An diesen Tagen bekam sie den Kastenwagen von Lucien geliehen, einen auffälligen Wagen in hellem Grün mit dem Logo der Domaine und einer großflächigen Abbildung von Jasmin- und Rosenblüten. Der Rollstuhl von Lafleur senior passte problemlos in den Kofferraum. Es gab auch in diesem Wagen ein Navi, aber Marita hatte sich am Morgen ein Herz gefasst und Lucien Lafleur von ihrer Irrfahrt durch Nizza erzählt und ihm gesagt, dass sie sich nicht traut, sich so schnell wieder in die Hände eines französisch sprechenden Navigationsgerätes zu begeben. Es war das erste Mal, dass sie ihn lachen sah. Lucien Lafleur, der Griesgram, hatte ein schönes, warmes Lachen und sogar kleine Grübchen. Leider bekam man diese so selten zu Gesicht.

Lucien bot Marita an, das Navi auf Englisch umzustellen, das sei gar kein Problem, aber sie befürchtete, dass auch diese Sprache sie in der Hitze des Gefechts nur verwirren würde. Also hatte er mit seinem Vater gesprochen, und dieser sagte Marita zu, sie durch Handzeichen sicher zum Krankenhaus zu lotsen.
Das klappte besser als erwartet.
Monsieur Georges Lafleur saß auf dem Beifahrersitz in einem eleganten Dreiteiler, wie üblich mit Fliege und einem Strohhut. Aufmerksam verfolgte er die Route und dirigierte Marita mit klaren Gesten sicher durch den Verkehr. Sie war fast dankbar, dass er nicht sprach und sie dadurch noch nervöser machte. Er wurde auch nicht ungehalten, wenn sie sich mal falsch einordnete oder unvermittelt die Spur wechseln musste.
Trotzdem spürte Marita, wie ihr der Schweiß ausbrach, sobald sie dem Zentrum der Stadt näher kamen. Aber dank Monsieur Lafleur konnten sie die Stadtmitte umfahren, denn die Poliklinik lag am Rand von Nizza. Schließlich bogen sie durch das Tor in das Gelände der Klinik ein. Es war keine große Anlage, die Klinik sah eher aus wie ein ehrwürdiges altes Hotel als wie ein Krankenhaus. Georges dirigierte Marita auf einen Parkplatz, dann half sie ihm in den Rollstuhl. Als sie ihn zum Eingang der Klinik schieben wollte, bedeutete er ihr, dass er den Weg alleine machen wollte. Sie würden sich in vier Stunden am Auto wiedertreffen. Dann rollte der alte Herr davon. Marita sah ihm nach, bis er im Eingang des Krankenhauses verschwand.
Vier Stunden. Sie sah sich um. Die Gegend, in der die Klinik lag, war attraktiv. Es gab hübsche alte Wohnhäuser und Boulevards. Es konnte nicht schaden, die Umgebung heute

zu Fuß zu erkunden, schließlich würde sie regelmäßig zwei Mal in der Woche diese vier Stunden in Nizza verbringen. Auch heute hatte sie keinen Stadtplan dabei, aber Marita würde einfach loslaufen, die Gefahr, sich zu verirren, war gering.

Das Viertel lag etwas erhöht, man hatte einen schönen Blick über die Stadt zum Meer hin, und Marita entschied sich, den Hügel hinunter in Richtung Zentrum zu laufen. Schon nach wenigen Metern wies ein Schild zu einem Park, und Marita folgte ihm.

Das Wetter heute war weniger strahlend als an den beiden ersten Tagen, aber es war immer noch sehr mild. Die Straßen rund um das Klinikum waren belebt, viele Autos, Mofafahrer und Fußgänger waren unterwegs, es wurde gehupt und gerufen – die Lärmkulisse war eine ganz andere, als Marita sie aus Husum oder gar von Amrum kannte. Alles atmete südliches Flair. Sie beobachtete zwei ältere Damen, die mit ihren winzigen Hunden unterwegs waren und nun zu einem Plausch an der Straßenecke beisammenstanden. Während die Hunde, ein Mops und ein Chihuahua, sich gegenseitig am Hinterteil beschnüffelten, steckten die Damen die Köpfe zusammen und palaverten. Sie waren stark geschminkt, mit schwerem Schmuck behängt und trugen elegante seidene Sommerkleider. Die beiden verkörperten genau das, was sich Marita unter Bewohnern dieser schicken Stadt vorstellte. Sie selbst dagegen kam sich wie in Lumpen gekleidet vor, obwohl sie ebenfalls ein Sommerkleid und ihre mondäne neue Sonnenbrille trug. Aber von französischem Chic, geschweige denn dem Flair der Côte d'Azur war sie weit entfernt.

Die vier Stunden vergingen wie im Flug. Marita streifte

durch den Park, passierte dabei das Magritte-Museum, das sie sich in Gedanken gleich für den nächsten Nizza-Tag aufs Programm setzte, und verbrachte fast zwei Stunden auf einer Parkbank. Sie beobachtete alte Boulespieler, dazu hörte sie wieder ihren Französischkurs, der ihr die passende Untermalung lieferte. Marita streifte ihre Schuhe ab, genoss die leichte Brise, die so ganz anders war als eine Brise in ihrer Heimat. Lieblich, schmeichelnd und mit dem schweren Duft der Blumen geschwängert, die überall in voller Blüte standen – nicht scharf, frisch und salzig wie zu Hause.
Marita bekam Heimweh. Insbesondere nach Sophie und ihren Freundinnen Babsi und Annette. Marita vermisste Ansprache. Sie hatte eigentlich immer jemanden zum Quatschen gehabt, ob in ihrem Job, zu Hause oder in der Freizeit. Und nun war sie plötzlich ganz auf sich gestellt, radebrechte lediglich mit Ségolène.
Sophie war im Moment unerreichbar. Sie gondelte durch die Weltgeschichte, gerade war sie irgendwo in Indonesien unterwegs und hatte Marita versprochen, ab und zu aus einem Internetcafé eine Mail zu schicken. Marita war froh, dass sie so sehr mit sich selbst und der neuen Situation beschäftigt war – zu Hause, allein in der gemeinsamen Wohnung, hätte sie sich vor Sorgen zermartert.
Mit Sophie konnte sie sich also ohnehin nicht austauschen, selbst wenn sie jetzt nicht an der Côte d'Azur säße. Aber mit ihren beiden besten Freundinnen. Sie würde sich später in einem Kiosk eine Prepaid-Karte kaufen und versuchen, eine der beiden am Abend zu erreichen.
Das schmerzliche Heimweh hatte Marita wie eine Welle überrollt, sie fühlte sich auf der Parkbank schrecklich

einsam. Aber je länger sie auf die Boulespieler starrte und die Französischlektionen auf sie einrieselten, desto mehr kam sie in eine fast meditative Stimmung. Zwei Stunden saß Marita auf der Bank, und als sie schließlich aufstand, um irgendwo einen Kaffee zu trinken, war ihr Kopf fast leer. Sogar das Heimweh war verschwunden. Außerdem konnte sie die Lektion sieben ihrer Sprachkassette nun auswendig.

»*Au revoir, Mademoiselle!*«, rief einer der Boulespieler und deutete eine leichte Verbeugung an. Nun drehten sich auch die anderen Männer, die sie bislang anscheinend nicht bemerkt hatten, nach ihr um und verabschiedeten sie. Marita winkte ihnen freundlich zu und rief ihnen ein »*Bonne journée!*« hinüber. *Mademoiselle*, wie schmeichelhaft!

Beschwingt lief sie durch den Park und nahm Kurs auf die Poliklinik.

Einen Kaffee und ein Kuchenteilchen später wartete Marita am Auto auf Georges. Er kam pünktlich aus der Klinik gerollt und lächelte sie schon von weitem an. Als Marita ihm ins Auto geholfen und den Rollstuhl verstaut hatte, tätschelte er ihr sogar kurz den Arm. Scheint bester Laune zu sein, dachte Marita und versuchte, ihre neue Lektion gleich anzuwenden, indem sie ihm erzählte, was sie während seiner Dialyse unternommen hatte. Es schien ihn nicht sonderlich zu interessieren, aber er summte die gesamte Fahrt über und hatte ein seliges Lächeln auf dem Gesicht.

Marita wusste aus ihrer Berufspraxis, dass ein paar Stunden an der Dialyse die meisten Patienten müde machten, aber bei Georges Lafleur schienen diese eine ganz andere Wirkung zu haben. Er hatte neuen Schwung, Energie und

beste Laune – was sich sofort auf sie übertrug. Wieder dirigierte er sie zuverlässig auf die Route nach Grasse. Marita, die ein gutes fotografisches Gedächtnis hatte, prägte sich die Strecke ein, außerhalb von Nizza konnte man ohnehin nicht viel falsch machen.
Kurz bevor sie die Domaine erreichten, bog aus einem Seitenweg ein kleines dreirädriges Gefährt mit Ladefläche ab. Marita erkannte Ségolènes Sohn Pierre, der von dem Gelände mit den Jasminfeldern kam. Auf der Ladefläche hatte er die Autoreifen, das kaputte Mofa und den anderen Unrat, den er auf Bitte von Lafleur senior beseitigen sollte.
Sie zockelten ein kleines Stück hinter dem Piaggio her, bevor Marita schließlich zur Domaine abbog.
Es war gegen neunzehn Uhr, Ségolène war bereits zu Hause, hatte Marita aber ein Risotto warm gestellt und einen Zettel dazugelegt. Jemand hatte angerufen für Marita. Ein gewisser Knut. Die deutsche Nummer hatte Ségolène ebenfalls notiert. Weder der Name noch die Nummer sagten Marita etwas. Sie kümmerte sich um Georges, der, so hatte es jedenfalls den Anschein, sie sehr schnell loswerden wollte, begrüßte Lucien Lafleur, der wie immer in seinem Büro saß, und nahm sich dann ihr Essen mit auf die Terrasse.
Wer, zum Teufel, war Knut? Und was wollte er? Die deutsche Vorwahl war die von Husum. Ob es etwas mit der Arbeit zu tun hatte? Dann stünde aber eher der Nachname da. Oder war Knut in dem Fall der Familienname?
Marita beschloss, erst in Ruhe das Essen zu genießen und ein Glas Wein zu trinken, bevor sie den geheimnisvollen Unbekannten zurückrufen würde.
Hier im Süden blieb es bis neun Uhr abends hell, nicht ganz so lange wie in ihrer Heimat. Dafür war es auch in der

Nacht noch mild. Marita war erst seit wenigen Tagen hier, aber daran könnte sie sich gewöhnen: dass man um diese Zeit, Anfang Mai, noch ohne Jacke draußen sitzen konnte. Die Katzen streiften um ihre Beine, während sie aß. Marita verlor den Überblick darüber, wie viele Katzen auf der Domaine lebten, aber es waren vor allem drei, die immer wieder auftauchten und sehr zutraulich waren. Ségolène ließ ihnen ab und zu etwas aus der Küche zukommen, alle Katzen jedoch waren so gut genährt, dass sie offenbar auch ohne Hilfe der Haushälterin auf der Domaine satt wurden. Als sie mit dem Essen fertig war, legte Marita die Füße hoch, nahm eine der Katzen auf den Schoß, die sich sofort behaglich zusammenrollte, und steckte sich eine Zigarette an. Dann griff sie zu ihrem Handy. Statt Babsi oder Annette würde sie also Knut-wer-auch-immer-das-war anrufen. Es klingelte drei Mal, bevor sich eine warme melodische Männerstimme meldete.
»Knut Meißen.«
Marita erkannte ihn sofort. Es war Strapsmann.

Sie telefonierten eine geschlagene Stunde. Die Sonne war untergegangen, Marita hatte zwei Zigaretten geraucht und ein Glas Wein zu viel getrunken. Die Katze auf ihren Beinen war tief eingeschlafen. Knut, der Mann aus dem *Glücklichen Matthias*, hatte ihre Freundin Annette in der Kneipe wiedergetroffen. Offen gab er zu, dass er Marita suchte – und nicht nur, weil er noch ihre Sneakers hatte, die ihm ohnehin nicht passten. Er hatte sie wiedertreffen wollen, und Annette hatte ihm erzählt, dass Marita für drei Monate in Südfrankreich war. Kurzerhand hatte er in der Domaine angerufen.

Knut war offen, humorvoll und charmant. Marita erinnerte sich an seine Augen, die ihr schon damals gefallen hatten. Nach dem Scheitern ihrer Ehe war sie nie auf der Suche nach einer festen Beziehung gewesen, aber je größer Sophie geworden war, desto mehr Sehnsucht hatte sie nach einem Partner gehabt. Es war ihr jedoch nie ein Mann begegnet, der sie wirklich angezogen hätte. Nicht so jedenfalls, dass sie ihre Unabhängigkeit dafür aufgegeben hätte. Und jetzt Knut. Ausgerechnet. Zum völlig falschen Zeitpunkt.
»Darf ich wieder anrufen?«, fragte er, nachdem sie ein paar Sekunden lang geschwiegen hatten.
»Gerne. Ich freu mich. Gegen Abend ist es gut. Ich bin sowieso immer hier.« Marita blickte auf die schmale Mondsichel über den Rosenfeldern.
»Immer? Bekommst du nicht frei?«
»Frei schon. Aber ich komm hier nicht weg.« Sie erzählte ihm von der Situation und dass sie weder ein Auto noch einen anderen fahrbaren Untersatz zur Verfügung hatte. Sich den Wagen von Lucien auszuleihen traute sie sich nicht. Noch nicht. Aber Knut brachte sie im Gespräch, ohne es zu ahnen, auf eine andere Idee. Und die fand Marita richtig gut.
Sie beendeten ihr Telefonat, Marita küsste im Überschwang der Gefühle die fremde Katze auf die Nase und schlich sich leise ins Haus. Im Büro war das Licht gelöscht, aber von irgendwoher drangen die Klänge eines Cellos. Marita hatte es noch nicht gesehen, aber Ségolène hatte ihr erzählt, dass Lucien ein solches besaß und spielte. Er war also noch wach. Marita schleuste sich durchs Bad, und als sie sich ins Bett kuschelte, dachte sie an ihren Plan.
Und ein bisschen an Knut.

5.

Es war gar nicht so einfach, das Gleichgewicht zu halten. Schon als Pierre ihr zeigte, wie man das Mofa in Betrieb nahm – Ständer ausklappen, Hinterrad in der Luft, einen Hebel ziehen, mit einem Fuß das Pedal kräftig heruntertreten –, war Marita überfordert. Allerdings fand sie es vertrauenerweckend, dass das Ding eine Kette und zwei Bremsen hatte, einem Rad nicht unähnlich. Nach einigen Versuchen schaffte sie es auch, dass der Motor heftig knatterte, das Hinterrad sich drehte und der Auspuff blaugraue Wolken ausstieß. Doch dann forderte Pierre sie auf, sich auf das Mofa zu setzen und den Ständer einzuklappen. Sofort setzte sich die kleine blaue Höllenmaschine in Gang und raste mit ihr los. Panisch klammerte Marita sich an die Griffe, drehte dabei aber am Gas und beschleunigte dadurch. Instinktiv stieß sie einen Schrei aus – was die Pflückerinnen auf der Terrasse veranlasste, heftig zu klatschen und sie mit Rufen anzufeuern. Angefeuert zu werden war nicht unbedingt das, was Marita in dem Moment brauchte – im Gegenteil. Das kleine Moped sauste mit ihr über den holprigen Sandweg neben dem Rosenfeld, so dass Marita alle Mühe hatte, im Sattel zu bleiben.

Das Telefonat mit Knut hatte den Ausschlag gegeben. Er hatte ihr eine Geschichte von einem Ferienlager erzählt, irgendwo in Schleswig-Holstein, in der absoluten Pampa. Er war sechzehn gewesen und mit seinem Kumpel auf die glorreiche Idee gekommen, das Moped ihres Betreuers für eine abendliche Spritztour in den nächsten Ort zu klauen. Die Geschichte hatte mit zwei betrunkenen Teenagern und einem kaputten Moped im Graben geendet. Aber während Knut erzählt hatte, erinnerte sich Marita an das Mofa, das Pierre wegschaffen sollte. Sie hatte es auf der Ladefläche des Dreirads gesehen. Gleich am nächsten Tag hatte Marita Ségolène darauf angesprochen, und diese hatte ihr Handy gezückt und ihren Sohn angerufen. Ein schneller, aufgeregter Wortwechsel, dann hatte die Haushältern das Handy zusammengeklappt und in ihre Schürze gesteckt.
»*Parfait!*«, hatte sie zufrieden gesagt und weitergearbeitet. Marita hatte sich nicht getraut nachzufragen, aber da sie Ségolène vertraute und wusste, dass diese überaus patent war, hatte sie beschlossen abzuwarten.
Zwei Tage später hatte es auf dem Hof gestanden. Ein kleines Ding in verwaschenem Blau. Mit schwarzem Kunststoffsattel, den Pierre mit Plastikklebeband geflickt hatte. »Peugeot« konnte man auf dem Rahmen mit Not noch entziffern. Hinter dem Sattel ein praktischer Gepäckträger mit Spannern. Der Lenker sah aus wie von dem Bananenfahrrad, das Marita sich in ihrer Kindheit so sehnlich gewünscht, aber nie bekommen hatte. Es war keine Schönheit, aber Marita hatte das ramponierte Ding auf den ersten Blick ins Herz geschlossen.
Es bedeutete Freiheit.
Als Pierre ihr das Moped präsentierte, wollte sie ihm seine

Unkosten bezahlen, aber er winkte nur ab. »*De rien*«, meinte er. Marita konnte nicht anders als ihn umarmen und ihm einen Kuss auf die Wange geben, so dankbar war sie. Pierre lachte und zeigte ihr, wie das kleine Mofa funktionierte, und alle, Ségolène und die Pflückerinnen, sogar Lucien Lafleur, standen auf der Terrasse und sahen amüsiert zu.

Und nun brauste Marita um das Rosenfeld, an den Hasen- und Ziegenställen vorbei, den Wind im Haar, und versuchte, die Maschine zu bändigen. Ihr Herz klopfte vor Aufregung, und sie fühlte sich wie ein Teenager, so aufregend und verheißungsvoll war der Besitz eines solchen fahrbaren Untersatzes.

Als sie die Felder einmal umrundet hatte und wieder auf das Herrenhaus zuhielt, war sie unsicher, wie sie bremsen sollte. Zwar hatte sie beidseitig Bremshebel am Lenker, aber was hatte Pierre gesagt: Sollte sie vom Gas gehen? Einen Gang runterschalten? Oder gerade nicht? Marita entschied sich dafür, alles gleichzeitig zu machen. Sie ließ den Gashebel los, zog beide Bremsen und nahm vorsichtshalber beide Füße von den Pedalen. Das hatte eine heftige Vollbremsung zu Folge, das Hinterrad des kleinen Mofas riss aus, Sand spritzte, und der Motor wurde abgewürgt. Aber Marita saß noch im Sattel! Applaus und Gelächter von ihrem Publikum auf der Terrasse.

Pierre erklärte Marita daraufhin erneut, wie das mit dem Bremsen richtig funktionierte. Anschließend zeigte Ségolène ihr, wo sie Lola, so taufte Marita ihr kleines Gefährt, abstellen konnte. Am liebsten hätte sie sofort Knut Meißen angerufen, um ihm von Lola zu erzählen. Seltsam, eigentlich war er ein Wildfremder, aber ihr Telefonat war so

vertraut gewesen, dass Marita spürte, wie sehr sie sich zu ihm hingezogen fühlte.
Dann nahm der Tag seinen üblichen Verlauf. Marita hatte bereits nach kurzer Zeit alle Abläufe ihres Programms mit Georges Lafleur so im Blut, dass sie kaum auf die Uhr schauen musste. Alles lief stets nach demselben Schema. Und Marita begann, die Vorteile daran zu sehen. Sie wurde in diesem Job nicht gefordert, dafür kam sie zur Ruhe. Und jetzt, mit Lola, würde sie die viele freie Zeit genießen. Drei Monate Urlaub – und dann zurück nach Husum. Und wenn sie über sich hinauswuchs, würde sie es vielleicht schaffen, mit dem Rauchen aufzuhören und ein bisschen abzunehmen. Über Letzteres musste Marita angesichts der Köstlichkeiten, die Ségolène täglich auf den Tisch brachte, noch einmal gründlich nachdenken.

Am Abend bat Lucien sie in sein Büro. Er war, wie immer, wenn er mit Marita allein war, eigentümlich verhalten. Marita spürte, dass es ihm schwer fiel, ihr in die Augen zu schauen. Lucien hatte es am liebsten, wenn sie sich um Georges kümmerte, alles reibungslos verlief und sie mit ihm möglichst wenig Berührung hatte. Dabei schien er in seinem Business durchaus ein guter und durchsetzungsstarker Chef zu sein. Wenn Marita ihn im Umgang mit den Pflückerinnen oder anderen Angestellten beobachtete, war er freundlich, aber doch klar und deutlich in seinen Anweisungen. Er wurde von seinen Leuten akzeptiert, aber wurde er auch gemocht? Das zu beurteilen stand Marita nicht zu, dafür war sie erst zu kurz in der Domaine.
Das Verhältnis zu Marita ließ sich für ihn scheinbar nicht so leicht einordnen. Sie war seine Angestellte und doch

mehr als das. Er bezahlte sie für ihre Arbeit, aber da sie rund um die Uhr mit den beiden Lafleurs unter einem Dach wohnte und sie eine kleine WG bildeten, war sie ihm privat viel näher als die anderen Angestellten.
Lucien erkundigte sich danach, wie ihre erste Arbeitswoche verlaufen sei und wie sie mit seinem Vater auskäme. Marita antwortete aufrichtig, dass sie zu Georges Lafleur ein unkompliziertes oder, besser: gar kein besonderes Verhältnis aufgebaut habe. Er sei distanziert, aber freundlich. Lucien Lafleur schien sehr erleichtert.
Marita hätte sich gerne noch ein bisschen länger mit dem Junior unterhalten, sie hatte nun seit über einer Woche den faszinierenden Betrieb beobachtet und hätte mit Freuden mehr über das Geschäft mit den Blüten erfahren. Aber Lucien Lafleur war bereits aufgestanden und zur Tür gegangen. Er öffnete sie, hielt Marita die Hand hin und nickte knapp, als sie diese ergriff.
»Ich wünsche Ihnen noch einen schönen Abend und weiterhin eine gute Zeit bei uns«, sagte Lucien auf Englisch. Marita öffnete den Mund für eine Erwiderung, aber Lucien war bereits im Begriff, die Tür zu schließen. Er hat definitiv einen Stock verschluckt, dachte Marita und schüttelte den Kopf. Da würde sie noch eher mit dem Alten warm werden.
Mit diesem war sie bereits ein weiteres Mal in Nizza gewesen und hatte ihn zur Dialyse gebracht. Sie hatte das Magritte-Museum besucht und auf einen Sprung im Park vorbeigeschaut. Auf dem Bouleplatz wurde wieder gespielt, und Marita erkannte sogar ein paar Gesichter. Einer der älteren Herren nickte ihr freundlich zu. Bald kenne ich euch mit Namen, hatte Marita amüsiert gedacht. Georges

Lafleur war dieses Mal weniger beschwingt von seinem Termin gekommen, aber bei der Heimfahrt hatte er Marita gelobt, die manchmal schon ohne seine Hilfe den richtigen Weg zurück nach Grasse fand.

Für den Samstagabend war Marita bei Ségolènes Familie eingeladen, den Verbiers. Marita freute sich sehr darauf. Sie steckte sich die Haare hoch, schminkte sich und zog ihr geblümtes Wickelkleid an. Dazu rote hochhackige Sandalen. Im Spiegel gefiel sie sich ausnehmend gut. Eigentlich war Marita eher der Typ: einfach, praktisch, gut. Im Job trug sie nur bequeme Gesundheitstreter, und auch in der Freizeit bevorzugte sie flaches Schuhwerk. Es war ihr vollkommen unverständlich, wie es manche Frauen schafften, zum stundenlangen Shoppen auf hochhackigen Pumps herumzustolzieren. Ihre Freundin Babsi war so eine. Obwohl sie mehr wog, als ihr guttat, bugsierte sie, kaum hatte sie die Klinik verlassen, ihre 80-plus Kilogramm auf High Heels – und behauptete glattweg, es sei auch noch bequem. Tatsächlich sah Babsi immer großartig aus. Klein, rund und betont weiblich. Die Typen waren verrückt nach ihr und straften alle Behauptungen Lügen, Frauen müssten Idealmaß haben, um noch über vierzig die Chance auf einen männlichen Restposten zu haben.

Marita schaffte es selten, ihre Weiblichkeit vorteilhaft zur Geltung zu bringen. Sneakers, Jeans, ein bequemes Shirt, das war ihre Lieblingskluft. Nein, eigentlich nicht mal Jeans, sondern Jogginghose, aber sie wusste auch, dass es nicht sehr ansprechend war, diese außer Haus zu tragen.

Deshalb war ihr heutiges Outfit auch eine absolute Ausnahme für sie. Wenngleich der Aufwand lohnte, dachte Marita, als sie sich im Spiegel betrachtete.

»*Très jolie* – Sehr hübsch!«, schrieb Georges Lafleur auch prompt in sein Tablet, als sie sich von ihm verabschiedete. Sie hatte ihm gesagt, dass sie bei Ségolène sei und im Notfall schnell wieder zu Hause wäre, falls er sie brauchte. Der Senior winkte ab, aber er lächelte bei ihrem Anblick und machte ihr das nette Kompliment. Vielleicht werden wir ja doch noch Freunde, dachte Marita, als sie grinsend die Tür zu seinem Zimmer schloss.
Im Flur kam ihr Lucien entgegen, und sosehr er sich um einen neutralen Gesichtsausdruck bemühte, hatte Marita doch bemerkt, dass seine Augen bei ihrem Anblick ein bisschen größer geworden waren.
Beschwingt holte sie ihre Lola aus dem Schuppen, schnallte die Basttasche mit der Flasche Brut de Rosé auf den Gepäckträger und kickte die Maschine an. Sofort knatterte Lola laut und prustete ihre charakteristische blaue Wolke aus dem Auspuffrohr. Marita rollte vom Hof, langsam und behutsam den steilen Sandweg hinab und schließlich auf die Straße. Ségolène wohnte mit ihrer Familie zehn Minuten von der Domaine entfernt, nicht in Richtung Grasse, sondern in die Gegenrichtung, nach Draguignan. Die Luft war warm, der Himmel strahlend blau, zu einer Seite leuchtete immer das Meer, und Marita genoss die kurze Fahrt auf der kurvigen Straße über alle Maßen.
Als sie zum Haus der Verbiers einbog, wurde sie schon von einer Horde Kinder empfangen, die auf dem Weg gespielt hatten und ihr nun lachend hinterherrannten. Vor dem Haus stand Gilbert, der Ehemann von Ségolène. Marita hatte ihn bereits ein paar Mal gesehen, wenn er seine Frau zur Arbeit brachte oder abholte, und ihn sofort ins Herz geschlossen. Gilbert war ein freundlicher Riese, der in der

Nähe eine Autowerkstatt besaß. Ségolène sprach stets liebevoll von ihm, und Marita war voller Bewunderung, dass die beiden trotz – oder vielleicht wegen? – vier Kindern, vielen Enkeln und einer langen Ehe eine gewisse Verliebtheit nicht verbergen konnten.

Von den Kindern der beiden waren Pierre und seine Frau mit ihren zwei kleinen Töchtern gekommen, Marie, die Tochter der Verbiers, mit ihrem Ehemann und drei Kleinen sowie Fabius, der jüngste Sohn, mit seiner Freundin. Das vierte Kind von Ségolène und Gilbert, ebenfalls ein Sohn, lebte in der Nähe von Avignon – am anderen Ende der Welt für seine Eltern.

Die Verbiers wohnten einfach. Ein schmuckloses, älteres Haus, umgeben von einem großen, sehr gepflegten Garten, Gemüsebeeten und kleinen Verschlägen für Hühner oder Hasen. Heute Abend war neben dem Haus eine lange Tafel gedeckt. Einfach und rustikal, aber die mit Weinranken bewachsene Pergola verlieh dem Ganzen ein romantisches Flair. Sie waren vierzehn Personen, und Marita wurde von allen so behandelt, als sei sie ein Teil der Familie. Ein Familienmitglied mit Handicap allerdings: der Sprache. Zwar merkte Marita durchaus, dass ihre täglichen Übungen mit der Sprachkassette schon viel gebracht hatten, aber die Franzosen um sie herum redeten alle viel, schnell und durcheinander. Sie hatte kaum eine Chance, sich an dem Gespräch zu beteiligen. Allerdings war die Familie Verbier neugierig, und wann immer jemand das Wort an Marita richtete, verstummten die anderen und blickten sie erwartungsvoll an. Dann stotterte Marita das mühevoll Erlernte hervor, und alle nickten freundlich. Im Lauf des Abends jedoch löste der Wein ihre Zunge und nahm ihr die

Hemmungen. Und auf einmal lief die Kommunikation wie von selbst.

Der Abend war heiter und gelöst, das Essen hervorragend, und die Gesellschaft tat Marita, die sich sonst so einsam fühlte, sehr gut. Als es dunkel wurde, erleuchtete eine Kette bunter Glühbirnen, zwischen den Weinreben aufgehängt, matt die Tafel. Die Kinder spielten irgendwo, man hörte sie kreischen und lachen, die Erwachsenen rückten näher zusammen.

Pierres Frau brachte eine Runde kleinen schwarzen Kaffee für alle, und Gilbert erkundigte sich freundlich nach Maritas Familienverhältnissen. Ségolène habe erzählt, dass Marita eine große Tochter hatte, was machte die nun in Husum ganz allein? Als Marita davon erzählte, dass Sophie mit Freund und Rucksack in die Welt hinausgezogen war, staunten die Verbiers und schüttelten die Köpfe. Schlimm genug, dass einer der Söhne nach Avignon gezogen sei, aber eine Weltreise? Undenkbar! Marita musste lachen. Das war heutzutage doch ganz normal, der Globus war dank Internet zu einem Tennisball geschrumpft! Aber die Verbiers waren traditionell, eine Großfamilie, die auf Biegen und Brechen zusammenhielt. Alles andere brachte in ihren Augen nur Unglück – man sehe es ja an den Lafleurs. Ségolène und Gilberts Mienen wurden augenblicklich bekümmert.

Nun wurde Marita hellhörig und fragte nach. Sie erfuhr von den Verbiers, dass Lucien Lafleur lange Zeit im Ausland gelebt hatte. Erst spät hatte er von seinem Vater das Geschäft übernommen, eigentlich hatte dieser die Domaine sogar schon geschlossen gehabt – mangels Nachfolger.

»Was hat er denn gearbeitet?«, fragte Marita in ihrem gebrochenen Französisch.

»*Il a été un nez*«, gab Ségolène zu Antwort.
Er war eine Nase? Marita glaubte, nicht recht verstanden zu haben, doch dann erklärte ihr Gilbert, was es mit dieser Bezeichnung auf sich hatte. *Nez* wurden Parfümeure genannt, Menschen, die eine außerordentliche Begabung mitbrachten: einen extrem ausgeprägten Geruchssinn. Marita erfuhr, dass es weltweit vielleicht 20 000 professionell ausgebildete Parfümeure gab, aber nur etwa fünftausend unter ihnen waren sogenannte Nasen. Es war eine besondere Gabe, die allerdings besonders gefördert werden musste. Und später besonders gut bezahlt.
Laut den Verbiers war Lucien, der zuvor Chemie studiert hatte, ein »*génie extraordinaire*«, ein besonderes Genie. Er studierte an der renommierten Parfümeurschule in Paris. Anschließend war er nach New York gegangen, um bei einem großen Kosmetikkonzern zu arbeiten. Dort hatte er auch seine Frau kennengelernt.
Marita spitzte die Ohren; Lucien Lafleur war verheiratet? Aber die Verbiers rückten nicht weiter mit der Sprache heraus. Ségolène hatte sogar Tränen in den Augen und räumte rasch den Tisch ab, um ihre Betroffenheit zu verbergen. Die anderen wechselten rasch das Thema und kamen wieder auf heitere Dinge zu sprechen.
Es war bereits nach Mitternacht, als Marita sich entschied, aufzubrechen. Zwei der ganz kleinen Kinder schliefen bereits bei ihren Eltern auf dem Schoß, Marie, die Tochter von Ségolène und Gilbert, war mit zwei ihrer Kleinen ins Haus gegangen, um die beiden dort ins Bett der Großeltern zu legen. Offenbar war sie gleich mit eingeschlafen. Marita wollte unbedingt beim Aufräumen helfen, aber Pierre bedeutete ihr, dass seine Mutter tödlich beleidigt

wäre, sollte Marita es wagen, auch nur einen Teller ins Haus zu tragen.
Also begleitete Gilbert Marita noch zu ihrem Mofa. Als sie Lola erreicht hatten, zündete er sich eine Zigarette an und bot Marita ebenfalls eine an. Sie zögerte, aber nur kurz. Denn eigentlich fand sie, dass eine filterlose Gitane der krönende Abschluss eines so durch und durch französischen Abends war.
Gilbert gab ihnen beiden Feuer, dann räusperte er sich. Lucien und Georges hätten ein denkbar schlechtes Verhältnis, begann er zu erzählen. Und dass Ségolène schrecklich darunter leiden würde. Denn es sei nicht immer so gewesen. Und schuld daran war hauptsächlich Luciens Frau. Ex-Frau. Und Georges höchstselbst.
Marita hörte stumm zu. Sie ließ Gilbert reden. Auch jetzt ging er nicht ins Detail, aber nun wusste sie etwas mehr als vorher. Die Frau von Lucien gab es noch, aber anscheinend war er von ihr geschieden.
»*Son cœur est rompu* – Sein Herz ist gebrochen«, schloss Gilbert und legte eine seiner großen Pranken auf die karierte Hemdbrust. Dabei guckte er treuherzig und traurig wie ein Basset.
Auf dem Heimweg fröstelte Marita, sie hatte keine Strickjacke eingepackt, und zu so später Stunde war es im Fahrtwind mehr als frisch. Außerdem fühlte sie sich nicht ganz sicher. Sie hatte etwas zu viel getrunken, um noch mit dem Mofa fahren zu dürfen. Sie beruhigte sich allerdings damit, dass kaum jemand auf der Straße unterwegs und der Weg nur kurz war.
Lola schaffte den steilen Sandweg zur Domaine nur mit Ach und Krach, und als sie, oben angelangt, durch das

gusseiserne Tor einbogen, lobte Marita ihre neue Begleiterin im Stillen.

Sie hatte erwartet, dass das Herrenhaus ganz im Dunkeln liegen würde, aber im ersten Stock, in dem Büro von Lucien Lafleur, brannte noch Licht. Hatte er gar kein Leben außer der Arbeit?, fragte sich Marita. Im Flur zog sie die hochhackigen Sandalen aus, um Georges nicht durch das Klappern ihrer Absätze zu wecken. Die Bürotür Luciens stand einen Spalt offen, und Marita riskierte einen vorsichtigen Blick. Sie wollte nicht unhöflich sein. Falls Lucien sie bemerkte, sollte er nicht denken, dass sie sich grußlos in ihr Zimmer schlich.

Doch Lucien merkte nichts. Er war über seinen Unterlagen eingeschlafen. Den Kopf auf dem Unterarm gebettet, das Haar zerzaust und der Mund offen, und Marita hörte seine tiefen Atemgeräusche. Einen Moment zögerte sie, doch dann lief sie auf Zehenspitzen ins Zimmer, nahm eine Decke von der Chaiselongue und legte sie vorsichtig über Schultern und Rücken des Juniors. Dann löschte sie das Licht und stahl sich hinaus.

6.

Die Place aux Aires war Maritas Lieblingsplatz in Grasse. Es war schon dunkel, nach zehn, und sie saß an diesem romantischen Ort im Café und trank einen Digestif. Es herrschte reges Treiben, die Lokale waren gut besucht, die Franzosen gingen ebenso wie die Italiener erst spät zum Essen, und so tobten auch noch Kinder in der Nähe des Brunnens und zwischen den Stühlen herum. Marita war im Kino gewesen und genoss nun den lauen Abend unter den vielen gut gelaunten Menschen.
Nach über drei Wochen und dank ihrer Lola kannte sie die kleine Stadt mittlerweile ganz gut. Zumindest in der historischen Altstadt, so verwinkelt diese auch war, fand sie sich ausgezeichnet zurecht. Marita liebte den unaufgeräumten Charme von Grasse. Natürlich hatte auch diese südfranzösische Stadt sich für die Touristen herausgeputzt, aber es gab immer noch die ein oder andere »Schmuddelecke«, und im Gegensatz zu manch anderen touristischen Wallfahrtsorten spürte man in Grasse, dass hier Menschen wirklich lebten, arbeiteten, einkaufen gingen, die Schule besuchten. In Grasse pulsierte das Leben auch außerhalb der Saison.

Marita musste sich sehr zusammenreißen, um nicht ihren kompletten Lohn in der kleinen Stadt auf den Kopf zu hauen, denn die Verlockungen lauerten an jeder Ecke. Außerdem hatte sie ständig das Gefühl, nicht zur Arbeit in Südfrankreich zu sein, sondern um Urlaub zu machen. Der Job forderte sie nach wie vor nicht wirklich, und so hatte sie, wenn Georges sich am frühen Abend von ihr verabschiedete, viel Energie, um sich die Zeit zu vertreiben. Sie hatte wandernd die Gegend erkundet, hatte alle Museen besucht, die Parfümfabriken von Fragonard und Galimard, kannte alle kleinen und großen Shops in Grasse und die Cafés der Altstadt. Weiter weg traute sie sich nicht, schließlich war sie laut Vertrag rund um die Uhr im Dienst. Aber selbst wenn Ségolène sich in den Feierabend verabschiedete, war immer noch Lucien zu Hause, der Abend für Abend in seinem Büro hockte. Oder Cello spielte. Und niemals würde Marita die Domaine verlassen, ohne die Einwilligung von Georges einzuholen.

So war es auch an diesem Abend gewesen. Marita plante einen Kinobesuch. Sie hatte eine französische Sommerkomödie gewählt, einen großen Hit in Frankreich. Und sie wollte sich die Chance nicht entgehen lassen, sich den Film im Original ansehen zu können. Also erkundigte sie sich bei Georges, ob er etwas dagegen habe, wenn sie für gute zwei Stunden verschwände, aber der alte Herr war bereits wieder mit seinem Internetpoker beschäftigt und schüttelte nur den Kopf.

Das war etwas, was Marita mittlerweile über ihn herausgefunden hatte. Georges Lafleur wettete und war auch einem Spielchen nicht abgeneigt. Sie hatte das bemerkt, weil er ein paar Mal versehentlich seinen Monitor angelassen hatte und sie dadurch live verfolgen konnte, wo im Internet er sich herumtrieb. Er hatte, als sie ihn darauf ansprach, die Sache heruntergespielt und sie gebeten, seinem Sohn nichts davon erzählen, dieser rege sich nur unnötig auf. Marita war seiner Bitte nachgekommen, denn Georges unterschied sich in seiner Vorliebe für Wetten und Kartenspiele nicht von den meisten anderen Senioren. Wenn einem nicht mehr viel blieb an Zeitvertreib, dann griff manch einer gerne auf die Zockerei zurück. Marita fand das nicht schändlich, sie war ihren Patienten oft genug entgegengekommen und hatte eine Runde mit ihnen gespielt – Rommé, Canasta oder eben auch Poker.

Es war Ende Mai, die Temperaturen waren gestiegen, und es hatte nur an zwei Tagen geregnet. Der schwache Wind, Ausläufer des Mistrals, über den die Einwohner von Grasse gerne klagten, war für Marita kein Problem. Sie kam von den friesischen Inseln, da wuchs man mit ständigem Wind auf. Hier, auf der Place aux Aires, spürte man noch die Nachwärme des Tages, die zwischen den alten Häusern hängengeblieben war. Die Nacht war lieblich, roch nach dem Essen der umliegenden Restaurants, aber ein bisschen auch nach dem Meer und den blühenden Bäumen und Büschen zwischen den Häusern.

Marita nippte an ihrem Drink und verbot sich, eine Zigarette anzuzünden. Zwar hatte sie das Bedürfnis zu rauchen, aber sie wollte den Geruch in ihrer Nase nicht durch den einer Zigarette vertreiben. Sie war verliebt. Ein bisschen nur und vielleicht auch nicht so richtig, aber während sie hier saß und die Luft, die Leute und ihr Leben genoss, war sie verliebt. Seit sie das erste Mal mit ihm telefoniert hatte, dachte sie fortwährend an Knut Meißen. Natürlich war er

ihr damals, vor vielen Wochen im Februar im *Glücklichen Matthias,* schon sympathisch gewesen, aber zu behaupten, bei ihr hätte der Blitz eingeschlagen, wäre gelogen. Sie hatten miteinander getanzt und wohl auch ein bisschen geflirtet, aber hauptsächlich hatte Marita an diesem bewussten Abend ihren Streit mit dem Klinikmanager vergessen wollen. Und Knut war in seinem schrecklichen Lack- und Lederkostüm einfach nur unsexy gewesen. Nett. Ein netter Mann mit tollen Augen und der falschen Verkleidung.
Aber nun hatte Marita mehr von ihm kennengelernt. Zwei Mal die Woche rief er sie abends an, und ihre Telefonate, für die Marita sich immer zu den Ziegen und Hasen am anderen Ende des Grundstücks zurückzog, bedeuteten ihr viel. Knut war einfühlsam, er stellte Fragen, hörte zu, interessierte sich. Sie lagen mit ihren Ansichten über alles Mögliche auf einer Linie. Knut war Rechtsanwalt, geschieden und hatte zwei Kinder, die bei der Mutter lebten. Er hatte Charme, und er konnte zuhören. Marita schämte sich ein bisschen, dass sie bereit war, ihr Herz so schnell zu verschenken, an einen Mann, den sie fast nur vom Telefon kannte. Aber vielleicht, so sagte sie sich, lag es einfach daran, dass sie sich in ihrem momentanen Leben so wohl fühlte. Warum sonst gab so viele Ferienflirts, warum den berühmten »Kurschatten«?
Eben.
Vielleicht brauche ich jetzt auch einfach mal das Gefühl, sich leicht zu fühlen, dachte Marita, während sie das Kleingeld in den flachen Teller mit der Rechnung legte. Dann machte sie sich auf den Weg zu Lola, die sie immer an der gleichen Stelle außerhalb der Altstadt parkte. Die Jahre der Trennung, die schwere Zeit, in der sie Sophie allein großge-

zogen und dabei immer gearbeitet hatte, waren auch nicht dazu angetan gewesen, sich Hals über Kopf zu verlieben. Wie oft war sie angespannt und erschöpft gewesen? Hier, in der Hitze des Südens, spürte sie seit langem wieder, wie leicht das Leben sein konnte. Wie wunderbar unkompliziert. Dumm nur, dass Knut jetzt nicht hier, sondern weit weg in Husum war.

Marita streifte ihre Pumps ab, schlüpfte in die Espadrilles, die sie auf den Gepäckträger geschnallt hatte, und kickte den Motor an. Dies Mal war es mühsam, sie brauchte fünf oder sechs Versuche, bis die kleine Maschine endlich schnurrte.

Sie nahm wie immer die Avenue du Général de Gaulle hinaus aus der Stadt. Als sie an einem kleineren Platz vorbeirollte, erkannte sie im Licht der Laternen, die den Platz hell beleuchteten, eine Gruppe Boulespieler. Wie so oft in Frankreich ausschließlich Männer, allerdings altersgemischt. Und inmitten der Gruppe stand Lucien Lafleur! Marita drosselte das Tempo und sah genauer hin. Tatsächlich, da stand ihr Chef. Er hatte eine metallene Kugel in der Hand und unterhielt sich mit einem anderen Mann. Dann lachte er aus vollem Hals. Um ein Haar wäre Marita auf den Bordstein gefahren, weil sie nicht nach vorne, sondern auf den Platz guckte. Aber der Anblick eines gut gelaunten Lucien inmitten von Freunden schien ihr so unglaublich, dass sie ihren Blick nicht davon lösen konnte. Dass Lucien sich vergnügte und nicht bis spätnachts allein über seinen Unterlagen saß, war ein kleiner Schock, andererseits freute sich Marita natürlich, dass er auch ein Privatleben zu haben schien.

Sie passierte die Stadtgrenze und rollte in der Dunkelheit

der Landstraße in Richtung Domaine. Sie war kaum zehn Minuten gefahren, da fing Lolas Motor bei einer Steigung zu stottern an. Das Mofa verlor an Fahrt, so energisch Marita auch am Gashebel drehte. Schließlich bekam Lola einen finalen Schluckauf, gurgelte und blieb stehen. Weit und breit kein Licht. Kein Haus. Absolute Dunkelheit. Marita stieg ab und sah sich um. Sie geriet ein bisschen in Panik. Zur Domaine waren es ungefähr noch fünf Minuten Fahrt, zu weit, um Lola zu schieben. Sie holte ihr Handy aus der Tasche, um Lucien zu benachrichtigen, da sah sie, dass Georges ihr eine SMS geschickt hatte. Das Signal hatte sie während der Fahrt mit dem lauten Mofa nicht gehört. Er hatte Schmerzen und Herzrasen und bat sie, sofort zu kommen. Die Nachricht war vor zehn Minuten abgeschickt worden, just zu der Zeit, als Marita in Grasse gestartet war. Sie schickte ihm sofort eine SMS, bekam aber keine Antwort.
Umgehend wählte Marita die Nummer von Lucien. Es läutete ewig, aber der Junior ging nicht dran. Marita spürte, wie ihr Herz schneller schlug – Georges war ganz allein zu Hause, er hatte Probleme mit dem Herzen, da zählte jede Sekunde! Sie probierte es bei Ségolène, ebenfalls vergeblich. Aber die Haushälterin hatte ihr auch gesagt, dass sie ihr Gerät aus Prinzip ausschaltete, sobald sie zu Bett ging. Noch einmal Lucien – kein Erfolg.
Verzweifelt versuchte Marita, Lola erneut zu starten, aber das kleine Mofa gab keinen Mucks mehr von sich. Leider wusste Marita auch genau, warum. Sie hatte nicht getankt. Sie hatte sich so sehr über ihren fahrbaren Untersatz und die damit verbundene Bewegungsfreiheit gefreut, dass sie gar nicht auf die Idee gekommen war, sich über Benzin und

Öl Gedanken zu machen. Sie war ein ausgemachter Hornochse!

Zwei Autos brausten nacheinander eng an ihr vorbei, und Marita schob sich und Lola aus der Gefahrenzone. Sie stand im Dunklen, das war äußerst gefährlich, sie musste so schnell wie möglich von dem finsteren Straßenrand weg – und zu Georges. Sie hatte von ihm noch immer keine Antwort bekommen. Es war höchste Zeit, einen Notarzt zu benachrichtigen.

Marita suchte gerade die Nummer des Krankenhauses, da leuchteten erneut Scheinwerfer auf, kurz waren Marita und Lola im Kegel des Lichts, dann fuhr das Auto an ihnen vorbei – um ein paar Meter weiter anzuhalten. Der Fahrer machte das Warnlicht an, Marita hörte die Autotür klappen, dann Schritte. Ein Mann trat in der Dunkelheit zu ihr und sprach sie an.

»*Je peux vous aider* – Kann ich Ihnen helfen?«, hörte Marita den Mann fragen. Sehen konnte sie ihn nicht, dafür war es zu dunkel.

»Äh ... *oui, la machine ne fonctionne pas* ... – Ja, die Maschine funktioniert nicht mehr, and ich need help, it's urgent!«

Der Mann, den Marita nur schemenhaft wahrnahm, wollte sich zu dem Mofa hinunterbeugen, aber Marita erklärte radebrechend, dass es keinen Zweck habe, sie habe einfach vergessen zu tanken. Und sie müsse augenblicklich zur Domaine de Lafleur. Es sei dort jemand erkrankt. Sehr schnell und sehr dringend.

Der Mann nickte und reagierte augenblicklich. Er stellte keine Fragen, sondern kehrte rasch mit Marita zu seinem Wagen zurück. Sie sprang auf die Beifahrerseite, und der Mann startete sofort, kaum dass ihre Tür geschlossen war.

Marita hatte keine Sekunde gezögert und sich gefragt, ob es gefährlich für sie war, bei einem Fremden ins Auto zu steigen. Erst jetzt, als der Wagen mit hoher Geschwindigkeit durch die Nacht jagte, fragte sie sich, ob es richtig war, sich in dieser Situation einem Wildfremden anzuvertrauen.
»François Rebus«, stellte sich der Mann neben ihr vor, während er konzentriert auf die Fahrbahn blickte. Das Auto schoss durch die Dunkelheit, und Marita klopfte das Herz bis zum Hals. Konnte sie dem Fremden trauen? Was war mit Georges Lafleur? Lebte er noch? Sie war nicht in der Lage, auch nur einen klaren Gedanken zu fassen.
»Wollen Sie nicht die Sanitäter rufen?«, erkundigte sich der Mann am Steuer. Natürlich! Hektisch wählte Marita die Nummer des Notrufes, der auf ihrem Smartphone für alle Fälle gespeichert war. In dem Moment, als sich die Zentrale meldete, erschien der Wegweiser zur Domaine, aber der fremde Mann nahm den Fuß nicht vom Gas. Alarmiert zeigte Marita auf die Einfahrt.
»*Voilà!*«, rief sie.
»*Excusez-moi?*«, kam es gleichzeitig aus dem Hörer.
François Rebus trat so heftig auf die Bremse, dass Marita befürchtete, zur Windschutzscheibe hinauskatapultiert zu werden, deshalb sagte sie noch immer kein Wort.
»*Allo?!*« Die Frau in der Notrufzentrale klang zunehmend genervt.
Während der schwere Wagen in letzter Sekunde mit quietschenden Reifen zur Domaine abbog und dann den steilen Sandweg hochfegte, stammelte Marita endlich ihr Anliegen in den Hörer. Die Dame am anderen Ende der Leitung nahm geduldig die Adresse auf und dass es sich bei dem Notfall um einen alten Mann mit Herzproblemen handel-

te. Kaum hatte sie versichert, dass umgehend ein Notarzt käme, bremste François Rebus auch schon vor dem rostfarbenen Herrenhaus.
Ohne eine Minute zu verlieren, riss Marita die Tür des Wagens auf und rannte in Georges' Zimmer. Der alte Herr lag leblos im Bett, die Augen geschlossen. Das Licht war angeschaltet, sein Tablet lag auf der Bettdecke. Marita war außer Atem, bemühte sich aber, ihre Panik in den Griff zu bekommen. In den langen Jahren als Krankenschwester hatte sie gelernt, dass kaum etwas die Patienten mehr beunruhigte als panische Helfer. Vorsichtig sprach sie den alten Herrn an. »Georges?« Sie rüttelte vorsichtig an seiner Schulter. »Georges?« Aber er reagierte nicht.
Augenblicklich begann das Programm bei Marita abzulaufen, das sie als Krankenschwester in all den Jahren so oft abgespult hatte. Sie prüfte den Puls (vorhanden), die Atemwege (frei), die Atmung (sehr schwach, aber regelmäßig). All das ging im Bruchteil von Sekunden vor sich, Erste Hilfe leisten gehörte zu den einfachsten Übungen ihres Berufes, Marita musste nicht darüber nachdenken, was zu tun war, sie tat es instinktiv. Eilig senkte sie das Kopfteil des Bettes, damit ihr Schützling eben lag.
Jetzt musste sie ihn wieder zu Bewusstsein kriegen. Sie sprach ihn fortwährend an, wurde dabei immer lauter, gab ihm leichte Klapse auf die Wangen, zupfte an der Nase und den Ohren, schüttelte ihn. Seine Lider flatterten plötzlich, und Marita gab Georges noch einmal einen leichten Schlag auf die rechte Wange. Da tat er ein schnarchendes Geräusch und riss die Augen auf. Erschrocken sah er sie an, und erschrocken hielt Marita inne. Georges stammelte etwas, das sich anhörte wie »Zum Teufel«, aber dann mündete es in

ein undefinierbares Murmeln. Marita war sicher, dass sie sich verhörte hatte, sie war so konzentriert darauf, dass ihr Patient wieder bei Bewusstsein war. Jetzt hörte man auch Sirenen, und Blaulicht flackerte vom Hof durch die Vorhänge.

Marita streichelte ihrem Patienten beruhigend den Arm und redete gleichzeitig auf ihn ein.

»*Ce n'est rien, j'ai dormi* – Es ist nichts, ich habe geschlafen«, tippte der alte Herr nun in sein Tablet ein.

»*Et les douleurs?*«, hakte Marita misstrauisch nach, während sie das Kopfteil wieder schräg stellte und das altmodische Nachthemd, das Georges trug, an der Brust aufknöpfte. Sie nahm sein Handgelenk und tastete nach dem Puls, der schwach war, aber nicht schwächer als sonst. Georges Lafleur schüttelte den Kopf und wollte gerade etwas in sein Tablet tippen, als die Sanitäter hereinkamen. Mit einem Blick erfassten sie, dass es nur um Georges gehen konnte, und während der eine Sanitäter zu ihm ans Bett trat, erkundigte sich der andere bei Marita, was passiert war. So gut sie konnte, gab sie Auskunft.

Nach einigem Hin und Her zwischen den beiden Sanitätern, den Sanitätern und Georges sowie Georges und Marita machten die beiden Nothelfer Anstalten, eine Trage auszuklappen. Augenscheinlich wollten sie den alten Herren mit ins Klinikum nehmen. Aber da kam Leben in Georges Lafleur. Er schlug die Hand des einen Sanitäters weg und gab Marita aufgeregte Anweisungen auf dem Tablet, aus denen hervorging, dass er sich strikt weigerte, ins Krankenhaus zu gehen. Obwohl Marita versuchte, ihn dahin gehend zu beruhigen, es sei ja nur zur Beobachtung, schüttelte er vehement den Kopf und klammerte sich am

Bett fest. Nach eingehender Beratung – des besseren Verständnisses wegen auf Englisch – willigten die Sanitäter ein, den alten Mann in Maritas Obhut zu belassen. Seine vitalen Körperfunktionen waren in Ordnung, er war sichtbar bei Bewusstsein, und es drohte keine akute Gefahr. Marita würde Georges ein Beruhigungsmittel verabreichen und in der Nacht in regelmäßigen Abständen kontrollieren, ob alles in Ordnung war.
Der alte Lafleur war einverstanden, und so begleitete Marita die Sanitäter zu ihrem Krankenwagen.
Als dieser vom Hof fuhr, bemerkte Marita, dass der Wagen von François Rebus noch immer dastand. Er selbst lehnte daneben und beobachtete das Ganze. Marita hatte ihn in der Aufregung völlig vergessen. Jetzt ging sie zu ihm und bedankte sich. Breit lächelte ihr unbekannter Helfer sie an und versicherte, er habe gerne geholfen, und ob es dem alten Mann gutgehe?
Nun erst fiel Marita auf, wie fabelhaft ihr Retter in der Not aussah. Er war geradezu atemberaubend attraktiv! François Rebus war einen Kopf größer als sie und hatte graues lockiges Haar, das ihm bubenhaft in die Stirn fiel. Ein markantes Kinn, von stoppligem Dreitagebart bedeckt, und Grübchen! Er war ausgesprochen lässig gekleidet, trug eine weite Jeans, ausgetretene Lederschuhe, die einmal sehr teuer gewesen sein mussten, ein dunkelgraues Leinenhemd und ein Kordsakko. Himmel, dachte Marita, wenn George Clooney Werbung für französische Zigaretten machen würde, dann sähe er genau so aus!
Sie spürte augenblicklich, dass sie weiche Knie bekam, und um ihre Verlegenheit zu überspielen, bat sie François noch auf einen Kaffee herein. Sie würde sich noch schnell um

ihren Patienten kümmern, aber sich dann gerne angemessen bei ihm bedanken – ob er trotz der späten Stunde Zeit für einen Kaffee habe?
François Rebus legte beim Lächeln eine perlweiße Zahnreihe frei, und Marita, die mit klopfendem Herzen vor ihm her ins Haus ging, fragte sich, warum so ein Typ in freier Wildbahn herumlaufen durfte. Er müsste stets in Handschellen an seine Ehefrau gekettet sein, um nicht der gesamten Damenwelt den Kopf zu verdrehen. Sie nahm sich vor, die Sprache sehr schnell auf seine Familienverhältnisse zu bringen. Kurz zuckte auch das Bild von Knut Meißen in seinem schrecklichen Kostüm durch Maritas Kopf, und sie schämte sich augenblicklich. Herrgott, sie benahm sich wie ein Teenager! Die Provence machte sie ja ganz wuschig ... Sie würde dem Männermodel hinter ihr nicht auf den Leim gehen. Er bekam einen Kaffee, einen klitzekleinen, und dann würde es heißen: *Salut! Au revoir!* Auf Nimmerwiedersehen ...

Marita nahm noch einen kleinen Schluck von dem Rotwein. Es ging auf Mitternacht zu, Georges schlief tief und fest, und sie saß noch immer mit François in der gemütlichen Küche. Der Rotwein hatte den Kaffee abgelöst, eine Kerze brannte auf dem alten Holztisch, und ihr Gegenüber erzählte kurzweilig und amüsant Anekdoten von seinen Reisen. Gerade schilderte er, wie er eine Nacht mit Beduinen in der Wüste verbracht hatte, von Brot, das in heißem Wüstensand gebacken wurde und ...
»*Bonsoir?!*« Lucien stand in der Küchentür. Verwundert blickte er abwechselnd von Marita zu dem fremden Mann in seiner Küche, und Marita fühlte sich augenblicklich, als

hätte sie etwas Schlimmes getan. Noch bevor sie ansetzen konnte, die missverständliche Situation zu erklären, war François Rebus bereits aufgesprungen, hatte sich vorgestellt und Lucien nonchalant die Hand gereicht. In schnellen Worten erklärte er, was passiert war. Marita verstand nur die Hälfte, aber sie war froh, dass François die Situation in die Hand nahm. Lucien entspannte sich merklich und bedankte sich schließlich bei ihm. Dann wandte er sich an Marita und erkundigte sich nach dem Wohlergehen seines Vaters.

Marita konnte ihm versichern, dass sie viertelstündlich ins Zimmer ging, Atem und Puls kontrollierte und alles im grünen Bereich war.

Offensichtlich begriff François Rebus, dass es nun nicht mehr angebracht war, zu so später Stunde noch hierzubleiben, und nahm die Gelegenheit wahr, sich zu verabschieden. Galant und *très français* küsste er Marita links, rechts, links auf die Wangen, bevor er in die Nacht verschwand.

Lucien schien die Faszination zu bemerken, die der attraktive Mann auf Marita ausübte, und warf ihr einen prüfenden Blick zu – unter dem sie sofort rot wurde. Als müsse sie sich für etwas schämen! Was definitiv nicht der Fall war. Dennoch spürte sie, wie Hitze in ihr hochstieg. Bevor sie sich aber in ihr Zimmer zurückzog, war es ihr ein Bedürfnis, sich bei Lucien zu entschuldigen. Sie wäre nie und nimmer ins Kino gegangen, wenn sie gewusst hätte, dass der alte Mann dann ganz allein im Haus war.

Aber Lucien Lafleur schüttelte den Kopf. »Ich bin es, der sich entschuldigen muss. Ich hätte Ihnen sagen müssen, dass ich nicht zu Hause bin.«

Marita schwieg. Sie wusste nicht, was sie sagen sollte. Es war einfach ein dummer Zufall gewesen, nichts weiter. Aber Lucien Lafleur verließ trübsinnig die Küche.
»Es wäre besser gewesen, ich wäre nicht weggegangen ...«, murmelte er.
Das hatte er auf Französisch gesagt. Zu sich selbst. Aber Marita hatte es genau verstanden. Sie blickte ihm nach, und er tat ihr leid. Welches Schicksal hatte Lucien nur so niedergedrückt?

7.

Er war ein dickköpfiger alter Mann, und Marita ärgerte sich, dass sie ihn nicht den Sanitätern anvertraut hatte. Nun hatte sie den Salat!
Georges Lafleur hatte sich am Morgen nicht anziehen und erst recht nicht aufstehen wollen. Nicht weiter tragisch, dachte Marita, schließlich hatte auch er nicht viel und gut geschlafen, die Schmerzen hatten ihn sicher in Panik versetzt. Und wenn man über achtzig war, durfte man sich schon mal erlauben, wegen Schwäche im Bett zu bleiben. Also hatte sie ihn versorgt, ihn mit allem ausgestattet, was er haben wollte – Tageszeitung, das Croissant von gestern, Milchkaffee, die frische Rose nicht zu vergessen –, und es sich in der Küche gemütlich gemacht. Es regnete ausnahmsweise, aber nach so vielen Tagen Sonnenschein genoss Marita es, ein paar Stunden drinnen zu verbringen. Ségolène werkelte in Haus und Küche und lehnte jegliche Hilfe rundheraus ab. Lucien war auf den Blumenfeldern beschäftigt, und so kuschelte sich Marita mit einer der Katzen auf die Chaiselongue im Salon und las.
Seit sie in Frankreich war, kam sie endlich wieder dazu, ihrer Lieblingsbeschäftigung zu frönen. Schon von klein

auf war Marita eine Leseratte, sie verschlang alles, was ihr in die Finger kam: die Tageszeitung am Morgen, Zeitschriften beim Arzt oder Friseur und Bücher, Bücher, Bücher. Allerdings hatte der Konsum in den letzten Jahren deutlich abgenommen, was daran lag, dass sie einfach keine Zeit mehr zum Lesen hatte. Sobald Sophie alt genug gewesen war, hatte sie angefangen, Vollzeit im Schichtdienst zu arbeiten. Aber im Gegensatz zu früher hatte sie es mehr und mehr angestrengt. Sobald sie abends im Bett oder mal auf dem Sofa lag und ein Buch in die Hand nahm – schwups fielen ihr die Augen zu. Am nächsten Tag las sie die gleichen drei Seiten wieder und schlief erneut ein. Es konnte der spannendste Thriller sein, Marita brauchte Wochen, um ein Buch auszulesen. Und sie litt furchtbar darunter.
Nun hatte ihre sehr kluge Tochter sie vor der Abreise nach Südfrankreich überredet, sich ein elektronisches Lesegerät anzuschaffen. Marita hatte sich mit Händen und Füßen gewehrt, es ging schließlich nichts über ein schönes Buch – tolles Cover, der Geruch des Papiers und die Freude an einem hübschen Lesezeichen, das alles machte ein richtiges Buch zum Leseerlebnis –, aber jetzt war sie Sophie für ihre Hartnäckigkeit dankbar. So viel freie Zeit, und das auch noch regelmäßig – Marita hatte bereits acht elektronische Bücher ausgelesen! Und hatte noch jede Menge Nachschub auf dem kleinen Ding – großartig. Dennoch fasste sie den Entschluss, zu Hause wieder zum gedruckten Buch zu wechseln. Ein sinnliches Leseerlebnis stellte sich mit dem Elektroreader irgendwie nicht ein, fand sie.
Als Marita Georges das Mittagessen ins Zimmer brachte, bat sie ihn, sich anzukleiden, es war Zeit, danach zur Dialyse aufzubrechen. Georges schüttelte den Kopf. »*Pas*

aujourd'hui – Nicht heute«, schrieb er. Marita guckte streng. Von der Dialyse machte man keine Ausnahme, unmöglich. Aber Georges blieb hart. Marita holte sich Ségolène zur Unterstützung, die eine wahre Schimpftirade über den alten Herrn niedergehen ließ, so energisch, dass Marita beinahe Mitleid mit dem Starrkopf hatte, aber Wirkung zeigte es keine. Georges aß sein Mittagessen im Bett und machte demonstrativ sein Tablet aus – keine Kommunikation gewünscht.

Marita und die Haushälterin zogen sich zur Beratung in die Küche zurück. Eben wählte Ségolène die Telefonnummer von Lucien, als Marita Lolas charakteristisches Knattern von draußen hörte. Neugierig blickte sie durchs Fenster und sah François, der auf ihrem kleinen Mofa vorfuhr. Augenblicklich bekam sie Herzklopfen. Sie riss die Terrassentür auf und winkte François zu. Dieser stellte Lola in den Schuppen und kam dann lässig zur Terrasse geschlendert. Er trug Jeans und Regenjacke und sah sogar mit Kapuze noch sensationell aus. Nicht so wie ich, dachte Marita. Wenn ich eine Regenkapuze trage, wirke ich wie ein Gartenzwerg, dem man die Schubkarre geklaut hat.

François kam über die Terrasse in die Küche und begrüßte Marita erneut mit drei Küsschen – bevor er auch Ségolène auf diese Weise guten Tag sagte!

Ségolène erwiderte den Gruß etwas grimmig, und Marita wunderte sich. »Kennt ihr euch?«

Der schöne François lachte und schob sich die Kapuze vom Haar. Eine nasse Locke fiel ihm in die Stirn, und Marita juckte es in den Fingern: Am liebsten hätte sie ihm diese aus dem Gesicht gestrichen. Aber sie konnte sich gerade noch zusammenreißen, zumal sie bemerkte, wie wenig

Ségolène vom Auftauchen des attraktiven Mannes begeistert war. Sie sprach jetzt schnell und etwas erregt auf ihn ein. Doch François lächelte unbeirrt, lachte und wandte sich dann Marita zu.
»Ich bin ihr Cousin«, sagte er und zeigte auf die kleine Haushälterin, die eine grimmige Miene zog.
»Ah!«, machte Ségolène und warf ihre Hand geringschätzig in die Luft. »Er ist das schwarze Schaf der Familie.«
Nun, das konnte nur eine Übertreibung sein, François war eher der Typ Everybody's Darling. Aber damit konnte sich Marita jetzt nicht befassen, sie würde Ségolène später nach ihm ausquetschen. Jetzt hatte sie ein handfestes Problem, und das hieß Georges.
François erkundigte sich, wie es dem Senior ging, als könne er Gedanken lesen. Marita erzählte ihm, dass sich der alte Herr weigere, sich zur Dialyse bringen zu lassen.
»Nichts leichter als das«, meinte François Rebus achselzuckend.

Eine Viertelstunde später saß Georges Lafleur grummelnd und mit einer schwarzen Wolke über dem Kopf im Auto. Marita bedankte sich bei François für den guten Tipp. Sie hatte einfach in Gegenwart ihres Schützlings das Krankenhaus angerufen und darum gebeten, den Patienten mit dem Notarztwagen abholen zu lassen. Natürlich war niemand am anderen Ende der Leitung, aber das vorgespielte Gespräch hatte die erwünschte Wirkung gehabt. Georges hatte sofort verlangt, den Krankentransport abzubestellen, er füge sich und lasse sich von Marita chauffieren.
Nun stand sie an der geöffneten Tür des Wagens und verabschiedete sich von François Rebus.

»Wenn Sie sich vier Stunden in Nizza herumtreiben, bin ich Ihnen gerne dabei behilflich«, bot er zu Maritas Entzücken an. Aber noch bevor sie zu einer Antwort ansetzen konnte, fiel Ségolène ihr ins Wort. Das sei ganz und gar nicht möglich, sie habe mit François etwas sehr Dringendes zu besprechen! Dieser runzelte fragend die Stirn, aber Ségolène ließ keine Widerrede zu.

»Dann ein anderes Mal«, gab der schöne Franzose achselzuckend klein bei und schlug sanft die Autotür hinter Marita zu. Als sie vom Hof rollte, winkte er.

»*Tout droit les yeux* – Die Augen immer geradeaus!«, schrieb der übellaunige Senior auch prompt, dem Maritas Verzückung nicht entgangen war. Dazu wedelte er energisch mit der gesunden Hand. Marita gehorchte, sie wollte Georges nicht noch mehr verärgern und startete durch.

Auf dem Parkplatz des Krankenhauses sträubte sich Georges erneut. Er glaubte wohl, mit Marita allein leichtes Spiel zu haben, aber sie klappte resolut den Rollstuhl neben der Beifahrertür auf und zeigte auf das Portal der Poliklinik. »Ich hole einen Pfleger. Der wird Sie mit Gewalt in Ihren Stuhl setzen …«

Der alte Herr stöhnte, dann gab er nach. Marita bestand darauf, ihn dieses Mal bis zum Empfang zu schieben – sie musste sichergehen, dass er auch tatsächlich zur Dialyse ging und sich nicht, kaum war er außer Sichtweite, heimlich davonmachte.

Die Frau, die im Krankenhaus am Empfang saß, sah Marita nur fragend an, als diese sich nach der Dialysestation erkundigte. Dann schüttelte sie den Kopf. Marita versuchte es noch einmal. Aber das Wort »Dialyse« bedeutete ent-

weder auf Französisch etwas ganz anderes, oder die Madame war begriffsstutzig. Resolut schaltete sich Georges ein. Er tippte etwas in sein Tablet, und die Empfangsdame las die Nachricht vom Monitor ab. Marita konnte nicht sehen, was der Senior geschrieben hatte. Aber es schien zu funktionieren, denn die Frau hinter der Glasscheibe drückte einen Knopf, und kurz darauf kam ein Pfleger, der den Mann im Rollstuhl mitnahm. Georges blickte sich nicht mehr nach Marita um, sicher war er noch immer tödlich beleidigt, weil sie ihren Willen durchgesetzt hatte.
Marita war es gleich. Sie hatte ihre Pflicht getan, den renitenten Senior bei der Dialyse abgeliefert, und nun freute sie sich auf vier Stunden freie Zeit. Denn sie hatte sich für diesen Nachmittag etwas ganz Besonderes vorgenommen: Sie würde M. Babajou besuchen und ihm seine Karte zurückbringen. Außerdem hatte sie ein Glas Rosengelee von Ségolène mitnehmen dürfen, um sich zu bedanken.
Zuvor hatte sich Marita schlaugemacht und entsprechende Busverbindungen vom Poliklinikum bis in den Teil der Altstadt herausgesucht, in dem der Laden des Gemüsehändlers lag. Mit dem Auto traute sie sich noch immer nicht in die verwinkelten Gassen der Altstadt, sie befürchtete zudem, bei dem lebhaften Verkehr, der in der Stadt herrschte, in den hübschen Lieferwagen der Domaine de Lafleur eine Beule zu fahren.

Die Markise leuchtete schon von weitem strahlend rot, so wie Marita es auch von ihrem ersten, unfreiwilligen Besuch in Erinnerung hatte. Auberginen, grüne Melonen und gelbe, Okra- und Paprikaschoten, Orangen, Zitronen, Limetten, verschiedene Salate, Auberginen und Zucchini, Artischocken, Pfirsiche und Aprikosen – all das und noch viel mehr war sorgfältig in dem dreistöckigen Holzgerüst an der Straße aufgestapelt. Jede Kiste eine Verlockung. Marita nahm sich vor, heute bei M. Babajou einen großen Einkauf zu tätigen und Ségolène damit zu überraschen. Vielleicht überließ die Haushälterin ihr sogar einmal die Küche, damit Marita für sie alle etwas kochen konnte – ein Gericht aus ihrer Heimat. Allerdings waren die Spezialitäten aus Schleswig-Holstein eher kartoffel- und fischlastig … Das bunte südliche Gemüse passte wohl besser zu den Gerichten aus der Provence. Oder Algerien, Marokko, der Elfenbeinküste – den Regionen, aus denen viele der Migranten stammten.

In der Tür des Ladens stand an diesem Tag nicht der stämmige Herr Babajou, sondern eine große, stattliche Frau, die ebenso dunkelschwarze Haut hatte wie er. Sie trug ein leuchtend gelbes Gewand mit großen Mustern und einen kunstvoll drapierten Kopfschmuck aus dem gleichen Stoff. Marita fragte sich, ob es die Tochter von M. Babajou war, seine Frau oder seine Schwester? Die Schönheit war etwas jünger, als sie den Gemüsehändler in Erinnerung hatte, aber vielleicht war Marita auch einfach nicht gut darin, das Alter von Menschen anderer Hautfarbe zu schätzen. Wie peinlich, dachte Marita. Weil sie sich dessen schämte, sprach sie die Frau mit dem Kopftuch an. »*Bonjour, Madame … je cherche M. Babajou* – Guten Tag, Frau … ich suche Herrn Babajou?«

Die Angesprochene lächelte und drehte, ohne Marita zu antworten, den Kopf nach hinten in den Laden. »Aristide?!«
Dann nickte sie Marita zu. Kurz darauf erschien der freundliche Gemüsehändler. Er blickte Marita einen Se-

kundenbruchteil verwirrt an, aber dann erinnerte er sich. »Ah! *La dame allemande!*«
Und dann ging es, für Marita recht verwirrend, drunter und drüber. In einer Sprache, die sicher nicht Französisch war, klärte M. Babajou seine Frau darüber auf, wer Marita war (die hysterische Deutsche, du weißt schon, Schatz, die sich so dämlich angestellt hat und nicht mal den Weg nach Grasse gefunden hat – so ungefähr interpretierte Marita das maschinengewehrschnelle Gerede), gleichzeitig rief diese wieder nach irgendwem im Laden, woraufhin zwei Teenager erschienen, die Marita erst artig die Hand gaben, dann von ihrem Vater (immerhin das bekam Marita mit) zurück in den Laden geschickt wurden, während er sich wieder Marita zuwandte und sie umarmte, als sei sie eine jahrzehntelang verschollene Verwandte. Gleiches tat seine Frau und schob dabei Marita ins Ladeninnere. Dort hielt ihr der weibliche Teenager – eine atemberaubende Schönheit mit der Figur der jungen Brigitte Bardot und dem Gesicht von Whitney Houston – eine Tasse gesüßten Tee entgegen. Marita revanchierte sich mit dem Glas Rosengelee und kam sich vor, als wäre sie beim Perlentausch mit Eingeborenen auf einer bislang unentdeckten Südseeinsel. Allerdings wäre sie in dem Szenario die Eingeborene, die nicht wusste, was ihr geschah, und die von den Kolonialherren herumgeschubst wurde.
Madame Babajou nahm huldvoll das Glas mit dem Rosengelee in Empfang und stellte es dann freundlich desinteressiert hinter die Kasse. Rosengelee war für die afrikanische Küche vielleicht nicht ganz so interessant, mutmaßte Marita. Nicht dass sie eine Ahnung von afrikanischer Küche hatte und überhaupt, Afrika war groß, die Unterschiede

waren vermutlich ebenso gigantisch wie die zwischen norwegischer und italienischer Küche. Sie bedankte sich noch einmal herzlich dafür, dass der Gemüsehändler ihr geholfen hatte, aus der Stadt zu finden, und gab ihm die Karte zurück.
Die Kinder – der Junge, eher schon ein junger Mann, war von ebensolcher Schönheit wie seine Schwester, und Marita fragte sich insgeheim, ob tatsächlich der segelohrige M. Babajou der Vater sein konnte – lachten herzlich darüber, dass ihr Vater eine Landkarte der Umgebung besaß. Auf Nachfrage erklärten sie Marita in perfektem Schulfranzösisch, dass ihre Eltern Nizza noch nie verlassen hatten. Jedenfalls nicht, seit sie vor vielen Jahren hier eingewandert waren. Wozu also, bitte schön, brauchte Papa dann eine Landkarte? Er fand den Weg zum Großmarkt und wieder zurück auch im Schlaf. Der Gemüsehändler zuckte nur mit den Schultern: Arbeit, Arbeit, Arbeit. Wann und warum sollten sie ihr Geschäft verlassen? Es gebe gar keinen Grund dafür.
Seine Frau warf impulsiv beide Arme in die Höhe. Das sage der liebe Aristide ja immer, wenn sie einmal etwas unternehmen wolle. Sie sei noch jung und wollte etwas von der Welt sehen – wie die Kinder. Ein strafender Blick zum Gatten.
Ein Kunde rettete M. Babajou, der sich sogleich daranmachte, diesen zu bedienen, damit er sich wenigstens nicht den Vorwürfen seiner Frau aussetzen musste.
Marita fragte höflich, woher die Familie denn ursprünglich stamme. »Nizza«, kam es sofort aus dem Mund beider Jugendlicher geschossen. Die Mutter nickte stolz. Die beiden waren in Nizza geboren wie auch die anderen zwei Kinder und hatten die französische Staatsbürgerschaft. Und sie

besuchten beide das Lycée! Nun kam auch M. Babajou wieder dazu und berichtete stolz, wie er und seine Frau, damals hochschwanger, von der Elfenbeinküste in das ihnen völlig fremde Frankreich kamen. Er breitete die Arme aus und drehte seinen massigen Körper einmal rund um die eigene Achse. All das habe er mit seinen eigenen Händen aufgebaut! Und den Tränen seiner Frau, fügte Madame Babajou hinzu und lachte dabei laut. Dann erzählte sie, dass keiner vorhabe, in die Heimat zurückzugehen, Frankreich sei ihr Zuhause.

Frankreich sei schließlich das Land der Mode, warf die Tochter ein. Chanel, Gaultier, Saint Laurent, Make-up, Parfüms und Prêt-à-porter – allenfalls könnte man noch in Italien leben, nirgendwo sonst. Monsieur Babajou schimpfte. Was sei mit Deutschland? Man habe schließlich einen deutschen Gast, da müsse man ein bisschen höflicher sein. Die Tochter guckte betreten, zu Deutschland wollte ihr außer der Bundeskanzlerin nicht viel einfallen.

Marita versicherte, das sei okay, ihr Wissen von der Elfenbeinküste sei, freundlich ausgedrückt, auch sehr begrenzt. Aber wenn sich Angélique, so hieß das Mädchen, so für französische Mode und dergleichen interessiere, dann sei sie wohl auch schon mal in Grasse, der Parfümstadt, gewesen? Das Mädchen bedauerte, und Marita lud sie ein, doch einmal mit der Familie zur Domaine zu kommen. Sie schilderte, dass die Familie Rosen und Jasmin für die Parfümindustrie anbaue, das sei vielleicht interessant? Sicher könne man eine Führung mitmachen. Madame Babajou, Babette mit Vornamen, zeigte nur auf den Herrn des Hauses und rollte mit den Augen. Dieser tat, als hätte er nichts gehört, nur Angélique nickte Marita verstohlen zu.

Sie blieb noch eine weitere Viertelstunde, bekam erneut süßen Tee und erfuhr dabei, dass Babette als Altenpflegerin arbeitete. Sie tauschten Anekdoten aus, und Marita erzählte vom exzentrischen M. Lafleur, seinen Anzügen, Fliegen und Maßschuhen. Und dass sie zwei Mal in der Woche in Nizza sei, weil Monsieur dann in die Poliklinik zur Dialyse ging. Babette runzelte die Stirn. Soviel sie wusste, war die einzige Dialysestation in Antibes, aber was wusste sie schon?! Schließlich ermahnte sich Marita zum Aufbruch und tätigte noch einen Einkauf. Sie schleppte schließlich fünf prall gefüllte Tüten zur Busstation – einmal, weil sie nicht widerstehen konnte und einfach alles kaufte, was gut und lecker aussah, zum anderen, weil M. Babajou ihr noch hier und dort etwas extra dazupackte. Geschenke des Hauses. Zu guter Letzt wurde Marita eingeladen, wann immer sie wollte vorbeizukommen, schließlich hatte sie Zeit und Gelegenheit genug. Sie wiederum wiederholte ihre Einladung auf die Domaine, hatte aber nicht den Eindruck, dass dies beim Gemüsehändler auf große Begeisterung stieß.

Der Bus zurück zur Klinik war proppenvoll, Marita war in den Berufsverkehr gekommen. Sie stand mit den schweren Tüten, die an den Handgelenken einschnitten, zwischen Menschen eingekeilt, schwitzte – und war glücklich. Sie freute sich, dass sie über ihren Tellerrand zu blicken gewagt hatte. Dass sie einen Schritt ins Ungewisse gemacht – und gewonnen hatte. In der kurzen Zeit, die sie in Südfrankreich war, hatte sie so unglaublich viele interessante und vollkommen unterschiedliche Menschen und Lebensentwürfe kennengelernt und war daran selbst gewachsen, das spürte sie. Wäre sie in Husum mit einer Familie wie den Babajous in

Berührung gekommen? Wohl kaum, es sei denn, einer von ihnen hätte im Krankenhaus behandelt werden müssen.
Vor zwei Tagen hatte sie mit ihrer Tochter geskypt. Sophie hatte in irgendeinem Internetcafé in Thailand gesessen, und gegenseitig hatten sie sich begeistert von ihren Erlebnissen erzählt. Wenngleich der Schritt, den Marita gemacht hatte, weniger groß erschien als der ihrer Tochter – Sophie reiste schließlich um die halbe Welt –, so hatte es doch mehr Mut erfordert. Marita war aus ihrem Hamsterrad ausgebrochen, aber sie bereute es keine Sekunde.
Jetzt, im vollen Bus durch Nizza, dachte sie zum ersten Mal darüber nach, wie es weitergehen sollte. Drei Monate Probezeit hatte sie mit Lucien Lafleur vereinbart. Eigentlich hatte sie vom ersten Tag an gewusst, dass sie nicht länger bleiben würde. Aber nun, ein Monat war vorbei, fand sie Gefallen an ihrem Leben hier. Sie fühlte sich wie von allem Ballast befreit. Sie hatte weitaus weniger Pflichten, war freier, musste ihrem Arbeitgeber gegenüber nicht dauernd Rechenschaft ablegen, hatte keine Wohnung zu versorgen und keinerlei soziale Verpflichtungen. Aber wie würde das auf Dauer sein? Konnte man so ein Leben auch noch führen, wenn man alt wurde? Sie hatte keine Sicherheiten hier, kein Netz, das sie auffangen würde, wenn es ihr mal nicht gutging. Der eine Monat Südfrankreich fühlte sich an wie ein nie enden wollender Urlaub. Wie lange konnte sie das genießen?
Und was war mit ihren Eltern auf Amrum? Sie wurden älter, irgendwann würden sie der Pflege bedürfen. Und dann war sie gefragt. Sophie würde nach dem Auslandsjahr irgendwo studieren, und bestimmt nicht in Husum. Und was war mit ihren Freundinnen Annette und Babsi? Marita

vermisste die Gespräche mit den beiden, die sie schon so lange kannte. Und nun Knut Meißen – wer weiß, vielleicht war das ein Versprechen für die Zukunft? Zumindest würde sie der Sache mit ihm gerne eine Chance geben.
All diese Gedanken gingen Marita durch den Kopf, als sie auf den Parkplatz des Poliklinikums zusteuerte. Von weitem schon sah sie, dass der Rollstuhl von Georges Lafleur neben dem Wagen stand. War er heute früher fertig?, wunderte sich Marita. Als sie näher kam, bemerkte sie, dass er eingeschlafen war. Er stand wohl schon länger hier. Seltsam. Rasch verstaute Marita ihre Einkäufe und weckte den alten Herrn vorsichtig. Dieser machte ihr vollkommen unberechtigte Vorwürfe, dass sie zu spät sei, was Marita geflissentlich überhörte. Schließlich steuerte sie den Wagen nach Grasse – ohne seine Hilfe.
Als sie in der Domaine angekommen waren, verlangte der Senior danach, sofort auf sein Zimmer gebracht und nicht mehr gestört zu werden. Er schmollte wohl immer noch.
Marita kam seiner Bitte nach. Ségolène war bereits gegangen, und Marita räumte ihre Einkäufe ein. Sie überlegte gerade, was sie für sich daraus kochen würde, als sie den Blumenstrauß auf dem Tisch bemerkte. Wunderschöne dunkelrote Pfingstrosen, daran eine Karte mit ihrem Namen. Marita drehte die Karte um und las die Nachricht. »Das nächste Mal in Nizza? François.« Dazu eine Telefonnummer.
Oje, dachte Marita und musste sich setzen. Der legte sich ja richtig ins Zeug. Warum nur? Sie wusste genau: Ein Impuls von ihm, und sie würde sofort schwach werden. Ob dieser Beau das Züngleinan der Waage werden würde, wenn sie sich entscheiden musste, ob sie blieb oder nicht?

II

1772

Immer wieder blickte Bo auf den Platz hinaus. Die Gerber hatten ihre Arbeit längst beendet, aber der Geruch der Häute hing noch schwer in der Luft. Es war ein beißender Geruch, der in Nase, Augen und Kehle brannte. Es fühlte sich an, als habe man flüssiges Feuer geschluckt, als sei der Körper inwendig gegerbt.
Es war ein Fehler gewesen, dachte Bo Ricklefs, während er auf die Place aux Aires hinausblickte, ausgerechnet hier ein Haus zu kaufen und sein Geschäft zu eröffnen. Aber das rege Treiben war ihm damals günstig erschienen. Handel betrieb man nicht im Abseits, sondern da, wo der größte Betrieb herrschte. Und hatte es ihm nicht doch Glück gebracht? Damals hatte er den Ort seines Geschäfts mit Bedacht gewählt, und es hatte sich wohl ausgezahlt: Stetig war es mit ihm aufwärtsgegangen. Handelskontor Bo Ricklefs, Richlesse, wie er sich nun nannte, damit die Franzosen sich nicht mit seinem Namen von der Insel Amrum plagen mussten.
Hier, an der Place aux Aires, wo die Gerber ihre Häute bearbeiteten, hatten sich auch schon vor Bo Ricklefs Geschäftsleute angesiedelt. Diejenigen, die Handel trieben

mit Galanterien, die die parfümierten Häute verarbeiteten und die sie verkauften. Aber auch die Tuchmacher und mit ihnen die Schneider. Eine Werkstatt für Möbel gab es auch unter den Rundbögen, die den Platz umgaben. Bo hatte selbst dort einiges in Auftrag gegeben, einen Tisch mit zierlichen Intarsien für seine Frau, es war die Arbeit eines Künstlers.

Sie alle, die an diesem Platz mitten in Grasse Handel trieben – an diesem Platz, der durch den Kanal, der in der Mitte floss, in zwei Hälften geteilt wurde –, sie alle atmeten Tag für Tag die ätzende Luft ein. Aber Bo glaubte, dass keiner der anderen Händler, von den Gerbern selbst nicht zu reden, so sehr darunter litt wie er. Er war Seemann, zeit seines Lebens hatte er die frische Brise der Meere geatmet, immer einen Lufthauch um die Nase. Gewiss, im Bauch der Schiffe, die er befahren hatte, auf denen er geknechtet wurde, geweint hatte und geblutet, stank es nach Pestilenz und Fäulnis. Die vom Skorbut verfaulten Zähne der Männer, Ratten, Exkremente, schimmelndes Holz – oftmals hatte er auch auf dem Meer geglaubt, an der widerlich kranken Luft zu ersticken. Aber dann war er nach oben auf Deck gegangen, und kaum hatte er die Nase in den Wind gesteckt, vertrieb der Geruch des Meeres allen Pesthauch.

Aber hier in der Stadt war das Meer weit entfernt. Es fehlte ihm, und so hatte er es sich zur Gewohnheit gemacht, des Morgens, wenn Grasse gerade erwachte, wenigstens eine kleine Runde außerhalb der Mauern zu gehen. Dann war die Luft noch frisch, er rieb mit den Händen an den Kräutern am Wegesrand. Ließ die Finger durch Lavendel gleiten, steckte die Nase in Mimosen oder pflückte eine reife Zitrone vom Baum, die er später, wenn er in seinem

Kontor war, in kleine Stückchen schneiden und sie über den Tag verteilt in den Mund stecken und aussaugen würde. Das war der Versuch, ein bisschen von der Frische, die er von seiner Zeit auf dem Meer kennen- und lieben gelernt hatte, zu ersetzen. Ja, schon als kleiner Junge, kaum dass er in der Lage gewesen war, aus dem niedrigen, dunklen und feuchten Haus seiner Eltern zu laufen, war er süchtig nach frischer Seeluft gewesen, hatte sie tief eingesaugt und in seine Lungen gepumpt, bis er davon trunken gewesen war wie heute vom Wein.

Die Talgkerze auf dem Pult flackerte und rußte, so dass Bo die Augen zusammenkneifen musste, um die Zahlen, die er in sein großes Kontorbuch geschrieben hatte, erkennen zu können. Daran merkte er, dass er kein junger Mann mehr war: Die Augen wurden schwächer. Zehn Jahre war es nun schon her, dass er mit nichts als ein paar Louisdor im Hosenbeutel durch das Stadttor von Grasse gewandert war. Wie die Goldmünzen in seiner Tasche, so hatte die Stadt in seinen Augen geglänzt. Der Stein, aus welchem hier gebaut wurde, war hell, gelb und weiß, niemals grau oder dunkelrot wie der Backstein seiner Heimat. Die Farbe der Häuser in dieser Region reichte von hellem Ocker bis zum Orange reifer Aprikosen. Das Licht der aufgehenden Sonne brachte die Stadt zum Strahlen, in der gleißenden Mittagshitze leuchteten die Mauern, so wie sie in der versinkenden Sonne glühten. Und Bo Ricklefs, der junge Seemann, der Friese, der um die halbe Welt gereist war, hatte in den verwinkelten Gassen der Stadt gestanden und gewusst, dass er hier sein Glück machen würde.
Nun, dachte Bo jetzt, zehn Jahre später, so war es auch

gekommen. Seine Träume hatten sich erfüllt. Aber dennoch ...

Er tauchte die Feder in das Tintenfass und notierte mit sorgfältig gemalten Zahlen, wie viele Fässer Wein er heute geliefert bekommen und in den Keller verbracht hatte. Ein Teil davon würde schon morgen auf Reisen gehen, auf dem Landweg an den Bischofssitz. Der Bischof stammte von hier, er liebte den Wein aus seiner Heimat, und Bo Ricklefs durfte sich glücklich schätzen, ihn als Kunden gewonnen zu haben. Dazu würde er ihm die Gewürze aus Madagaskar liefern, die der Koch vom Hof des Bischofs verlangt hatte: schwarzer Pfeffer, die getrockneten Schoten der Vanille und Muskatnuss. Dazu duftende Salben und Öle von Bouffier aus der Gasse hinter dem Platz sowie Handschuhe aus feinstem Ziegenleder, selbstverständlich parfümiert. Bo ließ die Hand über das Papier gleiten und fuhr damit vorsichtig die Zahlen nach. Es war ein Wunder, auch heute noch, dass er, der weder des Lesens noch des Rechnens kundig gewesen war, sich diese Fähigkeiten angeeignet hatte. Ein wenig zittrig und steif waren die Zahlen und Buchstaben, die er mit der Feder malte, noch immer. Damals aber hatte er nur so getan, als ob er diese Kenntnisse beherrsche, so wagemutig war er gewesen. Hatte sich einfach hingestellt und behauptet, dass er Händler sei. Ein Handlungsreisender aus Genua auf der Suche nach Spezereien, nach guter Ware, die er kaufen und verkaufen konnte. Leider habe ihn auf dem Wege ein Unheil ereilt, ein Schiffbruch auf offener See.

Man hatte ihm nicht auf Anhieb vertraut, dem großen Mann mit den langen blonden Haaren, dem Seemann mit dem wettergegerbten Gesicht. Aber weil er kräftig war und trinken konnte und Geschichten erzählen, hatte er Menschen gefunden, die ihm atemlos gelauscht hatten. Er hatte vom Schiffbruch erzählt und dass alle seine Waren im Sturm verlorengegangen seien. Die Mannschaft ertrunken. Lebhaft erzählte der junge Friese davon, denn damit kannte er sich aus: mit Schiffbruch, Wellen und Seegang. Obwohl er kaum Französisch sprach, hatten in den Wirtshäusern von Grasse die Menschen an seinen Lippen geklebt. Bo konnte passables Italienisch sprechen, hatte es von seinem Freund, dem Koch, gelernt. Und er kannte sich aus mit den Handelsplätzen der Welt. Aus seinem Leben als Matrose kannte er die Preise der Ladungen, er wusste, wie abschätzig die Händler die Ware taxierten, um den Preis zu drücken. Welche Gewürze, Sklaven, Stoffe, Öle, Weine, Kaffee oder Tee wo verkauft und wo gekauft wurden. Und dieses Wissen war ihm damals, kurz nach seiner Ankunft in Grasse, hilfreich gewesen.

Als der geborene Geschichtenerzähler, der er war, hatte er sich ein neues Leben erfunden, und schon bald fand sich einer unter seinen Zuhörern, der seine Geschichte einem erzählte, der jemanden kannte, der dem Bischof von Grasse nahestand. So geschah es, dass der Bischof, der stets auf der Suche nach den feinsten Waren für Küche und Haus war, ihn kommen ließ. Auch ihm erzählte Bo Ricklefs die Geschichte von seinem gesunkenen Schiff, und der Bischof war ihm gefällig. Er überließ dem Fremden eine Schatulle mit hundert goldenen Münzen – geliehen für die Frist von einem Jahr. Innerhalb der Zeit sollte Bo die Summe zurückzahlen, mit Zins und Zinseszins.

Bo wusste, dass er dies nur schaffen würde, wenn er sich seines Gönners würdig erwies. Von dem Gold kaufte er das

Haus an der Place aux Aires, die Tochter des Vorbesitzers nahm er dazu und zur Frau. Ein Handelskontor eröffnete er, und dank seiner Verbindungen in die Häfen von Genua und Marseille war er in kürzester Zeit in der Lage, alle Waren zu beschaffen, nach denen der Bischof verlangte. Und obendrein noch solche, die dieser noch gar nicht kannte, aber nach denen, sobald Bo ihn damit bekannt gemacht hatte, sein Sinn stand.
So geschah es mit dem Kaffee der Türken und den dunkelhäutigen Frauen aus Afrika. Bo Ricklefs brachte alles an den Bischofssitz, er verdrängte die anderen Händler, und als ein Jahr verstrichen war, zahlte er dem Bischof die geliehene Summe und mehr zurück. Er war ein gemachter Mann, ein angesehener Bürger der Stadt, Gatte und Vater.

Mit bloßen Händen zerdrückte Bo die Flamme und schlug das dicke, in Leder gebundene Kontorbuch zu. Es war Zeit, nach oben zu gehen, wo seine Frau ihn erwartete. Lise war eine gute Frau. Bo war darüber erstaunt, wie sie, die er aus guter Gelegenheit genommen hatte, ihm ans Herz gewachsen war. Einstmals war sie dünn wie eine Gerte gewesen und braun wie gegerbtes Leder. Die Frauen seiner Heimat waren weiß wie die Quallen auf dem Kniepsand mit goldenem Haar und blassen Wimpern. Lise war ein dunkles Weib, das hatte er geliebt, als er ein Jüngerer war. Aber seit sie nicht mehr im Freien auf dem Feld arbeitete, sondern tagein, tagaus mit den Kindern und dem Haushalt beschäftigt war, wurde auch ihre Haut heller und heller, bis sie schließlich die Farbe des Kaffees mit Ziegenmilch hatte, den sie Bo am Morgen servierte. Und fetter war sie geworden, das gefiel ihm auch. Sie hatte runde

Hüften bekommen und dicke Schenkel, die allzeit warm waren.
Bo lächelte, wenn er an sie dachte. Am liebsten wäre er zu ihr gegangen, hätte ein wenig von ihrem Huhn, das sie in Honig und Milch kochte, gegessen und mit ihr in die Richtung geblickt, in welcher das Meer lag. Stattdessen kam der Maler Fragonard zum Essen, und er würde lange und ermüdende Gespräche führen müssen. Aber dieser Pinsler hatte beste Kontakte zur Gesellschaft. Sein Vater war der berühmte Parfümeur, Bo hatte schon Geschäfte mit ihm gemacht. Und nun hatte Jean-Honoré auch Kontakt zum Hofe des Königs, also hieß es, die Fühler ausgestreckt, alter Friese!
Bo stieg seufzend die Treppen in den obersten Stock hinauf, wo ihm Lise bereits lächelnd entgegenkam. Sie küsste ihn und zeigte ihm die fein und reich gedeckte Tafel. Er würde die Kleider wechseln, den scharlachroten Rock aus feinstem Samt anziehen müssen, den ihm seine Frau ausgesucht und bereitgelegt hatte. Dazu diese gepuderte Perücke, ein Werk des Teufels, das ihm Kopfkratzen und Beklemmung verursachte. Auch die Rüschen an Hemd und Kragen ärgerten ihn, sie waren so üppig, dass sie ihm beim Essen hinderlich waren. Aber Bo war sich der Wichtigkeit des Treffens bewusst, also fügte er sich drein.

Drei lange Stunden später schloss er endlich die Tür hinter Jean-Honoré Fragonard und zog sich zugleich die Perücke vom Kopf. Er schmiss das weiße Ding, in dem die Flöhe zu Hause sein mussten, achtlos zur Seite und fuhr sich mit beiden Händen durch seine Haare. Er kratzte sich an der Kopfhaut und schüttelte seine Mähne, bis er sich wieder wohl in seiner Haut fühlte. Was hatte dieser Maler für ein Zeug dahergeredet! Von der Anmut der Schäferinnen und den zarten Tönen des Cembalos hatte er geschwärmt in weibischen Worten, die Augen verzückt verdreht. Von den Festen am Hof Ludwigs XV. hatte er erzählt und vom Prunk der Adeligen gefaselt. Er hatte so übertrieben, dass Bo sich fragte, ob er mit dergleichen Menschen überhaupt ins Geschäft kommen wollte. Die Schminke und das Gepuderte, güldene Stickereien und Versteckspiele im Gartenlabyrinth – das war nichts für einen Mann der Tat wie ihn. Ständig hatte er ein Gähnen unterdrücken müssen, um den Maler nicht zu beleidigen, der doch versichert hatte, er werde sich bei einer gewissen Madame Dubarry, die er erneut zu porträtieren gedachte, für ihn verwenden. Wie erleichtert Ricklefs gewesen war, als sich Fragonard endlich verabschiedete. Ihm war auch kein Ton des Bedauerns über die Lippen gekommen.

Schon wollte er die Treppen nach oben gehen und sich neben Lise in sein Bett legen – schließlich war er schon zu Beginn des Abends hundemüde gewesen –, da überlegte er es sich noch mal anders. Er ging stattdessen durch die hintere Tür in den kleinen Hof hinaus, der zu seinem schmalen Haus gehörte. Hier stand eine hölzerne Bank unter der weinberankten Pergola.

Bo setzte sich hin, nahm seine kleine Pfeife aus der Rocktasche und stopfte sie mit Bedacht. Es war ungewöhnlich still für die Stadt, nur das Schreien der wilden Katzen draußen vor den Stadttoren war zu hören. Der Mond, der sich in wenigen Tagen zu einer vollen Kugel runden würde, stand hoch und strahlend am Nachthimmel.

Bo zündete die Pfeife an und sah hinauf. Durch die Mauern

der Häuser konnte er in den freien Himmel blicken, er sah die Sterne und erinnerte sich an die Nächte auf See. Er konnte nach den Sternen navigieren, er konnte jedes Himmelsbild beim Namen nennen. Großer Bär und Kleiner Bär, Kassiopeia, Fuhrmann, Kepheus, Leier – anhand dieser fand er den Polarstern. An viele Fahrten dachte er, an die Zeit, als er als Junge, mit nichts mehr als einer zerschlissenen Hose und einem dünnen Hemd am Leib, auf den Planken eines Schiffes gelegen hatte, der *Elisabetta* oder der *Neptun*. Das Schwanken und Wogen hatte er dann gespürt, den dunklen Himmel wie eine schützende Decke über sich, und an zu Hause gedacht. Und so tat er es jetzt wieder und rief sich die Erinnerungen an Amrum ins Gedächtnis.

An seine Mutter, wie sie am Sonntag in die Kirche gegangen war, mit ihrer strengen schwarzen Tracht, die silbernen Münzen an Ketten auf der Brust, das weiße Häubchen auf dem Haar, und darum gebetet hatte, dass Mann und Söhne vom Walfang aus Grönland heil zurückkommen würden.

An den weißen weichen Sand von Amrum dachte er, so fein, dass sich kein anderer Sand mit ihm messen konnte, an keiner Küste, die er jemals betreten hatte.

Er erinnerte sich, wie er und seine Brüder im Watt Bernstein gesucht hatten, immer in der Hoffnung auf einen fetten Brocken, der sie reich machen würde, so dass keiner ihrer Familie mehr auf Walfang musste.

An die Kreier dachte er, die hölzernen Wattschlitten, mit denen sie bei Ebbe aufs Watt hinausgefahren waren, um den Fang aus den Reusen zu holen.

An die langen und glitschigen Aale, die zappelnd aus seinen kleinen Kinderhänden rutschten und zurück in ihre Schlicklöcher glitten.

So erinnerte sich Bo Ricklefs in der südfranzösischen Nacht an seine Heimat hoch im Norden, und ihm wurde weh ums Herz. Plötzlich vermisste er die Kälte, die ständige Feuchtigkeit, den starken Wind, der den Rauch im Kamin wieder in die Stube drückte, die wolligen Schafe, die geduckten Häuser. Mit Wehmut im Herzen fragte sich Bo Ricklefs, wagemutiger Seemann und Händler, ob er die Insel seiner Kindheit jemals wiedersehen würde?

8.

Wunderbar, wie lang vier Stunden sein konnten! Es war erst etwas über die Hälfte der Zeit verstrichen, aber Marita hatte bereits das Gefühl, mehr von Nizza gesehen zu haben als bei all ihren vorherigen Besuchen zusammen. François hatte auf dem Parkplatz der Poliklinik gestanden und gewartet, als sie mit Georges eingetroffen war. Woher er wusste, wann sie dort sein würde, war ihr ein Rätsel, aber vielleicht hatte Ségolène dem Charme ihres Cousins doch nicht widerstehen können und ihm verraten, wann Marita und Georges bei der Dialyse waren.
Obwohl … normalerweise ließ die Haushälterin kein gutes Haar an dem »schwarzen Schaf« ihrer Familie, wie sie François nannte. Sie hatte Marita wiederholt vor ihm gewarnt. Sie solle sich ja nicht von ihm einwickeln lassen, er sei ein Filou, habe es faustdick hinter den Ohren … Wenn Marita sich allerdings genauer danach erkundigte, was François sich denn zuschulden kommen hatte lassen, zuckte Ségolène nur mit den Schultern und murmelte ärgerlich etwas in sich hinein.
Bis jetzt ließ Marita sich jedenfalls von diesem Filou gerne einwickeln. Ein Heiratsschwindler konnte er nicht sein, da

gab es in Nizza fettere Beute als eine alleinerziehende Krankenschwester aus Husum.
Allein die Russinnen! Die auffallenden Touristinnen, die entweder atemberaubend schön und jung waren und in millimeterkurzen Shorts auf extrahohen High Heels die Promenade des Anglais und die angrenzenden Boulevards hinunterstöckelten, hatten ebenso wie ihre beleibtere und ältere Version ein markantes Kennzeichen: Sie trugen ihre exklusive Beute in vielen kleinen und auch großen Papiertüten zur Schau: Hermès, Chanel, Cartier … Bei diesen Damen wäre für François etwas zu holen gewesen, wenn er es auf Geld abgesehen hätte. Aber bei ihr?
Wenn es ihm nur darum ging, ihr Herz zu stehlen, fragte sich Marita ernsthaft, warum er ausgerechnet sie auserwählt hatte. An jeder Ecke gab es eine Handvoll attraktivere Frauen jeden Alters. Ihr fehlten die tolle Frisur, das perfekte Make-up, das schicke Styling und überhaupt jegliche Klasse. Aber François, ein Mann mit dem gerade richtigen Maß an Style und Nachlässigkeit, bemühte sich hinreißend um sie und hatte nur Augen für Marita. Warum bloß?

Nachdem Georges also in die Klinik gerollt war, hatte François Marita zu einer Trambahn entführt. Mit dieser waren sie geradewegs in die Altstadt gefahren, und schon auf dem Weg dorthin zeigte François echte Stadtführerqualitäten. Er kannte versteckte Kirchen, kleine Gassen, wusste, welche berühmten Persönlichkeiten wo gewohnt hatten oder zu Gast gewesen waren.
Marita lernte Nizza von einer ganz anderen, sehr untouristischen und unerwarteten Seite kennen.
François sprang irgendwo aus der Bahn und führte Marita

in das Gewimmel der Altstadtstraßen. Es war hier sehr urwüchsig, die Häuser konnten ihre italienische Herkunft nicht verleugnen. Auch in Geschichte war François bewandert und erzählte anschaulich, wer in den vergangenen Jahrhunderten die Stadt beherrscht hatte.

Da saßen sie bereits jeder mit einer Eiswaffel in den Händen auf den kühlen Marmorstufen eines kleinen Brunnens und beobachteten das Treiben. Niemals zuvor hatte Marita so gutes Eis genossen! *Fenocchio* hieß die Eisdiele, und François versicherte ihr, in ganz Südfrankreich gebe es keinen *glacier*, der sich mit dieser messen konnte, ja nicht einmal in Paris bekäme man Vergleichbares zu kosten.

Das glaubte Marita ihm aufs Wort. Schon die Auswahl hatte sie überfordert. Neben den normalen Sorten wie Vanille, Schokolade oder Stracciatella gab es alle möglichen Fruchtsorbets, auch so ausgefallene wie Guave, Papaya oder Granatapfel. Dazu bot die Gelateria verrückte Kreationen wie Tomate-Basilikum-Sorbet. Sogar Bier-Eis gab es! Marita entschied sich, ganz im Sinne der Domaine de Lafleur, für Rose und Jasmin. Gerne hätte sie auch Rosmarin oder Lavendel probiert, aber damit hätte sie sich für einmal übernommen.

Sie wuschen ihre vom Eis verklebten Hände im Brunnen, und dann zog François sie durch die verwinkelten kleinen Gassen in Richtung Schlossberg. Schon auf dem Weg dorthin führte er aus, dass keineswegs ein Schloss zu erwarten sei, nur noch Ruinen, dafür aber eine sensationelle Sicht auf Bucht und Stadt.

Der Anstieg war kurz, aber schweißtreibend. Maritas bunte Tunika, die sie günstig auf dem Markt in Grasse erstanden hatte, klebte bereits am Körper, Haarsträhnen hatten sich aus ihrem Knoten gelöst und fielen ihr ins Gesicht. Sie schielte zu François, aber dessen weißes T-Shirt umspielte locker und kein bisschen verschwitzt seinen Oberkörper. Er hatte auch keine dunklen Flecken unter dem Arm, so wie Marita, die deshalb schamhaft ihre Arme an den Körper presste. Ob sie schon müffelte? Aber noch überwog ihr neues Eau de Toilette, das sie in einem winzigen Laden in Grasse gekauft hatte, der eigene Düfte produzierte. Ihres roch nach Bergamotte, Verveine und Bitterorange.

Sie hatten es noch nicht zum Aussichtsplateau geschafft, aber François führte Marita eine Runde durch den hübschen Garten auf dem Schlossberg. Feigenbäume, Agaven, Kakteen und andere für Marita exotische Bäume wuchsen hier, und vollends entzückt war sie, als François bei einem Wasserfall haltmachte. Erstaunt vernahm Marita, dass es sich um die sogenannten Nietzsche-Terrassen handelte, benannt nach dem deutschen Philosophen, der sich einige Monate in der Stadt aufgehalten hatte. Malerisch fiel der künstlich angelegte Wasserfall über eine Mauer, einem römischen Aquädukt nachempfunden. Hier war die Luft kühl und von den herabstürzenden Wasserkaskaden angenehm feucht. Ein kleines Lüftchen erfrischte Maritas erhitztes Gesicht, die vermutete, dass sie aussah wie eine gegrillte Tomate. Hätte sie vorher gewusst, dass François sie beim Poliklinikum abpassen würde, hätte sie sich wahrscheinlich mehr Mühe gegeben, adrett auszusehen, aber so konnte sie ihm nichts vormachen.

Ein kleiner Junge begann, herzzerreißend zu schreien – er hatte seinen Ball in Richtung Wasserfall geworfen und traute sich nun nicht mehr, ihn zurückzuholen. Die Mutter des Jungen schimpfte mit ihm und machte keine Anstalten,

ihrem Sohn das Spielzeug wiederzubeschaffen. Kurzerhand streifte François seine Lederslipper von den Füßen, krempelte die Chinos hoch und watete in das flache Bassin. Marita betrachtete ihn. Er bewegte sich wie ein junger Mann, obwohl sie schätzte, dass er mindestens in ihrem Alter, wenn nicht schon Mitte fünfzig sein musste. Aber alles an ihm strahlte Jugendlichkeit aus. Die Art, wie er sich bewegte – bestimmt war er noch nie mit steifem Rücken aufgewacht, und Hexenschuss war für ihn wohl ein Begriff aus dem Märchen. Auch die Art, wie er beim Lachen den Kopf zurückwarf, die Locken ein wenig schüttelte und eine Reihe blendend weißer Zähne entblößte. Woher kam diese Lässigkeit? War das angeboren? Charakter? Oder lag es daran, dass François ein scheinbar von jeder Verantwortung befreites Leben führte?
Auf ihre Fragen, was genau er beruflich mache, antwortete François Rebus mit »Geschäfte« oder »Dies und das«, »Immobilien«, »Ein bisschen von allem«. Nicht dass es für Marita von Belang war, was jemand von Beruf war, aber gerade weil er ihr keine konkrete Antwort gab, wurde sie neugierig. Und je mehr sie Interesse zeigte, desto weniger wollte er darüber reden …
Jetzt beobachtete sie, wie er dem Jungen den geliebten Ball zurückgab. Dieser hörte augenblicklich auf zu weinen, François strich ihm über den Kopf, und die Mutter des Jungen sah ihn verzückt an. Er ist ein Herzensbrecher, dachte Marita, nur bei seiner Cousine Ségolène biss er auf Granit. Warum nur?
Marita hatte sich so weit erholt, dass sie bereit war, den Rest des Aufstiegs in Angriff zu nehmen. Und es lohnte sich allemal!

Der Blick vom Schlossplateau war gigantisch, kein Wunder, dass die damaligen Herrscher sich dieses Plätzchen ausgesucht hatten. Man konnte frei und ausgedehnt über die geschwungene Bucht blicken, über das Hafenbecken, die Altstadt und natürlich weit übers Meer. Ein milchiger Dunst lag wegen der Nachmittagshitze über dem Horizont. Weiße Segel glitten kreuz und quer über das glitzernde Wasser, und im Hafen sah man einige der überdimensionierten Yachten der Superreichen. Die kleinen ockerfarbenen Dächer der Altstadt schoben sich wie Schuppen eines schlafenden Drachen in- und übereinander, und nach Westen zog sich unübersehbar die lange Prachtstraße an der Küste entlang: die Promenade des Anglais.
»Dahin fahren wir das nächste Mal.« Sanft legte sich François' Hand in Maritas Rücken. Sie schauderte. Ihre Knie wurden weich, aber ihr Kopf weigerte sich, der Verliebtheit des Körpers nachzugeben.
Er war zu perfekt. Und bevor sie nicht herausgefunden hatte, ob er einen Makel hatte – ja, bitte! –, und wenn, welchen, würde sich Marita verbieten, mit ihm etwas anzufangen. Und mehr als eine Affäre konnte es bei so einem Menschen ohnehin nicht sein.
Vermutlich.
Leider.
Schade eigentlich.

Als Georges von der Dialyse kam, stand Marita bereits wieder am Auto. Der Senior sah überrascht aus, als er François neben ihr erblickte, und Marita konnte sich nicht dagegen wehren, dass es ihr unangenehm war. Faktisch hatte sie die vier Stunden zur freien Verfügung. Sie hatte lediglich die Aufgabe, den alten Herren zu bringen und auch wieder abzuholen. Trotzdem war es ihr nicht recht, dass dieser wusste, dass sie die Zeit mit dem flotten Franzosen verbracht hatte. Dieser jedoch schien von ihrem Unbehagen nichts zu merken. Er sprach Georges Lafleur freundlich vertraut an, stellte sich als Cousin von Ségolène und als derjenige vor, der Marita in der Nacht, als es Georges nicht gutging, auf der Straße aufgelesen und auf die Domaine gebracht hatte.

Georges Lafleur nickte nur und blieb misstrauisch. Als Marita ihrem Schützling in den Wagen helfen wollte, sprang François ihr zur Seite und hob den alten Herrn behutsam auf den Beifahrersitz. Dieser blickte verärgert über François' Schulter zu Marita. Sie hob nur entschuldigend die Schultern. François wollte doch nur behilflich sein.

Als sie den Rollstuhl zusammenklappte, war François schon wieder bei ihr und nahm ihr die Arbeit ab. Marita bedankte sich, aber François zog sie an sich und gab ihr die obligatorischen Wangenküsse. Dann hielt er ihre Hand fest.

»Am Donnerstag wieder hier?«

»Du musst doch noch anderes zu tun haben, als mit mir Sightseeing zu machen?«, lachte Marita. Trotzdem war es ihr ernst.

»Ich organisiere mich eben gut«, gab er zurück. »Ich kann alles.«

Genau, dachte Marita, und das ist vielleicht das Problem. Laut sagte sie: »Am Donnerstag habe ich schon etwas geplant. Aber vielleicht nächste Woche?«

Das war gelogen, aber sie fühlte sich nicht wohl bei dem

Gedanken, dass François schon wieder an ihrer Seite wäre, wenn Georges Lafleur zur Dialyse gebracht wurde. Was sollte ihr Arbeitgeber denken?

»Wer war das?«, war denn auch der erste Satz, den Georges schrieb, sobald Marita den Wagen angelassen hatte.
»Er hat sich doch vorgestellt«, gab sie zurück. »Ein Verwandter von Ségolène. Er hat mir Nizza gezeigt.«
Georges schwieg und sah sie von der Seite an.
»Was will er?«, tippte er schließlich.
Marita zuckte mit den Schultern und lachte. »Keine Ahnung. Vielleicht mag er mich.«
»Er ist zu schön für Sie.«
Marita musste nach Luft schnappen. Was für eine Unverschämtheit! Obgleich genau das ihr Problem war, fand sie es unmöglich, dass der alte Mann den Finger in die Wunde legte. Im Kopf legte sie sich so viele schlagfertige Antworten auf diese Dreistigkeit zurecht, dass sie noch immer über die beste Entgegnung nachdachte, als sie die Domaine schon fast erreicht hatten.
Als sie auf dem Platz vor dem Haus parkte, war Ségolène gerade dabei, in ihr kleines Auto zu steigen und Feierabend zu machen. Marita bat sie, kurz zu warten, bis sie Georges in seinen Rollstuhl geholfen hatte.
»Ségolène, heute war François auf dem Parkplatz des Poliklinikums. Er hat auf mich gewartet.«
Die Haushälterin runzelte die Brauen. »Ich wüsste nicht, dass ich mit ihm darüber gesprochen hätte …«
»Das habe ich mir gedacht. Woher weiß er dann, wann genau wir dort eintreffen?«
Ségolène hob beide Arme. »Weiß der Himmel! Er ist ge-

schickt. Er fragt dich aus, und du merkst es nicht. Nimm dich in Acht, Marita.«

»Aber wovor? Was will er von mir? Geld habe ich keines. Und auch sonst …«

»Ah, du bist eine wunderschöne Frau. Ich bitte dich.« Die Ältere kniff ihr liebevoll in den Arm und blinzelte. »Er will dein Herz stehlen.«

»Es gibt Schlimmeres.« Jetzt musste Marita lachen. Sie würde es François sogar hinterherwerfen, wenn er es tatsächlich darauf abgesehen hatte. Dann wurde sie ernst. »Was hat François getan? Warum ist er das schwarze Schaf in der Familie?«

Und als Marita merkte, dass Ségolène ihr erneut ausweichen wollte, hakte sie energisch nach. »Es ist nicht fair, Ségolène. Ich muss wissen, woran ich bin.«

»Er war im Gefängnis.«

Kurz blieb Marita die Luft weg. Gefängnis. Sofort hatte man Bilder von Gewaltverbrechern vor sich. Mörder, Totschläger, Vergewaltiger. Alles, aber nicht einen Mann wie François. »Warum?«

»Ich weiß es nicht genau. Betrug, Geldgeschäfte. Er redet nicht darüber. Und wir stehen uns auch nicht besonders nah. Er war viele Jahre weg. Und plötzlich taucht er wieder auf.«

Jetzt hatte Ségolène es eilig, vom Hof zu kommen. Sie stieg in ihr kleines Auto und brauste davon. Marita sah ihr hinterher. Sie war vollkommen verwirrt, diese neue Information musste erst einmal sacken.

Zwei Stunden später war ihr klar, dass sie François direkt darauf ansprechen musste. Er sollte die Chance haben, ihr selbst zu erzählen, warum er eine Gefängnisstrafe hatte

absitzen müssen. Außerdem wollte Marita ihn nicht vorverurteilen. Sicher, Betrug war kein Gentlemanverbrechen, trotzdem. Sie wusste nichts über die Hintergründe, und jeder Mensch hatte ein Recht darauf, dass man ihm vorurteilsfrei entgegentrat. Sie würde offen mit ihm reden müssen.
Marita kraulte einen der Hasen hinter den Ohren. Sie hatte sich, wie so oft am Abend, hierher zurückgezogen, um in Ruhe über François nachdenken zu können. Es war ihr Lieblingsplatz auf der Domaine. Die Gegenwart der Tiere beruhigte sie. Mittlerweile folgte ihr sogar eine der wilden Katzen hierher und rollte sich auf ihrem Schoß zusammen. Auf dieser Bank saß Marita auch, wenn sie mit Knut in Husum telefonierte.
Wie gerne hätte sie jetzt mit ihm gesprochen! Er war ein aufmerksamer Zuhörer, in den wenigen Wochen waren die Telefonate mit ihm ihr so wichtig geworden, denn sie konnte einfach alles mit ihm besprechen. Aber bei dieser Geschichte gab es Grenzen. Was sollte sie ihm sagen? Du, ich hab mich da in einen anderen verknallt, aber er war im Knast, soll ich trotzdem was mit ihm anfangen? Nein, das war wohl keine besonders gute Idee.
Mit ihrer Tochter Sophie, der sie alles anvertraut hätte, konnte Marita ebenfalls nicht sprechen. Sophie meldete sich regelmäßig, aber sporadisch aus irgendeinem Teil der Welt, in dem sie und ihr Freund sich gerade aufhielten, und sprudelte über vor Erlebnissen. Sie war voller Freude und Erlebnishunger, so dass Marita ihrer Tochter bloß immer bestätigte, dass es ihr sehr gutging, sie aber mit kleineren Problemen gerne verschonte. Sie war einfach nur erleichtert und glücklich, dass Sophies große Reise so ein Erfolg war.

Versuche, eine ihrer Freundinnen Babsi oder Annette ins Vertrauen zu ziehen, scheiterten. Annette war auf einem Yoga-Retreat, und Babsi hatte Schicht im Krankenhaus.
Auf dem dunklen Weg zurück ins Haus war Marita froh, François nicht gleich die nächste Verabredung zugesagt zu haben. So hatte sie mindestens eine Woche Abstand.
Jetzt hatte der perfekte Mann also einen Makel. Sie wünschte sich nur, es wäre nicht dieser gewesen.

»Ja, das stimmt.« Verlegen fuhr François sich durch das Haar. Er sah zerknirscht aus. Noch nie zuvor hatte Marita diesen Ausdruck an ihm gesehen. Aber schnell huschte wieder ein Lächeln über sein Gesicht. »Aber verzeih, dass ich es nicht erzählt habe. Ich wollte dich nicht unnötig damit belasten.«
Sie standen auf der Promenade des Anglais, François hatte Wort gehalten und ihr die berühmteste Straße Nizzas gezeigt. Bis jetzt – sie standen noch ganz am Anfang – war Marita nur mäßig beeindruckt. Das lag zum einen daran, dass die Straße sehr breit und viel befahren war. Neubauten und Hochhäuser säumten sie, die Palmen am Straßenrand konnten dagegen kaum Eindruck machen. Es gab auch imposante alte Luxushotels, und François wollte ihr unbedingt zu jedem etwas erzählen, aber Marita hatte keine Nerven dafür. Auf dem Gehweg zwischen Strand und Straße war der Teufel los. Jogger, Radfahrer, Inlineskater, Spaziergänger und Hundebesitzer – es war ein Trubel wie auf den Champs-Élysées. Marita fehlten im Moment und in dieser Atmosphäre die Nerven zum Sightseeing, weil sie immerzu an das bevorstehende Gespräch mit François denken musste, das ihr so im Magen lag.

Sie war nervös, und sie wollte den richtigen Augenblick abpassen, aber es war illusorisch. Für so etwas gab es nicht den richtigen Zeitpunkt. Zumindest nicht bei François, der immer Tatendrang und gute Laune versprühte. Dennoch war Marita irgendwann damit herausgeplatzt, in dem vollen Bewusstsein, damit unweigerlich den Moment zu zerstören.
Er hatte nicht versucht, es abzustreiten. Er versuchte ebenfalls nicht, Ségolène zu diskreditieren, von der Marita diese Information hatte. Stattdessen legte er rundheraus ein Geständnis ab.
Jetzt führte François sie etwas an die Seite unter eine Pergola, auf die blauen Stühle der Promenade. Und er begann, zu erzählen. Davon, dass er sich selbständig gemacht hatte. Mit einem Projekt für Kinder, ähnlich den SOS-Kinderdörfern. Es war sein Traum, aber die Finanzierung stand auf wackeligen Füßen. Doch er hatte bereits Geld in das Projekt gesteckt, sein Erbe, Mitarbeiter mussten bezahlt werden, Kinder warteten auf ein Zuhause. Da habe ihm ein Freund von dieser Sache erzählt. Bombensicher. Er müsse nur ein bisschen Geld in die Hand nehmen und mit Leuten sprechen, dann würde sich das Geld quasi von selbst vermehren.
François lachte bitter auf. Wie naiv er gewesen war! Heute wusste er, wie man ein solches Geschäft nannte: Schneeballsystem. Aber damals sei er Idealist gewesen, habe nur an seine Sache geglaubt. Wie das Geld sich vermehrte, war ihm egal gewesen. Und bei seinem Freund hatte es ja funktioniert. Kurz nachdem dieser ihn ins Boot geholt hatte, hatte er viele Hunderttausende eingesteckt und war verschwunden, hatte sich abgesetzt. Da war auch François misstrauisch geworden.
»Aber?« Marita konnte sehen, wie sehr die Erinnerung

daran François zu schaffen machte, aber jetzt gab es kein Zurück.
»Zu spät.«
Das Kind war in den Brunnen gefallen. François hatte andere Anleger überredet, an dem Modell teilzunehmen, wie er selbst es getan hatte. Aber zu viele hatten bereits investiert, zu viele wollten also auch ihren Gewinn, und leider hatte die Ausschüttung nur für die wenigen Ersten, darunter den »Freund« von François, gereicht. Die waren über alle Berge. Wer blieb, waren François und seine Gläubiger. Er konnte ihnen das verlorene Geld nicht zurückzahlen, er hatte es ja nicht bekommen, sondern andere, die weiter oben an der Spitze des Schneeballsystems standen. Er hatte sein Geld ebenfalls verloren. Sein Projekt war gescheitert, er musste Insolvenz anmelden, und die Gläubiger zeigten ihn an. Da er nicht zahlen konnte, blieb ihm nichts anderes, als eine Haftstrafe anzutreten. Drei Monate ohne Bewährung.
»Die schwerste Zeit meines Lebens. Ich hatte nichts mehr, kein Geld, keine Freunde. Und was noch schlimmer ist: keine Träume mehr.« Ganz leise sprach er jetzt, mit belegter Stimme. Marita wusste nichts zu entgegnen, also blickten sie beide eine Zeitlang auf das bunte Treiben auf der Promenade.
»Es tut mir leid.« Marita fühlte sich schlecht, weil sie ihn gezwungen hatte, diese Geschichte, an der er, wie sie sah, schon schwer genug trug, zu erzählen.
»Schon gut.« François legte eine Hand auf Maritas Knie, und dieses Mal zuckte sie nicht zusammen. Es fühlte sich gut an.
Aber François sprang schon wieder auf. »Komm, ich zeig dir was.«

Sie liefen ein ganzes Stück auf der Promenade stadtauswärts, François mit großen Schritten, Marita immer an seiner Seite. Dann sprang er plötzlich unvermittelt über die Balustrade an den Strand und half ihr galant hinüber. Unten an der Bucht war der Strand für die Sonnenhungrigen zu Ende, es folgten einige malerische Klippen sowie ein alter steinerner Landesteg. Angler hatten es sich dort bequem gemacht, sie saßen entweder direkt auf dem Boden oder hatten Klappstühle dabei. Neben sich einen Eimer für die Beute, Proviant, Angelzeug, manch einer hatte sogar einen Schirm. Zwei kleine Boote waren an der Pier vertäut, darin Fischernetze. Am Ufer stand eine Bretterbude, einstmals rosafarben, jetzt war die Farbe verwittert und abgeblättert. Die Tür stand offen, und François ging nach kurzem Klopfen hinein. Marita blieb draußen stehen. Von drinnen drang fröhliches Palaver, dann kam François mit einem Mann heraus, dessen Alter Marita absolut nicht abschätzen konnte. Er hatte Haut braun wie Leder, ein wenig schwarzes Haar lugte unter einer speckigen Wollmütze hervor. Der Mann trug eine Bermuda und ein blau-weiß geringeltes T-Shirt, er sah aus wie geradewegs dem alten Film *Über den Dächern von Nizza* entsprungen!
»Das ist Bill, der letzte lebende Fischer von Nizza.«
»Bill?« Marita musste ungläubig lachen.
Aber Bill entgegnete ihr sofort, dass François log, wenn er nur den Mund aufmachte. Natürlich gab es noch Fischer in Nizza, er war nicht der letzte seiner Art. Aber der letzte am Strand, das sei wohl so. Stolz zeigte er auf die kleine Hütte.
Marita hatte Mühe, ihn zu verstehen, Bill sprach rasend schnell wie alle Franzosen, dazu in einem südlichen Dialekt.

Aber François übersetzte das Wichtigste, außerdem handelte er mit Bill irgendetwas aus. Der Fischer nickte und sagte so etwas wie »Für dich doch immer, mein Freund«.
François bat Marita, auf der Kaimauer Platz zu nehmen, er käme gleich zurück.
Zehn Minuten später war er wieder da, gleichzeitig trat Bill aus der Hütte und stellte eine Schüssel frisch gebratener und aromatisch duftender kleiner Fische neben sie auf die Mauer. Frische Zitronenstückchen lagen dabei. François hatte ein Baguette und eine Flasche eiskalten Rosé besorgt, die er mit einem Korkenzieher von Bill öffnete. Die Flasche hielt er Marita hin.
»Am Nachmittag? Nein!« Sie winkte ab. »Außerdem muss ich noch fahren.«
»Nie wieder wirst du so frische und großartige Fische genießen. Direkt aus dem Meer in den Mund. Es wäre eine Beleidigung für meinen Freund, den Fischer. Und der Rosé – der gehört einfach dazu!«
Er hatte recht. Und es war köstlich. Die kleinen Fische waren knusprig gebraten, ihr Fleisch würzig, ein paar Spritzer Zitronensaft darüber – ein Traum!
Sie aßen, bis die Schüssel leer war. Die fettigen Finger wischte Marita am Baguette ab, das sie danach genüsslich verspeiste. Das war eine umwerfende Überraschung gewesen, und sie musterte François verstohlen. Wer so etwas tat, konnte kein schlechter Mensch sein. Und überhaupt: Wie ein Verbrecher sah er nicht aus.
Er spürte, dass sie ihn musterte, und blickte sie an. Marita erwiderte den Blick. »*C'est la France*«, sagte sie glücklich.
»*C'est la vie*«, gab François zurück und sah ihr tief in die Augen.

9.

Marita konnte sich kaum entscheiden, was ihre Aufmerksamkeit am meisten fesselte: das wildromantische Restaurant mit der – wieder einmal! – herrlichen Aussicht, das köstliche dreigängige Mittagsmenü oder der gut gelaunte Franzose, der sie mit charmanten Plaudereien unterhielt. Sie war in alles gleichermaßen verliebt.
Gleichermaßen? Wohl kaum …
Sie saß mit François in einem Restaurant in Peillon, einem entzückenden Dörfchen im Hinterland von Nizza. François hatte den Patron überredet, ihnen ein Mittagsmenü zu servieren, obwohl es eher früher Nachmittag sein würde. Er hatte Marita wieder am Parkplatz des Poliklinikums erwartet, und sie waren sofort in seinem Wagen in den kleinen Ort gebraust. Natürlich hatte der Patron sein Versprechen gehalten, schließlich war er ein Freund von François – wer war eigentlich kein Freund von ihm? –, und hatte ihnen einen schattigen Platz auf der Terrasse frei gehalten.
Nun servierte er ihnen Moules marinières, Muscheln im Weinsud, dazu kleine Scheibchen frisch geröstetes Weißbrot mit Sauce Rouille, einer Art Knoblauchmayonnaise.
Es war ein wunderbarer Ausflug in einer langen Reihe

wunderbarer Ausflüge. Seit ihrem Aufenthalt auf der Promenade des Anglais hatte Marita François keine Verabredung mehr abschlagen können. Und er hatte sich im Gegenzug jedes Mal eine tolle Sache ausgedacht. Mal waren sie in einem der zahlreichen Museen Nizzas, mal besuchten sie das Palais Lascaris, einen alten Palast im Genueser Stil. Mal machte François in der Altstadt eine Kirchenführung, allein fünf kleinere und größere Kirchen und Kapellen gab es zu entdecken! Und nie vergaß ihr Guide dabei das Wichtigste: Essen und Trinken!

Marita war nun plötzlich voller Vorfreude, was die Dialysebesuche des alten Georges anging, allerdings hielt sie sich sowohl ihm als auch Ségolène gegenüber bedeckt, was ihre Begleitung an diesen Nachmittagen betraf. Die Haushälterin hatte das Thema François ohnehin nicht mehr angeschnitten, möglicherweise war es ihr unangenehm, einen »Verbrecher« in ihrer Familie zu haben. Gerne hätte Marita ihr gesagt, dass sie verstehen konnte, was François zugestoßen war, aber sie wollte unangenehme Diskussionen vermeiden und schwieg lieber.

Georges dagegen nahm kein Blatt vor den Mund oder, besser: vor die Tastatur. Jedes Mal, wenn sie nach Nizza aufbrachen, erkundigte er sich aufs Neue, was denn Maritas schöner Verehrer so treibe und ob sie die Wartezeit wieder mit ihrem Galan verbringe.

Marita zog es vor, darauf ausweichend zu antworten. Ganz wie sie es von François gelernt hatte, gab sie als Antwort »Dies und das« oder »Ich weiß nicht genau«. Tatsächlich war sie nur ein einziges Mal nicht mit ihm zusammen gewesen, weil François keine Zeit gehabt hatte, und hatte stattdessen noch einmal die Familie Babajou besucht.

Es war mittlerweile Mitte Juni geworden, sie hatte bereits mehr als die Hälfte ihrer drei Probemonate auf der Domaine hinter sich. Die Zeit rannte schneller, als sie erhofft hatte. Zu Beginn waren ihr drei Monate noch wie eine Ewigkeit vorgekommen, nun dachte sie dauernd daran, dass das Ende schon greifbar war. Eine Entscheidung hatte sie noch immer nicht getroffen. Und François mache es ihr schwerer denn je …

»Voilà, einmal Loup de mer und für die Dame Entrecôte …« Marita lief beim Blick auf den Teller, das gegrillte Fleisch und Gemüse, die knusprigen Pommes frites, das Wasser im Mund zusammen. Sie war es von zu Hause nicht gewohnt, mittags dreigängig zu essen, aber sie stellte fest, dass sie sich durchaus daran gewöhnen konnte. Zu ihrer Verwunderung hatte sie noch nicht einmal ein Gramm zugenommen, wo sie doch gewöhnlich schon beim Anblick eines Stücks Kuchen Probleme mit dem Reißverschluss bekam. Aber hier, wo sie gefühlt dauernd etwas aß, sich aber kaum bewegte und viel weniger Stress hatte, konnte sie ihre Figur halten, ohne über Trennkost, Kohlsuppe oder Low-Carb-Diät nachzudenken.
»Wie geht es eigentlich dem alten Herrn?«, erkundigte sich François unvermittelt. Seit er Marita nachts auf der Straße aufgelesen hatte, erkundigte er sich immer wieder mal nach Georges Lafleur. Er behauptete, den Senior zu mögen, was aber offenkundig nicht auf Gegenseitigkeit beruhte.
Marita gab zurück, dass Georges wieder bei bester Gesundheit sei, soweit man das bei einem halbseitig Gelähmten überhaupt sagen konnte, und von gewohnt wechselhafter Laune.

»Kommt immer darauf an, ob er gewonnen hat oder nicht«, fügte sie an, während sie sich die letzte Gabel Gemüse einverleibte.

»Gewonnen?« François beherrschte die Kunst des Eine-Augenbraue-Hochziehens perfekt.

»Er spielt. Also harmlos, im Internet, ich glaube, immer nur kleinere Beträge.«

»Und das ist nicht gefährlich?«

»Wetten sind gefährlich. Aber diese kleinen Zockereien, nein, das kenne ich von meinen früheren Patienten. Die Frauen machen Kreuzworträtsel, die Männer spielen. Mit was sonst sollen sie sich die Zeit vertreiben?«

François lächelte und wechselte dann das Thema. Es war erstaunlich, wie viele Geschichten dieser Mensch erzählen konnte. Immer wieder neue, alle drehten sie sich um Erlebnisse, die er auf Reisen gehabt hatte. Die persönlichen Erfahrungen waren gespickt mit Informationen, ganz gleich ob sie Politik, Geografie oder bildende Kunst betrafen. Der attraktive Franzose schien viel erlebt zu haben und noch mehr zu wissen. Manchmal allerdings wurde Marita auch müde davon, François zuzuhören. Und das kam daher, dass sie eben nur diese Rolle zugeteilt bekam: die der Zuhörerin. Sie durfte andächtig lauschen, applaudieren, verwundert sein und interessiert – aber nach ihr und ihrem Leben fragte François so gut wie nie. Und da sie die Erfahrung gemacht hatte, dass er nur mäßiges Interesse an den Tag legte, wenn sie von sich aus von ihrer Arbeit im Krankenhaus, von ihrer Tochter, Amrum oder Husum erzählte, ließ sie es schließlich ganz bleiben. Ohnehin war alles, was sie preisgeben konnte, um Längen uninteressanter als François' kurzweilige Heldengeschichten.

François musste wie die Katzen mehrere Leben haben, wunderte sich Marita. Manchmal schien er seine Erlebnisse auch durcheinanderzubringen, so war er mal in den Neunzigern in Polynesien, mal nach dem Millennium. Aber Marita unterließ es, François auf Ungereimtheiten hinzuweisen, schließlich ging es nur darum, dass seine Geschichten interessant waren – oder etwa nicht?
Nach einem hausgemachten Cassis-Eis – François hatte Crème brûlée gewählt – und dem obligatorischen »Noir«, dem kleinen französischen Kaffee, schlug ihr Begleiter noch eine kurze Wanderung vor. Von Peillon führte ein malerischer Weg nach Peille. Sie hatten noch eine Stunde Zeit, da würde man nur ein kleines Stückchen schaffen, aber immerhin.
Fröhlich willigte Marita ein, sie hatte zwar nur kleine Riemchensandalen »à la tropézienne« an, ebenfalls eine günstige Neuerwerbung vom Markt, aber François versicherte ihr, dass sie nicht würde bergsteigen müssen.
Die Rechnung übernahm François, dann wanderten sie los. Peillon lag in den Bergen, es war auf die Spitze eines kleinen Felsens gebaut, so kunstvoll an die steilen Hänge geklebt, dass es aus der Entfernung nicht wie eine Ansammlung einzelner Häuser, sondern wie ein ganzes Burgensemble wirkte. Von dort, wo sie standen, hatte man einen hervorragenden Blick auf diesen Traum in Stein, und Marita schoss ein paar Bilder. François wollte sich nicht ablichten lassen, auch für ein Selfie war er nicht zu haben, aber er übernahm die Kamera und nahm Marita vor dieser Kulisse auf.
Seit sie auf dem Weg waren, hatte sich der Himmel zunehmend bewölkt, jetzt, nach einer halben Stunde in der Wildnis, donnerte es plötzlich. François schickte einen

besorgten Blick nach oben. »Wir sollten zurückgehen, und zwar schnell. Ein Gewitter zieht auf. Und das ist hier in den Bergen ohne Schutz kein Spaß.«
Tatsächlich begann es bereits nach zehn Minuten auf dem Rückweg zu blitzen. Noch kam kein Regen, alles blieb trocken, aber die Wolken waren nun nicht länger weiß, sondern dunkelgrau. Und die Abstände zwischen Blitz und Donner wurden kürzer. Sie rannten jetzt, aber Marita tat sich schwer mit ihren Riemchensandalen, in denen sie keinen Halt hatte. François musste ständig auf sie warten, weil sie nicht so schnell vorankam wie er.
Und dann krachte es bedrohlich. Es war ein Blitz, der die Luft zerriss, gefolgt von einem langen tiefen Grollen, das direkt aus dem Berg unter ihren Füßen zu kommen schien. Vereinzelte dicke Tropfen platschten nun auf die heißen Steine und kündigten einen heftigen Guss an.
»Das Gewitter ist direkt über uns!« François war beunruhigt, und Marita bekam richtig Angst. Sich in der freien Natur aufzuhalten, unter all den Bäumen, war so ungefähr das Ungünstigste, was man bei Gewitter tun konnte. Zum sicheren Auto würden sie es nicht rechtzeitig schaffen.
Auf den ersten Blitz folgte ein zweiter, darauf ein ohrenbetäubendes Krachen, als wäre der Blitz unmittelbar neben ihnen eingeschlagen. Beide duckten sich unwillkürlich. Marita hatte furchtbare Angst, aber sie entdeckte ein Stück über ihnen durch das Gestrüpp hindurch einen kleinen Holzverschlag. Noch auf dem Hinweg hatte François ihr erklärt, dass es diese Art Verschläge überall gab, sie hatten früher den Hirten, die hier in den unwegsamen Bergen ihre mageren Herden gehütet hatten, als Lager und Unterschlupf gedient.

Marita und François kämpften sich hastig durch das unwegsame Gelände nach oben, Dornenranken rissen Marita die zarte Haut an den Beinen auf, Äste schlugen ihnen ins Gesicht, immer begleitet vom bedrohlichen Orchester des Gewitters.
An dem kleinen Schuppen angekommen, rollten sie sich sofort hinein, ungeachtet der Spinnweben und des Ungeziefers.
Sie fanden beide gerade so Platz in dem Schuppen, mussten sich dicht aneinanderdrängen und im Sitzen die Köpfe einziehen. Draußen tobte das Unwetter mit unverminderter Wucht weiter.
François musterte skeptisch den Himmel. »Wir können hier nicht raus. Erst wenn es weitergezogen ist.«
Marita sah auf ihre Uhr. »Aber ich muss Georges abholen.«
»Er wird warten müssen.«
»Dann rufe ich das Krankenhaus an.« Marita wollte nach ihrem Handy greifen, aber François hielt sie zurück. »Lieber nicht.«
Er hatte recht. Zwar hatte Marita irgendwo gelesen, dass es nicht gefährlich war, während eines Gewitters mit dem Handy zu telefonieren, aber sie wollte das Unglück nicht herausfordern. Als sie ein Kind war, wurde sogar der Fernsehapparat bei Blitzschlag ausgeschaltet, weil ihr Vater der Auffassung war, dieser ziehe den Blitz an.
Sie mussten noch über zehn Minuten in ihrem Verschlag ausharren und beobachteten in der Zeit stumm die Naturgewalten. Marita wusste, dass sie in jedem Fall zu spät kommen würden, sie musste Georges unbedingt benachrichtigen. Als das Donnergrollen leiser wurde und die Blitze nur noch am Horizont zuckten, bat sie François, in

ihrem Namen beim Poliklinikum anzurufen und Georges Lafleur benachrichtigen zu lassen. Sie selbst sah sich noch nicht in der Lage, ihr etwas kompliziertes Anliegen auf Französisch zu vermitteln. Marita wählte und hielt François den Apparat hin.
Sie verstand, wie er sich meldet und er mit der Empfangsdame verhandelte. Dann runzelte er die Brauen und lauschte länger in den Hörer. Schließlich diskutierte er mit seinem Gesprächspartner, allerdings aber so schnell, dass Marita nicht mehr folgen konnte. Schließlich beendete er das Gespräch und gab Marita das Gerät zurück.
»Er ist nicht da.«
»Was heißt, er ist nicht da?«, fragte Marita verständnislos nach.
»Dass sein Name nicht bekannt ist. Er ist nicht aufgenommen worden.«
»Das verstehe ich nicht.« Marita überlegte. »Natürlich. Er wird ja nicht im Krankenhaus aufgenommen. Deshalb. Er kommt ja ambulant. Konnten sie dich nicht direkt zur Dialysestation durchstellen?«
François wollte etwas entgegnen, doch dann besann er sich anders und schüttelte nur den Kopf.
»Seltsam«, wunderte sich Marita.
»Er war schon weg«, platzte François nun heraus.
»Ich denke, sein Name ist nicht bekannt?«
»Nein, das nicht. Aber die Dame vom Empfang hat in der Dialysestation nachgefragt. Und da war er nicht mehr.«
Marita musterte François kritisch. Zum ersten Mal wusste sie, dass er log. Aber warum? Das ergab keinen Sinn.
»Ich schicke ihm eine SMS, dann weiß er Bescheid. Es wird ja wohl eine Cafeteria geben.«

»Voilà!« François schien irgendwie erleichtert, dass das Thema beendet war. »Und dann rennen wir zum Wagen.« Blitz und Donner hatten einem heftigen Sturm mit Sturzregen Platz gemacht. Die Äste der Korkeichen und Olivenbäume bogen sich im Wind, Wasser peitschte auf die Erde und verwandelte den sandigen Boden umgehend in Lehm, kleine Bäche rannen den Berg hinab, der Weg war beinahe überflutet. François und Marita rutschen von ihrer kleinen Schutzhütte durch das Gestrüpp auf den Pfad, der sie zum Auto führte – Marita zum Teil auf dem Hosenboden, weil sie kaum Halt fand.

Als sie an François' Wagen ankamen, sahen sie beide fürchterlich aus. Durchgeweicht bis auf die Unterwäsche, bespritzt mit ockerfarbenem Schlamm, Maritas Arme und Beine von roten Striemen überzogen. Es schüttete noch immer wie aus Kübeln, und François, ganz Gentleman, gab ihr eine Decke aus dem Kofferraum, in die sie sich einwickeln konnte.

Kaum startete er den Motor, schrieb Georges Lafleur zurück. Er beschwerte sich über Maritas Unzuverlässigkeit und dass er nicht daran denke, im Krankenhaus zu warten. Während François fuhr, was bei der Wetterlage besondere Umsicht erforderte, gingen die Nachrichten zwischen Marita und Georges hin und her. Der alte Starrkopf hielt daran fest, dass er umgehend das Krankenhaus verlassen wollte. Und Marita versuchte, ihn zu beschwichtigen, versicherte, dass sie in einer halben Stunde bei ihm wäre, er solle doch bitte einen Kaffee und ein Teilchen in der Cafeteria nehmen – gerne auf ihre Kosten, wenn es darum ging. Schließlich gab sie entnervt auf und wählte eine Nummer.

»Allo, Monsieur Babajou? C'est moi, Marita…«

François sah von der Fahrerseite aus verwundert zu ihr herüber und lauschte interessiert dem Gespräch.
»So«, sagte Marita schließlich und grinste befriedigt, »jetzt kann er mal sehen.«
Auf die Minute genau eine halbe Stunde später bog François auf den Parkplatz des Krankenhauses ein.
»Es tut mir leid, dass der Ausflug ins Wasser gefallen ist«, sagte er zum Abschied.
Marita sah ihn an und lachte. Sie beiden sahen aus wie Landstreicher. Nass, dreckig und zerzaust – und über allem strahlte die Sonne über Nizza, als hätte es nie ein Unwetter gegeben. Der Himmel sah aus wie blank poliert. Wenn jemand die zwei abgerissenen Gestalten sähe, würde er sich fragen, wer sie derartig durch die Mangel gedreht hatte.
Jetzt lachte auch François. »Was sind wir für ein schönes Pärchen!«
Zum Abschied umarmten sie sich. »Danke für dieses unvergessliche Erlebnis«, sagte Marita, dann stieg sie in den Wagen und fuhr davon.

Georges Lafleur schmollte. Er stand mit seinem Rollstuhl neben dem Regal mit den Konservendosen und sah Marita böse an, als sie den Laden der Babajous betrat.
»Ich danke dir, Babette«, begrüßte Marita zunächst die Frau des Inhabers. Als sie in ihrer Not vom Auto aus Monsieur Babajou angerufen hatte, hatte dieser sie an seine Frau weitergegeben. Glücklicherweise konnte Babette sich kurzfristig freimachen und war mit dem Lieferwagen des Obst- und Gemüsegeschäfts losgefahren, um den Griesgram am Parkplatz aufzupicken.
»Er hat sich ganz schön gewehrt, aber letzten Endes bin

ich einfach stärker als er.« Die schwarze Schöne legte lächelnd eine Reihe weißer Zähne frei und zwinkerte Georges zu. Dieser wandte schnell den Blick ab.

»Georges, nun schmollen Sie nicht.« Marita ging auf ihn zu, aber der Senior hob abwehrend die Hände. Entsetzt registrierte er ihren desolaten Zustand.

»Tja, tut mir leid, aber ich habe mir das mit dem Gewitter nicht ausgesucht.« Marita zeigte bedauernd an sich herab.

»Aber Ihnen ist es hier doch nicht schlechtgegangen.« Neben dem Rollstuhl hatte jemand ein kleines Glas Tee und ein paar Süßigkeiten gestellt. Offensichtlich hatte Georges aber nichts davon angerührt.

»Es kommt auch nicht wieder vor«, entschuldigte sich Marita nochmals.

Georges tippte. »Alles wegen diesem Typ«, erschien auf dem Monitor.

»Oh là là?«, kommentierte Babette neugierig. Marita spürte, wie sie rot wurde.

»Das hat nichts mit François zu tun. Das hätte mir auch alleine passieren können. Ein Gewitter ist höhere Gewalt.«

Georges schnalzte nur missbilligend mit der Zunge.

Nach einem kurzen Geplänkel mit Babette, die Marita noch trockene Sachen für die Heimfahrt anbot, was diese aber angesichts der schlechten Laune ihres Schützlings ablehnte, verabschiedete sich Marita und rollte Georges aus dem Laden heraus.

M. Babajou, der vor dem Geschäft mit der Kundschaft beschäftigt gewesen war, half ihr, Georges und den Rollstuhl ins Auto zu verladen. Bevor Marita jedoch selbst einstieg, winkte Babette, die in der Ladentür stand, sie noch einmal zu sich.

»Komm her, du hast was vergessen.«
Marita wusste nicht, worum es sich handelte, ging aber noch mal zu Babette. Diese blickte auf den Beifahrersitz, wo Georges Lafleur saß und stur geradeaus guckte. »Ist er ein Rassist?«
»Ich glaube nicht. Er ist nur einfach schlecht gelaunt.«
»Okay. Was soll's. Aber hör mal – ist dir noch nie etwas aufgefallen?«
»Aufgefallen? Was meinst du?«
»Mit der Lähmung. Ich glaube, das ist nicht echt.«
»Nicht …?!«
Babette zuckte mit den Schultern. »Ich kann mich auch täuschen. Aber ich hab so ein Gefühl.«
Als Marita im Auto saß, war sie immer noch regelrecht geschockt. Wie kam Babette auf den Gedanken? Allerdings … wenn sie tief in sich hineinhorchte, musste sie sich eingestehen, dass sie sich auch schon manches Mal gewundert hatte. Darüber, wie er sich ins Auto hangelte. Wie er alleine im Badezimmer und mit dem Anziehen klarkam. Über seine Muskeln. Aber sie hatte diese Gedanken jedes Mal beiseitegewischt, denn über allem stand ja die Frage: Aus welchem Grund sollte er eine Lähmung vortäuschen?

10.

Am Abend zogen wieder Gewitter auf, und Marita, die erschöpft von dem an Eindrücken und Verwirrungen gleichermaßen reichen Tag war, beschloss, sich früh ins Bett zu legen. Lucien hatte freundlich angefragt, ob sie zu Hause sei, er habe ein Geschäftsessen, und Marita hatte ihm versichert, dass sie nicht vorhabe, noch einen Schritt aus dem Haus zu gehen. Sie nahm ein Bad, und als sie sich ins Bett kuschelte, war es noch hell.
Durch das weit geöffnete Fenster konnte sie die Wolken beobachten, die wie Zeitungspapier, das durch die Straßen flatterte, am Himmel trieben. Manchmal kam ein Schauer, dann brach die Sonne durch. Marita genoss das Schauspiel und blickte immer wieder von ihrem Buch auf. Endlich kam sie zur Ruhe und schaffte es, nicht mehr über François oder Georges nachzudenken. Auf dem Nachttisch dampfte eine Tasse Verveine-Tee vor sich hin, dessen intensiv zitroniger Duft Marita betörte.
Verveine, Zitronenverbene, um genau zu sein, war ebenso wie Lavendel in der Provence allgegenwärtig. Ségolène zog die Pflanzen in ihrem Garten und trocknete die Kräuter für den aromatischen Tee. Marita sog den Duft tief ein und

schloss die Augen, um den durch das Fenster dringenden Geräuschen zu lauschen. Das Buch lag auf der Bettdecke, ein einziger Sonnenstrahl fiel durchs Fenster. Tiefer Friede breitete sich in Marita aus.
Plötzlich hörte sie das Knirschen von Autoreifen auf dem Kies der Auffahrt, dann knallte eine Autotür. Komisch, kam Lucien schon von seinem Arbeitsessen zurück? Marita lauschte noch ein wenig, aber alles blieb ruhig. Dann beschloss sie, aufzustehen und einen Blick aus dem Fenster zu werfen.
Im Hof stand der Wagen von François.
Wollte er sie besuchen? Zu Ségolène kam er wohl kaum, die war längst zu Hause. Aber warum klingelte er dann nicht an der Tür? Und wo war er jetzt?
Marita öffnete die Tür ihres Zimmers und rief ins Treppenhaus, aber niemand antwortete. Verwundert tapste Marita durchs Haus. Niemand war zu sehen oder antwortete auf ihr Rufen. Schließlich blieb sie vor der Tür von Georges Lafleurs Zimmer stehen und lauschte. Tatsächlich, sie hörte eine Stimme. Aber was …?!
Marita klopfte, wartete aber keine Antwort ab, Georges konnte sowieso nichts sagen, und von François brauchte sie wahrlich keine Erlaubnis.
Als sie eintrat, blickten beide Männer überrascht, wenn nicht gar ertappt auf. François fing sich sofort und stand mit strahlendem Lächeln von seinem Stuhl auf, den er dicht an das Bett des alten Herrn geschoben hatte.
»Marita! Schön, dich wiederzusehen!«
Marita ignorierte ihn und warf Georges einen Blick zu, der stocksteif in seinem Bett saß und aussah, als hätte er Geister gesehen.
»Georges? Ist bei Ihnen alles in Ordnung?«

Der alte Herr nickte. Nicht sehr überzeugend.
Marita wandte sich an François. »Wie bist du hereingekommen? Warum hast du nicht geklingelt? Was willst du überhaupt?«
»Oh, na, na. So viele Fragen auf einmal.« François lächelte breit. »Die Küchentür stand offen. Wie immer. Und da ich nur zu Monsieur Lafleur wollte, dachte ich, ich behellige dich nicht extra.«
Marita wollte sich nicht damit zufriedengeben. Sie fand, François' Dreistigkeit ging zu weit. »Ich fände es gut, wenn du klingelst wie andere Besucher auch.«
»Du hast recht. Es tut mir leid. Aber wie gesagt: Ich wollte niemanden stören.« Dann drehte er sich zu Georges. »Sagen Sie, Monsieur Lafleur, habe ich Sie belästigt? Das war nicht meine Absicht.«
»Ganz und gar nicht«, erschien auf dem Monitor des alten Lafleur.
Marita nahm die beiden Herren prüfend ins Visier. Irgendetwas sagte ihr, dass hier etwas nicht in Ordnung war.
Ganz und gar nicht.
Aber sowohl Georges als auch François sahen sie mit treuherzigem Hundeblick an, und Marita spürte, dass dieser Blick nur eines bedeutete: Verzieh dich, Mädchen, und zwar schnell.
»Dann gute Nacht.«
Marita wollte sich zurückziehen, aber François hielt sie auf. »Wir können gerne noch einen Wein zusammen trinken, wenn du möchtest?«, bot er an.
Marita schüttelte den Kopf und rang sich ein flüchtiges Lächeln ab. Die Offerte hatte sich angehört wie »Wenn du *unbedingt* möchtest, können wir ja …«. Toll, großzügiges

Angebot! Wer war sie, dass sie auf Almosenzeit von François Rebus angewiesen war?!
Verärgert stapfte Marita nach oben in ihr Zimmer. Die tolle Fassade von François hatte weitere Risse bekommen. Aber vielleicht war das auch ganz gut so. Hatte Ségolène sie nicht immer vor diesem Filou gewarnt?

Am nächsten Tag vermied sie es, das Thema bei Georges Lafleur anzusprechen, und auch er tat so, als sei nichts vorgefallen. Sie drehten ihre Runde um das Rosenfeld, die Pflückerinnen waren wieder bei der Arbeit, Lucien lief durch die Reihen und warf einen prüfenden Blick auf seine Rosenstöcke.
»Er wirkt nervös«, merkte Marita an.
»Der Termin«, antwortete Georges kurz und knapp.
Marita überlegte, ob es etwas gab, das sie über einen bestimmten Termin wissen müsste, aber auch nach intensivem Nachdenken wollte ihr nichts einfallen. »Was für ein Termin?«
»Chanel.«
Mit Chanel? Also das hätte sie sich gemerkt! Wie aufregend! Marita wollte dem alten Lafleur noch weitere Informationen aus der Nase ziehen, aber der reagierte nicht. Er war nicht gut drauf heute, das hatte Marita schon gemerkt. Sicher hing das mit François zusammen. Aber was, um Himmels willen, hatten die beiden für ein Geheimnis? Sie war zu neugierig, aber sie wollte sich nicht schon wieder eine blutige Nase holen.

»O ja, Chanel!« Ségolène fasste sich theatralisch ans Herz. Es war kurz nach dem Mittagessen, Georges hielt sein Ni-

ckerchen, die Pflückerinnen waren gegangen, und Marita hatte der Haushälterin beim Abwasch geholfen – und sich über deren massiven Protest einfach hinweggesetzt. Dann hatte sie das Thema mit dem Termin angeschnitten.
Die Haushälterin holte nun ein Blech zart duftender Orangenkekse aus dem Ofen, bei deren Anblick Marita sofort das Wasser im Mund zusammenlief.
»Du bekommst welche, sobald sie abgekühlt sind«, versprach Ségolène lächelnd, die den gierigen Blick Maritas in ihrem Rücken wohl fühlen konnte. »Also Chanel.«
Sie setzten sich an den gemütlichen Holztisch, zwischen sich das heiße Gebäck, vor sich einen kleinen Kaffee.
»Lucien möchte einen Exklusivvertrag mit Chanel. Darauf arbeitet er seit Jahren hin. Und demnächst ist es so weit. Sie kommen. Schauen sich die Domaine an, die Pflanzen, die Produktionsbedingungen. Es hängt viel daran.«
»Exklusiv heißt ...?«
Ségolène pustete in ihren Kaffee. »Dass das Haus Chanel sich verpflichtet, ihm die gesamte Produktion abzunehmen. Rose und Jasmin. Über einige Jahre hinweg. Das gibt Lucien Sicherheit.« Ségolène trank den heißen Kaffee in einem Zug wie Schnaps. »Und uns auch.«
Marita nippte an dem schwarzen Getränk und trank in winzigen vorsichtigen Schlucken. »Und wie ist es normalerweise?«
»Lucien muss jede Ernte neu auf dem Markt anbieten. Es wird gesteigert, auf einer speziellen Börse. Das ist sehr kompliziert. Und die Konkurrenz ist groß. Der Preis schwankt.«
»Aber warum sollte sich Chanel auf so etwas einlassen?«
Marita sah in der Vereinbarung klar die Vorteile für Lucien,

aber nicht unbedingt die für das Modehaus.« »Wenn der Preis jedes Jahr variiert. Und sie vielleicht woanders billiger einkaufen können.«
»Billiger!« Verächtlich spuckte Ségolène das Wort aus. »Der Vorteil für Chanel ist, dass sie exklusiv die beste Essenz bekommen, die es gibt. Von der Rose und vom Jasmin. Und das weltweit.«
Marita hob die Brauen und stieß einen überraschten Pfiff aus. »Weltweit? Hast du es nicht eine Nummer kleiner?«
Aber die kleine Haushälterin guckte ganz giftig. »Du hast ja keine Ahnung! Das große Chanel Nr. 5 wäre nichts ohne den Jasmin von Lafleur!«
Marita beschwichtigte. Sie wollte nicht auch noch mit ihrer einzigen Vertrauten hier Krach bekommen. Aber Ségolène hatte sich schon wieder eingekriegt.
»Jedenfalls«, sie beugte sich vor und nahm einen noch heißen Keks vom Blech, »geht es um alles oder nichts.«
Und Marita war bereit, ihr das zu glauben.
»Ach, fast hätte ich es vergessen«, Ségolène schlug sich mit der flachen Hand vor die Stirn, »das ist heute für dich abgegeben worden.«
Sie stand auf und holte aus dem Küchenregal ein kleines Päckchen. Es war Marita bereits aufgefallen, aber da die Haushälterin nichts gesagt hatte, hatte sie geglaubt, dass es nichts mit ihr zu tun hatte.
Jetzt stand das Päckchen vor ihr. Es war wunderschön verpackt mit dem entzückenden Papier von Fragonard, einem in Grasse ansässigen Parfümhersteller. Eine Rose war an das Geschenk gebunden und ein kleines Kärtchen. Marita öffnete es. »*Excuse-moi*, F.«, stand schlicht darin, und Marita entfuhr ein Stöhnen.

»Was ist? Hast du Geburtstag?«
»Nein. Erst …« Marita unterbrach sich. Ihr Geburtstag war in drei Tagen, aber sie hatte darüber geschwiegen, weil sie kein Aufheben wollte. Aber Ségolène grinste über das ganze runde Gesicht. Sie wusste also Bescheid.
»Es ist von François. Ich habe mich über ihn geärgert. Und damit will er sich entschuldigen.«
»Mach es nicht auf. Schmeiß es gleich aus dem Fenster.«
Marita lachte. »Von wegen.«
Es war eine der berühmten Duftkerzen. Fragonard stellte zu jedem seiner Düfte eigene Kerzen her, die in besonders gestaltete Behälter gegossen waren. Marita betete die Produkte von Fragonard an, die es in Deutschland gar nicht zu kaufen gab. Aber außer einem Seifenset für etwas mehr als zehn Euro hatte sie sich jeden weiteren Kauf verkniffen. War es Zufall, oder hatte sie das jemals François gegenüber erwähnt?
»Kein Zufall!« Ségolène war sicher. »Er saugt alles auf wie ein Schwamm. Jede kleine Bemerkung, jede Information. Weil es ihm irgendwann nutzen kann.«
»Jetzt nutzt es zunächst mal mir.« Marita strahlte und schnupperte an der aromatisierten Kerze. Orange, Rose, Bergamotte – dies war der Duft des Sommers, ihres Sommers in der Provence. Selbst wenn sie jemals François gegenüber hatte fallenlassen, dass sie diese Kerzen von Fragonard liebte, war es doch nicht berechnend von ihm, sich das zu merken, sondern über die Maßen aufmerksam. Und sehr sensibel, dass er einen Duft gewählt hatte, der sie ins Innerste ihres Herzens traf. Sofort war Marita wieder ganz versöhnt mit ihm.

Am Abend fuhr sie mit Lola in die Stadt. Sie hatte nichts Besonderes vor, sondern wollte nur ein bisschen Abstand von der Domaine gewinnen, um in Ruhe nachdenken zu können. In drei Tagen wurde sie achtundvierzig Jahre alt. Der Tag fiel auf einen Freitag, ideal für eine kleine Feier. In Husum hätte sie jetzt ein paar Freunde und Bekannte angerufen, mit Sophie zusammen Fingerfood vorbereitet und Getränke geholt. Dann wäre daraus eine nette kleine Party geworden.

Aber hier? Bis jetzt hatte Marita vorgehabt, den Geburtstag zu verschweigen und mit sich alleine zu feiern. Wenn sie aber genauer darüber nachdachte, was das einfach nur blöd. Es würde vermutlich ihr einziger Geburtstag sein, den sie an der Côte d'Azur verbrachte, mit Menschen, die ihr ans Herz gewachsen waren und die sie nachher vielleicht nie wiedersah. Außerdem: Was sollte sie alleine anfangen? Sich selbst in ein schickes Restaurant ausführen? Wie deprimierend. Bei den Hasenställen eine Flasche Champagner leeren? Das war etwas für einsame Frauen mit Alkoholproblem. Eine lange Wanderung, das hätte sie schön gefunden, aber sie war tagsüber auf der Domaine nicht entbehrlich.

Sie könnte es wie in Husum machen: ein paar Leute einladen und kochen. Aber wen würde sie einladen? Ségolène und ihren Mann Gilbert, unbedingt. Dann konnte sie aber François nicht dazubitten. Wegen seiner Cousine nicht, aber auch nicht wegen Georges. Der Alte fühlte sich nicht wohl mit François, das spürte Marita sehr wohl, auch wenn dieser tat, als seien sie beste Freunde.

Marita kam auf die Idee, die Babajous einzuladen, Babette wäre sicher hoch erfreut, aber Aristide? Die Vorstellung,

ihren Abend mit dem Ehepaar Verbier und dem Ehepaar Babajou zu verbringen, brachte sie zum Lachen. Eine ungewöhnliche Paarung, aber warum eigentlich nicht? Blieb das Problem François. Und noch ein anderes – was tun mit Lucien? Selbstverständlich würde sie die beiden Lafleurs einladen müssen, das gehörte zum guten Ton, außerdem war es schließlich ihr Zuhause. Dass der Senior es ablehnen würde, teilzunehmen, dessen war sie sich fast sicher. Aber Lucien war beinahe Abend für Abend zu Hause. Er war nett, sie mochte ihn wirklich, doch zwischen ihnen war da stets ein Gefühl der Distanz. Marita war in seiner Gegenwart immer etwas angestrengt, und ihm schien es genauso zu gehen.
Vielleicht, dachte Marita weiter, wurde Lucien etwas lockerer, wenn andere Leute dabei waren? Mit einem Gläschen Wein ...

Marita parkte Lola wie gehabt am Rand der Altstadt, wechselte die Schuhe und schlenderte durch die Straßen. Mittlerweile kannte sie sich wirklich gut aus, wusste, wo es das beste Eis gab und wo das gemütlichste Café. Aber heute Abend konnte sie sich kaum an den engen Gassen, den bunten Häusern und den kleinen Lädchen mit Duftkissen, Parfüms und Seifen erfreuen. Sie dachte an ihre Heimat. An Husum, das gegen die leuchtenden Farben des Südens und die Wärme nicht den Hauch einer Chance hatte. Und dennoch wunderschön war!
Marita fehlte der Anblick der Krabbenkutter im Hafen, der Markt mit dem alten Rathaus, die hübsch herausgeputzten Bürgerhäuser. Auch Husums Altstadt hatte krumme alte Gassen, in denen sich wahre Kleinode verbargen,

nette Bierkneipen und hübsche kleine Läden. Und über allem lag der frische, salzige Duft der Nordsee!
Marita hatte richtiges Heimweh. Im Café bestellte sie sich ein Bier, aber das Getränk, das sie bekam, hatte mit einem herben frisch gezapften Pils aus ihrer Heimat wenig gemeinsam.
Lange Trübsal blasen war jedoch Maritas Sache nicht. Sie beschloss, sich wegen ihrer Geburtstagsfeierlichkeit Bedenkzeit zu verschaffen, und schrieb François deshalb eine SMS, in der sie die für den nächsten Tag getroffene Verabredung absagte. Um ihr Heimweh zu bekämpfen, würde sie später Knut anrufen und ein wenig Klönschnack betreiben.

Er sang ihr Seemannslieder vor. Knut Meißen war ein waschechter Friese, und er konnte sie alle. Fast klang es ein bisschen, als hätte sie Hans Albers am Apparat. Oder Freddy Quinn. Von »La Paloma« über »Junge, komm bald wieder« bis zu »Nimm mich mit, Kapitän« – Knut kannte jede Strophe auswendig, und Marita amüsierte sich köstlich.
»Woher kennst du diese ollen Kamellen?«, fragte sie ihn.
»Kinderchor«, gab Knut zur Antwort.
»Da habt ihr ›Auf der Reeperbahn nachts um halb eins‹ gesungen? Ernsthaft?«
»Ich schwör's dir.«
So kabbelten sie sich noch eine Weile, bis Marita wieder bester Laune war. Bevor sie das Gespräch beendete, musste sie aber noch eine Frage loswerden, die ihr schon länger auf der Seele brannte.
»Knut, wir kennen uns kaum …«

»Ich finde, wir kennen uns mittlerweile schon ganz gut.«
»Ja, vom Telefon. Aber nicht persönlich.« Marita machte eine Pause und holte innerlich Anlauf. »Was machst du, wenn ich gar nicht mehr nach Husum zurückkomme? Wenn ich für immer hier unten bleibe?«
Knut brauchte keine Sekunde, um nachzudenken, er antwortete wie aus der Pistole geschossen. »Dann werde ich eben ewig mit dir telefonieren.«
Auch wenn sie wusste, dass das nicht der Realität entsprach, war Marita gerührt. Und bedauerte, dass sie ihren Geburtstag nicht mit Knut feiern konnte.

Der Tisch war feierlich gedeckt, Ségolène hatte sich große Mühe gegeben. Ein wunderschöner Strauß Rosen – nicht die von den Feldern – stand in der Mitte des Küchentischs, ein kleiner Marmorkuchen (deutsches Rezept, wie die Haushälterin nicht müde wurde zu betonen) mit Kerzen und das schöne Geschirr sowie zwei Päckchen umrahmten ihn. Außerdem standen Lucien und Ségolène Spalier und trompeteten »Joyeux anniversaire«, sobald Marita die Küche betreten hatte.
Zuerst pustete sie die Kerzen aus, restlos, dann bedankte sie sich gerührt. Der sonst so verhaltene Lucien strahlte über das ganze Gesicht und nötigte Marita, rasch auszupacken.
Von Ségolène bekam Marita eine wunderschöne Steingutschale in typisch provenzalischen Farben und Mustern. Schon oft hatte Marita diese Art Steinzeug auf dem Markt, aber auch hier im Haus bewundert und freute sich ganz außerordentlich darüber.
Das Päckchen von Lucien war sehr klein, und als sie es

ausgepackt hatte, war Marita ein wenig ratlos. Es enthielt ein winziges Aluminiumfläschchen ohne Etikett.
»Machen Sie es auf. Aber vorsichtig.« Es war Lucien anzumerken, dass er aufgeregt war. Vermutlich fragte er sich nervös, wie Marita sein Geschenk aufnehmen würde.
Sie drehte an dem Verschluss. Sofort entströmte der Flasche ein intensiver Duft. Marita hätte auf Anhieb gar nicht sagen können, was es war, der Duft war frisch, um nicht zu sagen kühl. Sie tupfte sich ein wenig davon auf die Innenseite ihrer Handgelenke und schnupperte. Es war ein erwachsener Duft, nicht verspielt, stattdessen eher wie eine frische Brise. Verzückt sah sie auf. Lucien hatte sie gespannt angestarrt und wartete auf ihr Urteil.
»Was ist das? Es riecht ... ich kann gar nicht sagen, nach was. Nicht direkt blumig, eher wie ...«
»... ein Tag auf dem Meer?« Lucien strahlte.
»Ja! Tatsächlich. Als ginge man am Meer spazieren. Ein bisschen würzig, leicht nach Zitrusfrüchten, frisch. Sehr angenehm.« Marita roch erneut. Der Duft war großartig, wie für sie gemacht.
»Die Basis bildet natürlich Jasmin«, ergänzte Lucien. »Ich will Sie nicht mit der Aufzählung der Duftstoffe langweilen. Ich habe den Duft vor einiger Zeit kreiert und gedacht, er steht Ihnen.« Nun überzog leichte Röte sein Gesicht.
Marita lächelte ihn an. »Er ist wunderbar. Wie heißt er?«
»*Une journée en mer.*« Er grinste stolz.
In dem Moment fuhr ein Taxi vor. Marita sah überrascht hinaus, aber Ségolène und Lucien warfen sich einen verschwörerischen Blick zu. Lucien sah auf die Uhr und nickte befriedigt.
Die Türen des Taxis öffneten sich, und außer dem Chauf-

feur entstiegen dem Wagen zwei sommerlich gekleidete Frauen, die Marita sehr bekannt vorkamen. Eine große blonde, sportlich, und eine kleine üppige. Marita konnte es kaum glauben.
»Babsi! Annette!«
»Überraschung!«, riefen, nein, kreischten die beiden zurück. Babsi schwenkte einen riesigen Strohhut und kam auf ihren hohen Hacken über den Kies zur Veranda gestöckelt. Annette bezahlte den Fahrer und folgte ihrer Freundin, die sich bereits mit Marita in den Armen lag.
»Alles Gute zum Geburtstag, meine Süße!« Annette sah sich um und breitete die Arme aus. »Jetzt machen wir hier mal ordentlich einen drauf!«
Für Marita klang das wie Verheißung und Drohung zugleich.

11.

Marita stand unter einem Magnolienbaum und rauchte. Heimlich. Es war ihre erste Zigarette in zehn Tagen. Sie hatte gedacht, sie hätte es geschafft, aber heute hatte sie die halbvolle Packung noch einmal aus der Schublade gekramt, um sich zur Feier des Tages eine zu gönnen. Wohlweislich hatte sie die vertrockneten Dinger nicht weggeschmissen, so weit her war es also mit ihrer Standfestigkeit.
Es war eine gelungene Party, wie sie in Husum nicht schöner hätte sein können. Wie sich herausstellte, hatten Babsi und Annette ihren Überfall von langer Hand geplant. Früh hatte Annette über die Website der Domaine de Lafleur mit Lucien Kontakt aufgenommen und ihn um Hilfe gebeten. Dieser besorgte für die Freundinnen zwei Hotelzimmer in Grasse und hatte Ségolène eingeweiht, die sich um Essen und Trinken gekümmert hatte. Die Überraschung war gelungen. Marita hatte nichts geahnt und war völlig aus dem Häuschen, als ihre beiden Husumer Freundinnen vor ihr standen. Entsprechend groß war die Freude bei allen Verschwörern.
Überrascht war Marita aber auch, dass Lucien sich an dem

Plan aktiv beteiligt hatte. Manchmal beschlich sie der Verdacht, dass sie ein falsches Bild von ihm hatte. Für sie war er eine Spaßbremse, ein intellektueller Eigenbrötler. Peu à peu zeigte er sich ihr aber von einer neuen, weniger grüblerischen Seite.
Marita beobachtete ihn. Er stand mit Babette und Ségolène zusammen und gestikulierte wild. Das letzte Mal, als Marita sich zu den dreien gesellt hatte, hatte Babette Babajou Lucien sehr interessiert nach der Herstellung von Parfüm befragt, und anscheinend erzählte er noch immer davon. Jedenfalls war er ganz in seinem Element und hatte in Babette eine dankbare Zuhörerin gefunden.
Die Babajous hatte Marita noch spontan dazugebeten, und die Reaktion auf ihre Einladung fiel aus wie erwartet. Aristide hatte dankend abgelehnt, aber im Hintergrund hatte Marita schon Babette nachfragen gehört. Fünf Minuten nachdem sie aufgelegt hatte, klingelte ihr Handy, und Babette war dran. Selbstverständlich kämen sie und Aristide zu Maritas Geburtstag! Mit Vergnügen! Am frühen Abend rollte der Lieferwagen von Aristide Babajou auf den Hof, und ein sehr zerknirschter Gemüsehändler stieg mit seiner strahlend schönen und bestens gelaunten Frau aus.
Nun aber saß Aristide mit Gilbert Verbier, dem Ehemann Ségolènes, zusammen, mit dem er sich von Anfang an angeregt unterhalten hatte. Man besprach die Sorgen kleiner Gewerbetreibender, haderte mit der Regierung – der ehemaligen, gegenwärtigen und zukünftigen –, beschwerte sich über Steuergesetze und die EU. Dabei zeigte sich, dass Aristide ein noch konservativerer Franzose war als Gilbert.
Um Babsi und Annette kümmerte sich – wie zu erwarten –

François. Auch ihn hatte Marita kurzfristig eingeladen, da sie glaubte, dass er Ségolène weniger stören würde, wenn mehr Leute anwesend wären, und damit hatte sie recht behalten. Annette und Babsi hatten sich sofort auf den gutaussehenden Gast gestürzt, der die Aufmerksamkeit sichtlich genoss.

Aus ihm wurde Marita einfach nicht schlau. Anfangs hatte sie noch geglaubt, dass Ségolène ihm nur unterstellte, ein Filou und undurchsichtiger Betrüger zu sein, weil sie ihn einfach nicht leiden konnte. Weil er ihr wegen seines Aufenthalts im Gefängnis suspekt war. Mittlerweile musste sich Marita aber eingestehen, dass François tatsächlich zumindest ein Schwindler war. Ein überaus charmanter, aber nichtsdestoweniger: ein Lügner. Zu oft hatte sie ihn inzwischen dabei ertappt, dass er eine Geschichte in verschiedenen Versionen erzählte.

Von Anfang an hatte Marita sich gefragt, warum dieser gutaussehende Mann sich ausgerechnet um sie so bemühte. Eine Antwort hatte sie nicht gefunden. Aber sie spürte, dass sein Interesse langsam erlahmte. Zwar umwarb er sie noch immer, aber seit dem Ausflug in den Bergen, als das Gewitter sie überrascht hatte, waren die Gefühle von François für sie – falls es diese jemals wirklich gegeben hatte – deutlich abgekühlt. Aber warum? Was war passiert? Umgekehrt ertrug er Zurückweisung von ihrer Seite gar nicht. Nach dem Abend, als sie ihn bei Georges Lafleur im Zimmer überrascht und entsprechend schroff reagiert hatte, war er sofort mit einer Entschuldigung angekommen, der Duftkerze. Es war ihm folglich wichtig, dass sie ihm nicht gram war. Aber wie ernst war es ihm? Warum war ihm ihre Sympathie so wichtig?

»Nehmen Sie sich in Acht«, hatte Georges Lafleur vorhin gewarnt. Er hatte seine Warnung nicht näher ausführen wollen, aber Marita glaubte ihm auch so. Zwei Menschen in ihrer unmittelbaren Umgebung mahnten sie, sich vor François zu hüten, das nahm sie durchaus ernst, auch wenn sie den Grund dafür nicht verstand.

Der Senior hatte es sich doch nicht nehmen lassen, zu ihrer kleinen Feier zu erscheinen – auch wenn eher das großartige Menü, das Ségolène vorbereitet hatte, der Grund dafür sein dürfte. Sogar ein Geschenk hatte Georges Lafleur für Marita gehabt – eine alte Vinylplatte aus seiner umfangreichen Sammlung. Georges Brassens, französische Chansons. Marita freute sich sehr darüber und bedauerte, dass sie die Platte nicht an Ort und Stelle abspielen konnte.

Als dann allerdings François zu der Gesellschaft stieß, hatte Georges seinen Nachtisch auf dem Zimmer essen wollen und sich von Marita dorthin bringen lassen. Bei dieser Gelegenheit hatte er auch die Warnung ausgesprochen.

»Aber wieso soll ich mich vor ihm in Acht nehmen?«, hatte Marita gefragt. »Sie müssen schon konkreter werden.«

Aber der Senior hatte nur den Kopf geschüttelt.

»Und was haben Sie plötzlich mit François zu tun?« Sie wollte nicht nachgeben. »Ganz offensichtlich können Sie ihn nicht leiden, aber neulich haben Sie so getan, als seien Sie dicke Freunde.«

»Wir sind Geschäftspartner«, erschien auf dem Display, und damit war die Unterhaltung beendet.

Nun, für heute war François anderweitig beschäftigt. Ihre Freundinnen würden ihn nicht mehr aus den Krallen lassen.

Marita trat die Zigarette aus und sammelte die Kippe vom Boden auf, um sie später entsorgen zu können. Lucien mochte es nicht, wenn auf dem Gelände der Domaine geraucht wurde. Er behauptete, der Mief beeinträchtige seinen Geruchssinn. Auch das war ein Grund, warum Marita sich zwang, mit den Zigaretten aufzuhören, sie wollte nicht, dass Lucien den Geruch der Zigaretten an ihr wahrnahm.

»Oh, Aristide, aber was ist denn das?«, fragte Gilbert laut in dem Moment, als Marita zum Tisch zurückging. Er griff hinter das Ohr des Gemüsehändlers und zog eine Spielkarte hervor.

Aristide Babajou fasste sich verwundert ans Ohr und schüttelte nur ungläubig den Kopf. Alle anderen lachten, Ségolène allerdings gab ihrem Mann einen kleinen Klaps auf den Hinterkopf. »Hör sofort damit auf!« Zu den anderen gewandt: »Immer wenn er etwas getrunken hat, fängt er an zu zaubern.«

Aber es war zu spät, um Gilbert Verbier zu stoppen. Für Babette zauberte er einen Strauß Stoffrosen aus dem Ärmel, Marita zog er Münzen aus der Nase, und mit Annette veranstaltete er die klassischen Kartentricks. Kein Trick war neu, keiner außergewöhnlich, alles hatte man so oder in Variationen schon gesehen. Und trotzdem war es herrlich, dem großen Mann mit den Automechanikerhänden bei seinen Zaubereien zuzugucken.

Gilbert zauberte charmant und freute sich wie ein kleines Kind darüber, wenn seine Zuschauer »Ah« und »Oh« und »Bravo!« riefen. Und obwohl Ségolène vorgab, sich für die billigen Tricks ihres Mannes zu schämen, war ihr doch der Stolz auf ihn anzusehen.

Schließlich bat Gilbert den Gemüsehändler, nach seiner Brieftasche zu sehen. Dieser suchte in seiner Jacke – aber vergeblich. Mit großer Geste wandte sich Gilbert daraufhin an Lucien und wollte gerade anheben mit der ungeheuerlichen Entdeckung, dass sich die Brieftasche des Gemüsehändlers in der Hosentasche von Lafleur junior befinde, da platzte Ségolène hervor: »Den Brieftaschentrick beherrscht François auch. Allerdings taucht die Börse dann ohne Inhalt wieder auf.«

Der Blick, mit dem François seine Cousine daraufhin bedachte, würde Marita niemals vergessen. Er war gemein – nichts weiter. Nicht raffiniert, nicht beleidigt, nicht verschlagen, schlicht und einfach: gemein. Ein Blick, wie sie ihn an dem charmanten Mann mit den Grübchen niemals vermutet hätte. Aber der Blick währte nur einen Sekundenbruchteil, dann hob François den peinlichen Moment wieder auf, indem er einen Scherz machte. »Deshalb würde ich die von Monsieur Babajou gar nicht verschwinden lassen – die ist ja schon von vorneherein leer.«

Aristide lachte darüber am lautesten, und gleich war die Stimmung wieder gelöst. Den Ernst von Ségolènes unverschämter Bemerkung schienen in dieser Runde ohnehin nur sie selbst und François bemerkt zu haben.

Und Marita.

Weit nach Mitternacht bot François an, Babsi und Annette nach Grasse zu ihrem Hotel zu bringen, und die Babajous beeilten sich ebenfalls aufzubrechen. Sie hatten noch ein gutes Stück Weg bis nach Nizza zurückzulegen.

Lucien bestand darauf, Ségolène und Gilbert nach Hause zu schicken, er werde allein das Geschirr wegräumen und sauber machen, aber Marita ließ es sich nicht nehmen, ihm zu helfen.

Eine Stunde später, es ging auf zwei Uhr zu, hatten sie alles aufgeräumt. Lucien hatte ihnen beiden noch einen Digestif eingegossen, und Marita spürte, dass sie etwas zu viel getrunken hatte. Vor ihrer Zimmertür sagten sie sich gute Nacht, das Schlafzimmer von Lucien lag ebenfalls im obersten Stock.
»Und vielen Dank für die schöne Feier.« Marita konnte ein Gähnen nicht unterdrücken.
»Ich habe zu danken. Wir hatten hier schon lange kein Fest mehr.« Lucien lächelte und machte die Andeutung einer Verbeugung.
»Tja. Dann ...« Marita wollte nicht unhöflich sein, auch wenn es sie in ihr Bett zog.
Lucien machte ebenfalls Anstalten, sich umzudrehen, aber dann zögerte er. »Sie riechen noch immer nach *Une Journée en mer*. Es passt zu Ihnen.« Er lächelte zaghaft, und die feinen Grübchen zeigten sich. Dann drehte er sich von Marita weg und ging in sein Zimmer.
Moment – sollte das ein Kompliment gewesen sein?
Flirtete Lucien etwa mit ihr?
Zeigte er gar – Gefühle?
Amüsiert und auch geschmeichelt betrat Marita ihr Zimmer.

Am Morgen rief Babsi an. François hatte angeboten, mit ihr und Annette eine Motorboottour nach Saint-Tropez zu machen! Marita komme doch sicher mit?
Aber Marita konnte nicht, sie musste arbeiten. Wie jeden Tag, ausnahmslos. Was ihr anfangs als der am wenigsten anstrengende Job der Welt erschienen war, zeigte nun seine Schattenseiten. Sie hatte durchaus viel Freizeit. Aber die

konnte sie sich nicht frei einteilen, sondern war darauf angewiesen, dass Georges sie nicht brauchte. Außerdem traute sie sich nicht zu weit weg – seit der Nacht, in der der alte Monsieur Lafleur Herzprobleme bekommen hatte und niemand bei ihm gewesen war.
Marita nahm sich vor, die Sache mit den freien Tagen einmal bei Lucien anzusprechen. Vertraglich war das nicht vereinbart, und bis jetzt war sie schlicht noch gar nicht auf die Idee gekommen, einen Tag für sich zu fordern. Heute aber schmerzte es sie sehr, dass sie ihre Freundinnen nicht begleiten konnte. Saint-Tropez! Ein Tag auf dem Meer! Wie gerne wäre sie dabei. Stattdessen schob sie Georges einmal ums Rosenfeld und dann einmal ums Jasminfeld. So wie immer.
Die Sonne stach gnadenlos vom Himmel herab, das Thermometer stieg auf über dreißig Grad, und während Marita den Rollstuhl über den staubtrockenen Sand schob, dachte sie daran, wie ihre drei Freunde im Motorboot über das Meer jagten. Sie hatte Kopfschmerzen und war trotz der schönen Geburtstagsfeier deprimiert. Es fühlte sich an, als hätte sie einen seelischen Kater.
Bei den Hasenställen angekommen, schob sie Georges in den Schatten und ging dann die Ziegen füttern. Sie hatte ihnen Namen gegeben und konnte sie mittlerweile auch problemlos auseinanderhalten.
Ebenso die Hasen. Heute waren nur drei im Stall, der rabenschwarze mit dem besonders puscheligen Fell, den sie Louis getauft hatte, fehlte. Ob er krank war?
Sie fragte Georges, der sie ganz seltsam ansah.
»Was ist? Ist er krank? Oder weggelaufen?« An der Art, wie der Senior zögerte, ihr zu antworten, beschlich Marita eine dunkle Ahnung.

»Das *pot au feu* ...«, hob er vorsichtig an.
Der Fleischtopf. Von ihrem Geburtstagsmenü. Maritas Magen hob sich. Sie konnte sich gerade noch umdrehen und in die Büsche beugen.
Den ganzen Rückweg zum Haus liefen ihr die Tränen über die Wangen. Georges verzichtete darauf, das zu kommentieren, und dafür war Marita ihm wirklich dankbar. Als sie am Haus ankamen, saßen die Pflückerinnen wie immer beim Essen auf der Terrasse, aber Marita gesellte sich heute nicht dazu. Sie wollte Georges' Mittagspause dazu nutzen, sich ebenfalls noch einmal für ein Nickerchen ins Bett zu legen, um den Blues wegzuschlafen.
Ségolène kam besorgt auf sie zu. »Chouchou, was ist passiert?«
Marita schüttelte nur den Kopf. Sie bekam noch mit, dass Georges eine Erklärung in sein Tablet tippte, dann war sie schon auf der Treppe und lief nach oben. Nie wieder würde sie bei den Ställen sitzen können. Immer würde sie daran denken müssen, dass die Hasen – und auch die Ziegen? – geschlachtet würden. Der Gedanke machte sie unendlich traurig, denn die Gegenwart der Tiere hatte ihr immer gutgetan, es war ein Zufluchtsort für sie, dort hatte sie sich zum ersten Mal auf der Domaine wirklich wohl gefühlt. Aber das war nun vorbei.

Stunden später saß Marita einigermaßen ausgeruht und seelisch wieder stabiler – den Gedanken an die Tiere unbedingt vermeidend – vor einem Aperitif und wartete auf ihre Freundinnen. Sie hatten sich in einem der Restaurants rund um die Place aux Aires verabredet. Es gab vielleicht bessere Restaurants in und um Grasse, aber Marita liebte die Stimmung und das Leben hier und wollte gerne ihre Lieblingsplätze mit ihren Freundinnen teilen. Diese verspäteten sich offenbar ein wenig. Sie waren schon eine Viertelstunde hinter der Zeit. Marita war es ein bisschen peinlich, die Kellnerin abzuwimmeln, die bereits zwei Mal gefragt hatte, ob sie etwas bringen durfte.

Schließlich kam Annette vom anderen Ende des Platzes angelaufen. Verwundert registrierte Marita, dass Annette sich offenbar vor der Verabredung nicht frisch gemacht hatte, sie sah verschwitzt und abgehetzt aus, ihre Klamotten sportlich und für eine elegantere Abendverabredung eher weniger geeignet.

Annette küsste Marita zur Begrüßung und ließ sich dann in den Stuhl ihr gegenüber fallen.

»Sorry.« Annette war außer Atem. »Aber der Bus ist gerade erst angekommen.«

»Welcher Bus?«, erkundigte sich Marita ahnungsvoll. Irgendetwas stimmte hier nicht. Eigentlich war es doch so geplant gewesen, dass François die Freundinnen rechtzeitig am Hotel abliefern sollte. »Ist etwas passiert?«

Annette schüttelte den Kopf, vermied es aber, Marita direkt anzusehen. »Darf ich?« Hastig nahm sie einen Schluck von dem Wasser, das Marita neben dem Aperitif wohlweislich bestellt hatte.

»Wo ist Babsi? Habt ihr euch verloren?«

»So kann man es auch sagen.« Annette schwieg. Betreten.

Marita sagte nichts mehr. Sie wartete nur noch ab.

»Ich weiß nicht, wie ich es sagen soll.«

»Annette!«

»Babsi und der Franzose sind noch in Saint-Tropez.«

Es dauert eine ganze Zeit lang, bis diese Information in Maritas Hirn durchsickerte. Aber dann explodierten alle Synapsen gleichzeitig.
Babsi und François?
François und Babsi?
In Saint-Tropez?
Geblieben?
Alleine?
Ach nein, viel besser: zu zweit!
»Er sagte, dass er ein ganz tolles Restaurant in den Bergen kennt. Einen Geheimtipp. Und dass du bestimmt nichts dagegen hast.« Annette plapperte hastig weiter, als könnte das der Information die Ungeheuerlichkeit nehmen.
»Warum?«
»Warum was?« Annette geriet aus dem Konzept.
»Warum machen die das?« Marita spürte die Wut in sich hochsteigen. »Was soll das? Was denken die sich? Das ist … das ist …«
»Einfach Scheiße.«
Marita nickte Annette zu. »Ganz genau.«
Sie sahen sich an. Marita hätte jetzt gerne ganz viele Fragen gestellt – wie war es dazu gekommen? Warum tat ihre beste Freundin ihr so etwas an? Hatte François Babsi angebaggert? Oder umgekehrt? –, aber dann überlegte sie es sich anders. Schlechte Nachrichten verdaute man besser mit gefülltem Magen.
»Wir beide lassen es dafür jetzt krachen, okay? Das große Menü für mich.«
Energisch klappte Marita die Karte zu. Sie war wütend und gleichzeitig weniger überrascht, als sie sein sollte. Damit war François einen Schritt zu weit gegangen. Dieses Kapi-

tel hatte sich für Marita ein für alle Mal erledigt. Ségolène hatte von Anfang an recht hat gehabt.
Adieu, François!

12.

»Also ehrlich, er ist ein Arsch.« Babsi leckte genüsslich ihr Piña-Colada-Eis.
»Du aber auch. Irgendwie.« Marita musste gegen ihren Willen lachen. Eigentlich hatte sie sich geschworen, mit ihrer Freundin kein Sterbenswörtchen mehr zu reden. Nachdem sie am Vorabend mit Annette eine Flasche Rosé geleert hatte, davor einen Aperitif und nach dem Essen ein – oder zwei? – Digestif, war Babsi für sie ein für alle Mal gestorben. Aber sie waren für heute verabredet gewesen, Marita hatte versprochen, ihre Freundinnen durch Nizza zu führen, während Georges bei der Dialyse war. Und da sie nicht nachtragend war, außerdem Annette nicht auch abstrafen wollte, indem sie die Verabredung ausfallen ließ, hatte sie ihr Versprechen gehalten.
Auf dem Parkplatz des Poliklinikums bekam sie allerdings erst mal einen Schreck, weil sie glaubte, das Auto von François entdeckt zu haben. Von ihm selbst war allerdings keine Spur zu sehen, und Marita atmete erleichtert auf. An der Bushaltestelle schließlich, an der sie Annette und Babsi abholte, fiel Babsi ihr voller Schuldgefühle in die Arme und erstickte jeglichen Streit sofort im Keim.

»Sorry, sorry, sorry, meine Süße, ich WEISS, das ist ein No-Go! Ich rutsche auf Knien vor dir, ich weiß nicht, was in mich gefahren ist, das heißt, ich weiß es schon, er hat mich HYPNOTISIERT! Ehrlich. Ich bin einfach WILLENLOS gewesen, aber natürlich hätte ich nie etwas mit ihm angefangen, du kennst mich ...«
»Eben«, durchbrach Marita den Redefluss. »Und es ist wirklich das Allerletzte.«
Babsi guckte schuldbewusst und schob die Unterlippe vor. »Ich konnte ihm nicht widerstehen.«
»Annette aber schon. Spätestens, als sie gesagt hat, dass sie mit dem Bus zurück nach Grasse fährt, um mich zu treffen, hättest du aus deiner Hypnose aufwachen müssen. Also ehrlich.«
»Absolut! Du hast ja so recht! Ich bin schlecht. Ich bin ein schlechter Mensch und eine schlechte Freundin.«
Marita und Annette warfen sich Blicke zu und verdrehten die Augen. Das war typisch Babsi. Sie suhlte sich so lange in Selbstmitleid, bis man ihr lieber vergab, als sich das theatralische Getue noch länger anhören zu müssen. Jeder anderen wäre Marita auf lange Zeit gram gewesen. Nicht so der kleinen Pathoskugel neben ihr.
Von der Bushaltestelle waren sie in die Altstadt gelaufen, und nun saßen sie vor der Gelateria *Fenocchio*, wo Marita stolz mit dem sensationellsten Eis Nizzas punktete. Sie hatte vor, mit ihren Freundinnen die Besteigung des Schlossbergs zu wiederholen, so wie sie es mit François auch gemacht hatte. Aber Babsi trug – wie konnte es anders sein? – Pumps. Als sie außerdem hörte, dass sie einen Berg besteigen sollte, fiel sie schon präventiv fast in Ohnmacht. Aber Marita und Annette fanden, dass sie nicht

straflos davonkommen sollte. Also zwangen sie Babsi, sich flache Schuhe zu besorgen, und dann ginge es nach oben.
Aber noch saßen sie im Schatten der Altstadthäuser und genossen das großartige Eis. Babsi machte keine Anstalten, sich zu beeilen. Wenn es nach ihr gegangen wäre, würden sie die vollen vier Stunden hier ausharren.
»Ich habe die Quittung für mein schlechtes Benehmen sowieso gestern schon bekommen«, fuhr sie nun fort.
Marita sah sie fragend von der Seite an.
»Er hat sich null für mich interessiert.« Babsi zuckte mit den Schultern. »Keine Ahnung, warum er überhaupt vorgeschlagen hat, dass wir noch essen gehen. Die Stimmung war auf dem Boot schon nicht besonders.«
Das hatte Annette Marita auch schon erzählt. Anfangs sei François noch ganz aufgeräumt und unterhaltsam gewesen, aber im Lauf der Tour hatte sein Interesse stark nachgelassen.
»Ganz ehrlich: Ich glaube, er wollte antesten, ob wir uns lohnen. Ob da was rauszuholen ist. Also ob wir fette Beute sind.« Babsi kniff sich in die Bauchrolle. »Aber als er gehört hat, dass wir arm sind wie Kirchenmäuse, hat er das Interesse verloren.«
»Offenbar nicht so ganz. Sonst hätte er nicht das lauschige Restaurant in den Bergen vorgeschlagen«, mischte sich Annette ein.
Leichte Röte überzog plötzlich Babsis Gesicht. Und das kam nicht von der Hitze. »Ich glaube, da ging es nur um Sex...« Konzentriert fixierte sie ihr Eis.
Marita und Annette sahen erst sich, dann ihre Freundin an.
»Für so simpel gestrickt hältst du ihn?« Marita war, gelinde gesagt, entsetzt. Ihr Bild von François hatte sie schon

ziemlich revidieren müssen, aber wenn man Babsi Glauben schenken durfte, erschien François einfach nur wie ein schleimiger Raffzahn, der es lediglich auf Geld oder Sex abgesehen hatte. So dummdreist war François in Maritas Augen aber keineswegs.

»Ganz ehrlich: ja.« Babsi nickte nachdrücklich. »Auf dem Weg ins Restaurant ist er mir ganz schön eindeutig zweideutig auf die Pelle gerückt. Und als ich ihm klargemacht habe, dass nichts läuft, ist er pampig geworden. Im Restaurant hat er die ganze Zeit nur telefoniert, und zahlen musste ich nachher auch selber.«

Marita war völlig perplex. Das klang überhaupt nicht nach François, wie sie ihn kennengelernt hatte. »Also bei mir ist er weder auf Geld noch auf Sex aus. Geschweige denn auf Liebe. Ich versteh's einfach nicht.«

Babsi zog die Augenbrauen zusammen. »Komisch, oder? Was auch immer es ist: Ich glaube, du kannst ihm auf keinen Fall über den Weg trauen.«

Das höre ich nicht zum ersten Mal, dachte Marita. Irgendetwas muss ja dran sein.

Es wurde dann doch nicht der Schlossberg. Stattdessen zogen sie durch die Altstadt auf der Suche nach flachen Schuhen für Babsi, aber weil dieser partout kein Paar gefallen wollte, liefen sie vom Cours Saleya, wo noch vereinzelte Marktstände vom regen Treiben am Vormittag zeugten, über die Place Masséna zur Avenue Jean Médecin. Spätestens dort war die Sightseeingtour auf den Schlossberg vergessen, Annette und Babsi fielen mit Seufzern der Begeisterung in die Galeries Lafayette ein und ließen auch sonst keines der großen Geschäfte an der Shoppingmeile aus.

Mit Tüten über Tüten kehrten sie nach drei Stunden in einem großen und völlig überteuerten Bistro ein, glücklich und erschöpft. Marita musste sich nach einem schnellen Kaffee verabschieden, es war Zeit, Georges an der Klinik abzuholen. Die Freundinnen wollten noch ein wenig in Nizza verweilen, und sie verabredeten sich für den Abend.

Er lächelte über das ganze Gesicht, als wäre nichts geschehen. Marita starrte ihn an und konnte es nicht fassen. Jetzt hob François sogar eine Hand und winkte ihr fröhlich zu. Sie zwang sich zu einem Lächeln. In ihrem Kopf spielte sie verschiedene Szenarien durch. Sollte sie ihm eine Szene machen? Ihm vorwerfen, dass er den Besuch ihrer Freundinnen vollkommen verdorben hatte? Das wäre unsouverän und zickig. Und außerdem völlig daneben, schließlich hatte er sich freundlicherweise um die beiden gekümmert, während sie hatte arbeiten müssen.
Sie könnte auch einfach nur schmollen. So beleidigt sein, dass er sie fragen müsste, was denn passiert sei. Auch unwürdig, um nicht zu sagen kindisch.
Außerdem fing Marita den Blick von Lafleur senior auf. Dieser saß in seinem Rollstuhl und wurde von dem fröhlichen François aus dem Krankenhaus in Richtung Auto geschoben. Und sein Blick sagte klar und deutlich, dass Monsieur Lafleur nichts weiter wünschte, als ganz schnell zu verschwinden und die Nervensäge loszuwerden.
Als die beiden Männer schließlich bei ihr angelangt waren, lächelte Marita freundlich – und, wie sie hoffte, unverbindlich –, gab François Küsschen links, rechts, links und antwortete auf die Frage, wie es ihr gehe: »Wunderbar, und selbst?«

François war die gute Laune in Person, er verlor kein Wort über seinen Tag mit Annette und Babsi, und Marita fragte sich, wie viele Gesichter dieser Mann eigentlich hatte. Außer dem einen, leider unverschämt gut aussehenden.
Schließlich hatte sie Georges samt Rollstuhl im Auto und fuhr vom Parkplatz. Fast die gesamte Fahrt über hingen sie beide schweigend ihren Gedanken nach, und es waren keine rosigen. Die Anspannung im Auto war beinahe mit Händen greifbar.
Marita hätte jetzt einfach fragen können. Warum François heute an der Klinik gewesen war. Was es mit der Verbindung der beiden ungleichen Männer auf sich hatte. Wieso Georges, obgleich er François offenkundig nicht ausstehen konnte, ihr nicht anvertraute, warum dieser ständig um ihn herumscharwenzelte. Aber sie würde nicht fragen. Sie hatte überhaupt keine Lust, darüber zu reden. Stattdessen würde sie Georges nach Hause bringen, ihn für den Abend fertig machen und sich auf ihre Freundinnen freuen, die zu ihr auf die Domaine kommen wollten.
Und sie würde versuchen, nicht mehr an François zu denken.
Als sie nach Hause kamen, hatte Ségolène auf der Terrasse bereits hübsch gedeckt, sie hatte etwas zu essen im Ofen, Fisch, wie sie betonte, und Rosé kalt gestellt.
»Das wäre doch nicht nötig gewesen, Ségo.«
»O doch! Deine Freundinnen sollen doch einen guten Eindruck von uns haben. Sonst lassen sie dich nicht hierbleiben und überreden dich, wieder zurück nach ... na was auch immer, Sibirien?, zu gehen.« Die kleine Haushälterin zwinkerte ihr zu.

Marita war gerührt. »Ich weiß noch nicht, ob ich bleibe. Ich kann es mir im Moment noch nicht so richtig vorstellen. Es ist eher ... wie ein langer Urlaub.«
»Du tust ihnen gut, weißt du. Den beiden Herren.«
Marita guckte zweifelnd, aber Ségolène fuhr fort. »Sogar Lucien ist endlich wieder ein bisschen locker. Mit all seinen Sorgen. Und Georges ... na ja, er ist eben der alte Georges.«
Das war Maritas Stichwort. »Ségolène, irgendwas ist da. Mit ihm und François. Der war heute am Klinikum und hat Georges abgeholt. Und neulich Abend hat er ihn besucht. Ich weiß nicht, wieso.«
Jetzt runzelte Ségolène die Brauen. »Das ist nicht gut. Du musst ein Auge darauf haben.«
In diesem Moment kam Pierre in die Küche. Er hatte im Keller etwas repariert, und seine Hände waren ölverschmiert. Ségolène schimpfte und wollte ihn wieder herausschicken, aber er lachte nur und gab seiner Mutter ein Küsschen auf die Wange, bevor er sich die Hände wusch.
»Aber was kann François denn von ihm wollen?« Marita war immer noch beim Thema.
»Geld. Seine Gedanken drehen sich um nichts anderes.«
»Redet ihr von François?« Pierre wandte sich vom Waschbecken zu den Frauen um.
Marita nickte.
»Er hat mich neulich ausgequetscht.« Pierre nahm eines der Geschirrhandtücher und trocknete sich die Hände. »Kurz nachdem er wieder hier aufgetaucht ist. Ich hatte ihn ja Jahre nicht gesehen.« Er verschränkte die Arme vor der Brust und dachte einen Moment nach. »Er erkundigte sich danach, was ich so mache, und als er hörte, dass ich auf der Domaine arbeite, ist er ganz aufmerksam geworden.

Hat mich gefragt, wie der Laden so läuft. Er war ziemlich neugierig, muss ich sagen.«
»Und? Was hast du gesagt?« Ségolène nahm das nun verdreckte Geschirrhandtuch weg und hängte ein frisches neben die Spüle.
Pierre zuckte die Schultern. »Was soll ich schon sagen? Jaja, läuft alles gut und so.« Er machte eine Pause und wurde ernst. »Von den Problemen habe ich nichts erwähnt.«
Ségolène stemmte die Hände in die Hüften. »Es geht ihn auch nichts an. Es geht ihn nichts hier irgendetwas an. Es gefällt mir nicht, dass er hier herumschleicht. Und mir gefällt noch weniger, dass er sich an Georges hängt. Marita, du musst ein Auge auf den alten Herrn haben.«

Maritas Gedanken drehten sich in der nächsten Stunde auch nur um das Thema François. Und um Geld. Hinter welchem Geld sollte er her sein? War François ein Erbschleicher? Aber Georges hatte seinen Sohn Lucien, François konnte sich wohl kaum ernsthaft Hoffnungen auf ein Erbe machen. Sonderlich reich schienen die Lafleurs auch nicht zu sein. Sicher, sie besaßen die Domaine, ein riesiges Landgut. Aber der Betrieb hatte auf alle Fälle schon bessere Zeiten gesehen. Die beiden Herren Lafleur schwelgten nicht im Luxus. Das heißt, Georges manchmal schon. Teure Anzüge, Maßschuhe. Aber war das nicht alles schon ein paar Jährchen alt?
Und dann waren da die »Probleme«, wie Pierre es genannt hatte. Marita wusste nicht genau, was los war, aber alles schien mit dem großen Chanel-Termin zusammenzuhängen. Lucien Lafleur hatte möglicherweise wirtschaftliche Probleme, deshalb war er auch ständig in seinem Büro und

in Gedanken versunken. Ségolène hatte gesagt, wenn es Lucien gelänge, den Deal mit Chanel abzuschließen, seien sie gerettet. Aber wenn es nicht klappte, was dann? Hatte ihr Job hier dann überhaupt eine Zukunft?

Marita brachte Georges das Abendessen aufs Zimmer, nahm seine medizinische Versorgung vor und machte ihm alles für die Nacht zurecht. Obwohl sie ihren Gedanken nachhing, merkte sie doch, dass auch Georges heute anders war als sonst. Er hatte sein Tablet nicht eingeschaltet. Normalerweise war er ständig damit beschäftigt, nicht nur, weil er darüber kommunizierte, er war auch sonst immer auf irgendwelchen Webseiten oder spielte Internetpoker. Heute aber saß er stumm in seinem Bett und war in Gedanken versunken.
Marita betrachtete ihn. Die Kopfhaut war dünn, unter dem schütteren Haar sah sie Altersflecken. Sie wusste, wie sich die Haut anfühlte. Sie hatte unzählige alte Menschen versorgt, hatte sie gewickelt, gewaschen, ins Bett gebracht, ihnen eine Spritze gegeben, sie gefüttert. Und immer hatte sie das Gefühl gehabt, dass die Alten kleinen, gerade aus dem Ei geschlüpften Vögelchen immer ähnlicher wurden. Sie waren schutzlos und zerbrechlich.
Marita setzte sich zu Georges ans Bett und nahm seine Hand. Er zog sie nicht weg. Sachte begann sie, die papierne Haut zu streicheln, ganz behutsam. Sie dachte darüber nach, dass das alten Menschen oft am meisten fehlte: Berührung. Jemand, der sie einfach in den Arm nahm. Im Klinikalltag blieb dafür kaum Zeit, aber sie hatte es versucht, wann immer sie konnte. Bei Georges Lafleur war sie bis jetzt noch gar nicht auf die Idee gekommen, sich ihm auf

diese Weise zu nähern, denn sie hätte es als aufdringlich empfunden. Er war oft zynisch und abweisend. Aber auch für ihn war niemand da, seine Frau war vor langer Zeit gestorben, und das Verhältnis zu Lucien schien nicht gerade von Zuneigung geprägt.
Babsi und Annette mussten jederzeit eintreffen, trotzdem nahm Marita jetzt die kleine Flasche mit dem Lavendelöl vom Nachttisch und begann vorsichtig, zuerst die Arme, dann die Füße und Unterschenkel des alten Mannes damit einzureiben. Der Geruch des Lavendels verbreitete sich rasch im Zimmer und zeigte seine Wirkung. Georges schloss die Augen und genoss die Massage von Marita. Seine Atemzüge wurden tiefer, und nach zehn Minuten war er fest eingeschlafen. Sein Gesicht war ganz entspannt im Schlaf. Leise schloss Marita die Fensterläden, stellte das Bett des alten Mannes in die Waagerechte und verließ auf Zehenspitzen das Zimmer.

Auf der Terrasse saßen bereits ihre Freundinnen mit Lucien. Er hatte für sie eine Flasche Crémant geöffnet und plauderte charmant über sein Geschäft.
»Wie schade, dass wir morgen schon fahren«, Babsi drehte sich mit leuchtenden Augen zu Marita um, »sonst hätten wir noch eine Führung bekommen!«
Lucien deutete eine Verbeugung an. »Aber vielleicht kommen Sie mal wieder hierher, dann halte ich mein Versprechen und führe Sie herum.« Er stand auf und gab Annette und Babsi die Hand. »Ich wünsche Ihnen einen schönen Abend, eine gute Heimreise und freue mich, Ihre Bekanntschaft gemacht zu haben.«
Dann nickte er Marita zu und verließ die Terrasse. Er

wollte nach Grasse, sich mit Freunden zum Boule zu treffen, wie er ihnen anvertraut hatte.
Annette blickte ihm nach. »Bisschen klemmi, aber ein Gentleman.«
»Ich finde ihn süß.« Babsi lächelte verträumt.
»Jetzt hör aber auf!« Marita knuffte sie in die Schulter. »Es reicht. Du hast schon mit François angebandelt. Und das hat zu nichts Gutem geführt.«
Sie kabbelten sich noch ein bisschen. Es war das übliche Geplänkel unter Freundinnen, und Marita fiel noch einmal schmerzlich auf, wie sehr sie das all die Zeit über vermisst hatte!
Das Essen, das Ségolène für sie vorbereitet hatte, mit dem heiligen Versprechen, dass weder Hase noch Ziege darin sei, war – wie sollte es auch anders sein? – hervorragend, und zwischendurch spazierten sie in der Dämmerung ein wenig über das Grundstück, bevor es zu dunkel dafür wurde. Marita führte ihre Lola vor, und sowohl Babsi als auch Annette durften eine Runde auf dem kleinen blauen Mofa drehen. Babsi war Profi, sie hatte als Jugendliche eine kleine Zündapp besessen und zeigte unter dem Gejohle der Freundinnen, wie sie noch immer die Kunst des Slaloms auf dem Mofa beherrschte.
Annette dagegen fuhr geradewegs ins Gebüsch, wo sie umkippte und mit einem Lachkrampf liegen blieb.
Als die Nacht sich senkte, zündete Marita ein paar Kerzen und außerdem eine Duftspirale gegen die Mücken an, und sie rutschten näher zusammen. Die Katzen kamen jetzt auch auf die Terrasse, strichen um Stuhlbeine und Frauenfüße, bettelten und schnurrten. Die Freundinnen redeten über alles, über das es zu reden lohnte, und das viele

andere, banale, belanglose, aber eben unbedingt unterhaltsame Zeug, das das Leben war.
Babsi erzählte von den Schichten im Krankenhaus. Neuen Patienten, Schicksalen, aber auch wundersamen Heilungen. Annette beklagte sich über ihre Yogakurs-Teilnehmer und schwärmte gleichzeitig von ihren eigenen Fortschritten in Sachen Meditation. Sie sprachen über ihre Kinder, Marita berichtete von Sophie und wie stolz sie auf ihre Tochter war und wie sehr sie sich auch ängstigte, wenn sie mal zwei Wochen nichts von ihr hörte. Der eine Sohn von Annette stand kurz vor dem Abitur, während der andere seine Meisterprüfung erfolgreich absolviert hatte. Babsi hatte keine Kinder, dafür jede Menge Männergeschichten.
Bis kurz vor Mitternacht saßen sie zusammen, die Kerzen waren fast heruntergebrannt und die Luft kühl geworden. Als Marita schon befürchtete, dass es zu spät wäre, ein Taxi zu rufen, rollte der Wagen von Lucien Lafleur auf den Hof. Sie mussten ihn nicht fragen, Lucien bot von selbst an, Annette und Babsi nach Grasse zu bringen.
»Es sind nur zehn Minuten, ich bestehe darauf«, sagte er. Marita bedankte sich bei ihm, denn sie wusste, dass er am nächsten Morgen trotzdem vor ihr bei Sonnenaufgang aufstehen und mit seiner Arbeit beginnen würde.
Dann nahmen sie Abschied. Marita umarmte ihre Freundinnen lange und innig. Der Abend hatte ihr vor Augen geführt, was sie sehnsüchtig vermisste und worauf es im Leben wirklich ankam: Freundschaft.
»Mach's gut, meine Süße. Du hast es echt schön hier«, sagte Annette, als sie sich in den Armen lagen.
Aber Marita schüttelte den Kopf. »In drei Wochen bin ich wieder zu Hause. Bis dann.«

Als der Wagen in der Dunkelheit vom Hof fuhr und sie die Rücklichter in der Nacht verschwinden sah, rollte ihr eine Träne über die Wange.
Sie hatte ihre Entscheidung getroffen.
Morgen würde sie Knut anrufen, um ihm zu erzählen, dass sie zurückkommen würde.

III

1789

Voller Sorge blickte Bo von seinem Zimmer im ersten Stock auf den Platz hinunter. Stockhiebe prasselten auf den Duc de Brassey, der schützend die Hände über den Kopf gehoben hatte, was ihm aber nichts nutzte. Er ging in die Knie, flehte um Gnade, doch seine Peiniger kannten kein Mitleid. Unvermindert prügelten sie auf ihn ein.
Bo wandte den Blick ab und setzte sich an den Tisch. Der Duc war ein guter Kunde. Wäre es nicht richtig gewesen, ihm Schutz zu gewähren? Die Türen seines Hauses zu öffnen? Aber ebenso wie den Grafen kannte Bo auch die Angreifer. Es waren allesamt Bürger von Grasse. Lelouche war darunter, der Schmied, der für den Duc die Pferde beschlug und seine Waffen schmiedete. Ribéry, einer der Bauern des Grafen. Und natürlich Carasse, der große Maulheld, einer der Gerber von der Place aux Aires.
Bo kannte sie alle. Es waren Mitbürger, sie sahen sich täglich, auf dem Markt, in den Straßen, sie machten Geschäfte miteinander oder trafen sich zur Messe in der Kirche. Aber schon seit geraumer Zeit sprach man kaum mehr ein freundliches Wort miteinander, stattdessen beäugte man sich und fragte, auf wessen Seite der andere wohl stehe.

Auf wessen Seite. Bitter lachte Bo auf. Er blickte auf den Teller, den das Mädchen ihm hingestellt hatte. Eine Gemüsesuppe mit weißen Bohnen, ohne Speck und mit einem trockenen Kanten altem Brot. Satt würde er davon nicht werden, aber den Magen wärmte es allemal. Bo faltete die Hände zum Gebet und dankte dem Herrn. Er durfte nicht unzufrieden sein, hatte er doch mehr als andere. Die Menschen starben wie die Fliegen, und wer nicht starb, der wurde krank. Viele hungerten, aber sie mussten Steuern zahlen, immer höhere Steuern dafür, dass ihnen immer weniger blieb.
Im März waren in Marseille die Ersten auf die Straße gegangen, dann in Toulon. Überall standen sie jetzt gegen die Obrigkeit auf, in den Tälern der Avance, in Gap und auch hier in Grasse. Der Preis für Brot war ins Unermessliche gestiegen, die Armen darbten, und als ihre Wut überhandnahm, hatten sie sich zuerst die Steuereintreiber vorgenommen. Dann die Adligen und schließlich den Klerus.
Wann würde das Feuer auch Geschäftsleute wie ihn ergreifen?
Er wollte das nicht. Er wollte den Kampf nicht und das Geschreie, das Misstrauen und den Hass. Es war richtig, jetzt zu gehen. Er hatte seine Entscheidung längst getroffen, denn es würde nicht besser werden.
Bo hörte die Schreie des Grafen auf dem Platz, sie wurden leiser, schließlich war nur noch ein Wimmern zu vernehmen. Bo Ricklefs ließ den Löffel sinken und verließ das Zimmer. Er stieg die Stufen hinab und öffnete die Haustür. Bei seinem Anblick hielten die Schläger inne, Carasse, der Maulheld, nickte ihm zu und bemühte sich, den Knüppel hinter seinem Rücken zu verbergen, was ihm nur schlecht gelang. Bo blickte auf das Häuflein Elend am Boden.

»Lasst ab«, sagte er und spürte plötzlich, wie müde er war. Er wollte nicht den Helden spielen, sich nicht einmischen, ja nicht einmal den Duc de Brassey retten. Alles, was er wollte, war, in Ruhe gelassen zu werden.

»Hast du gehört, Richlesse, sie marschieren auf die Bastille!« Ribéry, der Bauer, schrie ihm die Neuigkeit ins Gesicht, er hatte eine verzerrte Fratze und wedelte aufgeregt mit der Gerte in der Luft, mit der er zuvor noch den Grafen gepeinigt hatte.

Bo Ricklefs nickte. »So, so, dann tut es ihnen doch gleich.« Er schnippte einen Louisdor aus der Tasche. »Oder trinkt ein Glas auf die Genossen in Paris.«

Carasse fing die Münze geschickt auf, dann tippte er sich an die Stirn und gab seinen Freunden das Signal, ihm zu folgen. Ihr Opfer ließen sie liegen und bedachten es mit keinem Blick.

Bo Ricklefs winkte seinem Ladengehilfen, der neugierig in die Tür getreten war und das Geschehen beobachtete. »Geh und lass für den Grafen eine Kutsche holen, die ihn nach Hause bringt. Er wird es überleben.«

Der Gehilfe nickte und schickte seinerseits einen der Burschen los, die überall herumlungerten, in der Hoffnung, für einen Sou oder ein Stück Brot einen Dienst übernehmen zu können. Bo beugte sich zum Grafen hinunter, der bei Bewusstsein war und dankbar seine Hand ergriff. Tränen rollten ihm über das geschminkte Gesicht.

Wie er sie verachtete, dachte Bo, als er ins Haus zurückging, den Grafen ebenso wie die Schläger. Sie waren Tiere, nichts weiter. Er war ein gottesfürchtiger Mann, ihm behagte nicht, wie die Welt sich um ihn herum veränderte. Er hatte Geschäfte mit dem Adel gemacht und auch mit den

Kirchenmännern wie dem Bischof. Ihm hatte nicht gefallen, was er gesehen hatte. Verderbtheit, unermesslichen Reichtum, aber innerliche Fäulnis. Bo war ein Mann, der nur an seiner Hände Arbeit glaubte. Ein Mann musste etwas schaffen. Redlich sein, sich mehren und gottgefällige Arbeit tun. Und wahrlich, das hatte er getan! Im vierundfünfzigsten Lebensjahre stand er nun, er hatte eine gute Frau gehabt und mit ihr gesunde Kinder gezeugt. Er hatte ein Geschäft aufgebaut und damit ein kleines Vermögen gemacht. Nur einmal hatte er gelogen, vor siebenundzwanzig Jahren, als er in die schöne Stadt Grasse gekommen war. Aber trotz dieser einen Lüge hatte ihn der liebe Gott mit einem guten Leben belohnt.
Außer als er ihm Lise genommen hatte.
Bo Ricklefs ließ sich auf sein Bett fallen und zog das Hemd über den Kopf. Seine Lise. Drei gute Kinder hatte sie ihm geschenkt. Ihretwegen hatte er Grasse nie verlassen. Aber nun war sie nicht mehr da. Gestorben vor der Zeit. Was hielt ihn noch? Drei lange Jahre nach ihrem Tod hatte er Tag für Tag daran gedacht, die Stadt zu verlassen. Ja, das Land zu verlassen. Warum hatte er es nicht getan?
Das Geschäft hatte sein Ältester übernommen. Baptiste. Ein tüchtiger Junge. Jean-Louis hatte es ihm, dem Vater, nachgetan und war Seemann geworden. Er hatte auf einem Ostindienfahrer angeheuert, und Bo war so stolz auf ihn, auch wenn er seinen Sohn nie sah. Und Marie, die Kleinste, das einzige Mädchen, ihr Nesthäkchen, nun, sie war verheiratet. Bo hatte eine gute Partie für sie gefunden, Vibroux, den Parfümeur. Er hatte noch bei Fragonard selig gelernt, er verstand sein Fach, und nun hatte er einen eigenen Laden, gleich an der Porte Neuve.

Bo Ricklefs streckte seine langen Glieder auf dem Bett aus und griff aus Gewohnheit auf die linke Seite des Bettes, dorthin, wo er viele Jahre lang seine liebe Frau gespürt hatte, seine Lise.
Er hatte keine Freude mehr am Leben, seit sie tot war. Mit ihr war seine Liebe zu diesem Land, zu dieser Stadt, zur südlichen Sonne und zu den Gerüchen des Südens gestorben. Lise war all das gewesen. Ihre Haut braun wie Süßholz, schwarzes Haar wie Vanille, ihr Duft wie der der Mimosen. Aber nun hielt er die Sonne nicht mehr aus, sie stach ihm in die Augen, die Luft war schwül und stank. Am Wein hatte er keine Freude, seine Innereien zogen sich zusammen, so sauer fand er ihn. Auf den Straßen und Plätzen hielt er das Geplärr nicht mehr aus, wie die Menschen schrien, um ihre Waren feilzubieten.
Er sehnte sich nach Ruhe. Nach Seeluft. Nach dem Geblöke der Schafe und dem Rascheln des Strandhafers in den Dünen.
Bo schloss die Augen. Er träumte, er wäre ein kleiner Junge und liefe mit seiner Mutter an den Strand, um die Männer zu verabschieden, die auf dem Weg nach Grönland waren. Er sah zu, wie sie die kleinen, mit Teer abgedichteten Boote ins Wasser schoben, die Gischt leckte am schwarzen Holz, und die Ruder tauchten in die Wellen, die die Boote auf dem Wasser tanzen ließen wie Spielzeugschiffe. Der kleine Bo winkte und lachte, und seine winzigen Zehen gruben sich in den nassen Sand. Immer tiefer versanken seine Füßchen, das Wasser leckte an den Knöcheln, und der kleine Bo Ricklefs sank tiefer und immer tiefer …

Mit der aufgehenden Sonne packte er sein Bündel. Er wollte die Stadt verlassen, wie er sie betreten hatte, und zu Fuß nach Genua laufen. Er würde lange unterwegs sein, länger als nach Toulon oder Marseille. Aber er war damals in Genua an Land gegangen und hatte seine Zeit auf Meer beendet. Nur aus diesem Grund wollte er die weitere Strecke dorthin gehen – um in dem Hafen in See zu stechen, in dem er eine Landratte geworden war. Er hatte einiges Geld wohlweislich vorausgeschickt, die nötigen Münzen trug er bei sich, damit er in jedes Gasthaus einkehren und ein gutes Zimmer bekommen konnte. Von den Kindern hatte er sich bereits am Vortag verabschiedet, jetzt hatte er sich in aller Herrgottsfrühe davongestohlen.

Baptiste war ernst gewesen, als Bo ihm seinen Entschluss mitgeteilt hatte, aber Bo hatte seinem Sohn auch den Stolz angemerkt, dass er nun ganz und gar der Herr über das Handelskontor Richlesse war. Der Junge war jetzt ein Mann, er hatte selbst Familie, und durch den Weggang des Vaters gab es in Zukunft ein Maul weniger zu stopfen. Nur gut in Zeiten wie diesen.

Marie hatte ein fürchterliches Drama aufgeführt, sie hatte bitterlich geweint und sich an ihn geklammert. Um ein Haar wäre Bo weich geworden. Aber auch sie würde gut ohne ihn zurechtkommen. Ihr Mann Vibroux war gut zu ihr, sie hatten zwei Kinder und ein Auskommen. Seine Tochter würde noch ein Jahr trauern, dann hätte auch sie ihn vergessen.

Der Jüngste, Jean-Louis, war auf See. Man würde es ihm mitteilen, und wer weiß, vielleicht führte ihn eine seiner Seefahrten einmal nach Hamburg, und man könnte ein Wiedersehen verabreden.

Bo Ricklefs passierte das Stadttor, wo die Wächter ihn grüßten. Sie kannten ihn, blickten dem Wandersmann aber dennoch befremdet und misstrauisch hinterher. Denn zu Fuß lief der erfolgreiche Geschäftsmann Bo Richlesse normalerweise nicht. Auch seine einfache Reisekleidung war ungewohnt, der lange Stock auf der Schulter, an den ein Stoffbündel geknotet war.
Und Bo verließ die Stadt schnellen Schrittes, er blickte sich nicht um. Die Straße, die er vor siebenundzwanzig Jahren heraufgekommen war, war etwas breiter geworden, aber noch immer trieben die Bauern ihre Eselskarren auf ihr vor sich her. Auch hatte man den gleichen Blick auf die weiten Felder mit Blumen: Rosen, Lavendel, Iris, Jasmin, Mimosen. Die Blumen hatten ihre Blüten noch gar nicht geöffnet, aber die Frauen kamen schon zu den Feldern. Hier war früh Arbeitsbeginn, denn Bo hatte sich sagen lassen, dass die zarten Blüten ihren Duft in den frühen Morgenstunden am intensivsten verströmten. Und tatsächlich war die Luft hier draußen, vor den Toren der Stadt, frisch und zart. Und man konnte das Meer nicht nur sehen, man konnte es sogar riechen, obgleich es einen knappen Tagesmarsch entfernt war.
Bo schritt nun leichter aus, kraftvoller. Er spürte, wie sich seine Lungen mit köstlicher Luft füllten, wie die Aussicht darauf, bald das Meer zu erreichen, ihn beflügelte und seine Schritte beschleunigte. Er hatte vor, entlang der Küste nach Genua zu wandern. Einige Tagesmärsche würde er dafür benötigen, aber das war ihm gleich. Der Gedanke daran, dass er in Genua ein Schiff besteigen würde, das ihn nach Lissabon, Plymouth oder gar Hamburg bringen würde, beflügelte ihn. Sein nächstes Ziel war Haut-de-Cagnes,

er würde im Gasthaus *Cœur de Lion* einkehren. Eine ausgiebige Mahlzeit zu sich nehmen, vielleicht ein Huhn in Milch, so wie sie es hier liebten und wie seine Lise es ihm gekocht hatte. Dazu einen Krug Wein, und ja, während er daran dachte, wie er am Abend speisen würde, bekam Bo Ricklefs doch wieder Lust auf das saure Getränk, das ihm lange Jahre so leicht die Kehle hinabgeflossen war. Er erinnerte sich nur allzu gerne an die durchzechten Nächte, als er ein junger und vor Kraft strotzender Mann gewesen war, und war er nicht noch immer kräftig und gesund? Sicher, er war in die Jahre gekommen, aber doch noch lange kein gebrechlicher Greis!

Bei dem Gedanken daran, wie gesund er war und dass doch noch ein gutes Stückchen Leben vor ihm liegen mochte, lachte Bo in sich hinein, freute sich, wie er sich schon lange nicht mehr gefreut hatte und, ja, fühlte das Glück in sein Herz zurückkehren. Plötzlich bemerkte er, dass er just an die Stelle kam, an der er vor siebenundzwanzig Jahren den Entschluss gefasst hatte, in die Stadt Grasse einzuziehen. Hier, auf diesem Findling, hatte er gesessen und kurz darauf den Mann mit dem bepackten Esel getroffen. Große Körbe voll Jasminblüten hatte der Mann in die Stadt geschafft, und als Bo sich jetzt daran erinnerte, sog er unwillkürlich die Luft tief ein. Und tatsächlich: Auch jetzt war die morgendliche Luft leicht vom Duft der weißen Blüten geschwängert.

Kurzerhand beschloss er, sich auf dem Findling niederzulassen und den Morgen zu begrüßen. Lavendel und Thymian wuchsen am Fuß des großen Steins, und aus Gewohnheit ließ Bo seine großen Hände darüberstreifen und rieb die Kräuter zwischen den Fingern. Der Geruch ver-

setzte ihm einen kleinen Stich im Herz. Seit dem Tod seiner Frau hatte er nichts als weggewollt, zurück in seine Heimat. Wie froh und leicht war er heute Morgen aufgebrochen. Aber dank der Gerüche, die ihn an diesem noch so jungen, frischen Tag umgaben, erinnerte er sich an das glückliche Leben, das er in Südfrankreich geführt hatte. Wie fremd und andersartig war es ihm zu Beginn erschienen, wie vertraut und heimisch aber, als er sein Geschäft führte und eine Frau gefunden hatte und Kinder großzog. War er nicht ein Mensch des Südens geworden, hatte Freunde hier und seine Familie?
Hatte er seinen Entschluss, zurückzukehren, vielleicht allzu überstürzt getroffen?
Bo legte seine Hände auf die Knie und stützte sich darauf ab. Er ließ den Blick über die Hügel schweifen, die sich sanft hinunterwellten, bis sie die Gestade erreicht hatten. Hinter den Blumenfeldern und den Korkeichenwäldern, den Zypressen, den Zitronen- und Orangenhainen, den wilden Wiesen, auf denen die Hirten ihre Ziegen und Schafe vor sich hertrieben, leuchtete es türkis. Die Sonne war aufgegangen und hatte so früh am Morgen schon viel Kraft. Man konnte spüren, dass gegen Mittag die Hitze wie eine Wand vor einem stehen würde. Golden glitzerte es auf dem Mittelmeer, Bo erkannte in der Ferne, dass die ersten Fischer bereits auf Fangfahrt waren, Handelsschiffe kreuzten träge an der Küste.
Er spürte ein Kribbeln im Körper, wenn er nur daran dachte, dass er schon bald wieder Schiffsplanken unter den Füßen haben würde! Es zog ihn mit aller Macht zum Meer. Und in den Norden, in seine Heimat, von der er nichts mehr wusste, aber immer träumte.

Seufzend erhob sich Bo Ricklefs und schulterte seinen Stock mit dem Bündel daran. Er drehte sich noch einmal um, blickte in Richtung der Berge, auf die Stadt dort oben. Wie sich die Häuser, gelb und orange, die Farben von Zitronen und Orangen, aneinanderdrängten, überragt von dem hellen schmalen Kirchturm! Palmen beugten sich über die Stadtmauer, ein Rinnsal floss durch die Steine herab ins Tal. Im Rücken der Stadt ragten die Berge empor, die dafür sorgten, dass die feuchte Luft, die vom Meer in den Kessel des Tals zog, dort auch blieb.

Bo erinnerte sich jetzt daran, wie mild die Nächte gewesen waren, die vielen Nächte, die er mit seiner Lise nackt und schwitzend auf den weißen Laken verbracht hatte. Daran, wie die untergehende Sonne die Stadt in ein hellrotes Licht getaucht hatte, während er von seiner weinberankten Pergola aus die Schatten der Katzen auf der Stadtmauer beobachten konnte.

Er hatte gute Jahre seines Lebens in der schönen Stadt Grasse verbracht, sehr gute Jahre, und Bo Ricklefs wusste, dass er sie vermissen würde, dass er irgendwann sogar den Gestank der gegerbten Häute, die auf der Place aux Aires gewaschen und getrocknet wurden, vermissen würde.

Aber er würde in seine Heimat, auf die Insel Amrum zurückkehren. Wissend, dass er sein Leben in den besten zwei Welten gelebt hatte.

Schon in wenigen Tagen würde er eine Bark besteigen und mit der Sonne segeln.

Nach Hause.

13.

Sie ließ die Haut an der Luft trocknen, das Salzwasser prickelte angenehm, und später, vor dem Zubettgehen, würde sie noch einmal duschen. Marita saß am Strand und blickte aufs Meer. Weiße Segel kreuzten, ein paar Yachten ankerten weiter draußen, Motorboote ließen eine Spur aufgewühlter Gischt hinter sich, ein Stehpaddler kehrte vom offenen Meer in die Bucht zurück.
Sie war nicht die Einzige hier, auch wenn der Strand sich um diese Zeit am Abend schon weitgehend geleert hatte. Die Familien mit kleinen Kindern hatten ihre Kühltaschen, Sonnenstühle und Schirme bereits eingepackt, ein paar wenige Touristen genossen noch die letzte Abendsonne, bevor sie sich zum Essen in eines der unzähligen Strandrestaurants begaben. Jetzt kamen die Einheimischen, die nach der Arbeit noch eine Runde im Meer schwimmen wollten, so wie Marita. Den Tipp, dass man in dieser Bucht sehr schön baden konnte, hatte sie noch von François. Er hatte sie vor ein paar Tagen, vor ihrem Geburtstag, dazu einladen wollen. Nun war sie ohne ihn hier.
Und genoss es. Obwohl es von Grasse eine Strecke von zwanzig Kilometern war, hatte sie für die Fahrt Lola

genommen. Georges hatte heute schon früh seine Ruhe haben wollen, und Lucien gab ihr den Abend gerne frei, er musste den Besuch der Chanel-Delegation vorbereiten und war deshalb zu Hause.

Da das Wetter ein Traum und die Nächte jetzt im Juli richtig heiß waren, hatte Marita sich auf das kleine blaue Mofa geschwungen und war ans Meer gedüst. So kurz vor dem Ende ihres Aufenthaltes hatte sie festgestellt, dass sie noch nicht ein Mal im Mittelmeer baden gewesen war! Eine sträfliche Vernachlässigung.

Jetzt am Abend war etwas Bewegung ins Meer gekommen, das tagsüber still dalag und allenfalls ein wenig plätscherte. Ein paar Vögel wagten sich jetzt auch an den Strand und suchten nach den Essensresten, die sie aufpicken konnten. Es hatte immer etwas Feierliches, das Ende eines Tages am Meer zu erleben. Wenn die Sonne langsam am Horizont verschwand, war es, als tauche auch der Tag und mit ihm alles Erlebte unter, würde gleichsam weggewaschen.

Marita beobachtete eine wunderschöne alte Segelyacht weiter draußen auf dem Meer. Gemächlich nahm sie Fahrt auf, die weißen Segel blähten sich, und Marita wünschte sich, jetzt dort an Bord zu sein. Die Yacht war, soweit sie es von der Ferne aus beurteilen konnte, ein elegantes Modell aus Holz, wahrscheinlich Mahagoni. Sie kannte diese Art schöner alter Yachten aus den Häfen Husum oder Steenodde und mochte deren schlichte und dezente Eleganz. Sie hatten nichts vom Protz mancher Motorboote oder gar der überdimensionierten Yachten, die man in Nizza oder Cannes bewundern konnte.

Marita überlegte, wie spannend es wohl wäre, von hier bis Husum nach Hause zu segeln. Man würde in den schönsten

Häfen anlegen können, an der Küste Spaniens entlang- und durch die Straße von Gibraltar segeln, dann in den Atlantik hinaus, Portugal, Frankreich, einen Abstecher an die Küsten Südenglands machen, bis man durch den Ärmelkanal in die Nordsee einlief. Wie viele Tage, Wochen würde man brauchen? War das gefährlich? Wie waren die Wetterverhältnisse dort draußen? Marita hatte null Ahnung vom Segeln, aber sie würde Knut fragen, denn sie wusste, dass er zumindest einen Segelschein hatte – wenn auch kein Boot.
Dann rief sie sich zur Besinnung. Sie lebte doch gerade einen Traum! Sie hatte in Husum ihre Zelte vorläufig abgebrochen und sich komplett neu erfunden. Drei Monate Côte d'Azur – wer träumte nicht davon? Manchmal, so dachte Marita, war sie einfach undankbar. Kaum neun Wochen war sie hier, da wollte sie schon wieder weg.
Was war nur mit ihr los? Nur an diesem Filou François konnte es doch nicht liegen. Vielleicht sollte sie dem Job bei den Lafleurs doch eine Chance geben, vielleicht hatte sie das neue Leben einfach noch nicht lange genug ausprobiert. Wenn sie an die zurückliegenden Wochen dachte, war es ein stetes Auf und Ab gewesen. Himmelhoch jauchzend: die Sonne, die Wärme, die Gerüche, die neuen Freunde, die Freiheit und die Zeit, die sie plötzlich für sich hatte. Zu Tode betrübt: das Fehlen der alten Freunde, eine steife Brise von Nord, Tee mit Kluntjes, ein frisches Pils im *Glücklichen Matthias* – und natürlich ihre Tochter Sophie. Die sie in Husum allerdings auch vermissen würde.
Was war nur mit ihr los? Sie konnte dankbar sein, in den besten zwei Welten leben zu dürfen!
Marita seufzte und schlüpfte in ihre Tunika. Noch hatte sie Lucien nichts davon gesagt, dass sie nicht verlängern

würde. Sie hatte das Gefühl, dass er sich erst jetzt allmählich an ihre Anwesenheit gewöhnte und ihr gegenüber auftaute. Sie wollte ihn nicht vor den Kopf stoßen. Vor allem nicht vor dem morgigen Termin.
Chanel. Seit Tagen wurde auf der Domaine über nichts anderes geredet. Sogar Marita hatte sich anstecken lassen und war ganz nervös. Ségolène putzte immer wieder das Haus vom Dachboden bis zum Keller, obwohl Georges sie damit aufzog, dass die Delegation sich wohl kaum aufgrund eventuell übersehener Staubkörnchen für oder gegen einen Vertrag mit der Domaine de Lafleur entscheiden würde.
Überhaupt war Georges seit ein paar Tagen wie verwandelt. War er zuvor griesgrämig und in sich gekehrt gewesen, so taute er richtig auf, wenn es um diesen Termin ging. Marita nahm an, dass er sich noch immer als der Patriarch fühlte, schließlich hatte er das Unternehmen lange genug geleitet. Nicht umsonst kontrollierte er jeden Morgen, ob die Pflückerinnen richtig arbeiteten – obwohl das längst der Job seines Sohnes war. Ständig schrieb er Lucien Notizen, was dieser bei dem Termin mit Chanel bedenken sollte. Es ging meistens um bestimmte Anbaumethoden, EU-Vorschriften, Arbeitsbedingungen, Bodenbeschaffenheit. Marita verstand gar nichts davon, aber sie merkte, dass es Lucien viel Geduld kostete, sich die Vorschläge seines Vaters anzuhören und sie abzunicken. Vermutlich wusste er das alles selber – und besser –, aber er wollte seinen Vater offensichtlich nicht brüskieren.

»Marita, Sie müssen morgen mit meinem Vater etwas unternehmen«, begrüßte sie Lucien hochnervös, als sie durch die Tür kam.

Marita war baff. Georges hatte sich schon am Nachmittag überlegt, welchen dreiteiligen Anzug er mit welchem Hemd und welcher Krawatte kombinieren sollte. Er war am Vormittag extra bei seinem Friseur in Grasse gewesen – keine Frage, für Georges war der bevorstehende Termin äußerst wichtig.
»Aber warum das? Entschuldigung, Lucien, aber Ihr Vater bereitet sich seit Tagen darauf vor!«
»Ich weiß.« Lucien wirkte zerknirscht. »Ich kann nicht näher darauf eingehen, aber es ist wirklich äußerst wichtig für mich, dass Sie ihn fernhalten. Ich möchte nichts riskieren.«
Marita schwieg. Sie wusste nicht, wie sie das bewerkstelligen sollte. Gegen den Widerstand von Georges Lafleur konnte sie ihn kaum ins Auto bugsieren und entführen. Und überreden ließ sich der Senior gewiss nicht. Nicht von ihr.

Sie holte sich Hilfe von Pierre. Als Marita Georges am Morgen half, sich anzukleiden, und die Aufregung des alten Herren hautnah mitbekam, brachte sie es nicht übers Herz, ihm zu sagen, dass sein Sohn ihn nicht dabeihaben wollte. Stattdessen simulierte Pierre für sie einen Notfall. Er bräuchte dringend die Einschätzung des Seniors, am hintersten Ende des Jasminfeldes sei der Zaun erneuerungsbedürftig, und da Lucien heute ja keine Zeit habe, wende er sich an ihn … So hatte Marita es mit Pierre abgesprochen. Natürlich zeterte der alte Herr, er weigerte sich regelrecht, sich ausgerechnet an diesem Tag mit einem blöden Zaun zu beschäftigen, aber gegen Pierre und Marita kam er nicht an. Sie schoben ihn schließlich auf die andere Seite der Straße, und Marita trödelte so, dass es beinahe

eine Stunde dauerte, bis sie das Ende des Feldes erreicht hatten. Dort warteten sie auf Pierre, der sich »verspätete«. Georges war so außer sich, weil er nun die Delegation nicht in Empfang nehmen konnte, dass Marita befürchtete, er könne erneut einen Herzanfall erleiden. Überdies hatte sie aufrichtiges Mitleid mit ihm.
Schließlich kam Pierre, verspätet natürlich, und erläuterte umständlich, warum der Zaun erneuert werden müsse und wie man das bewerkstelligen könne. Georges hatte verständlicherweise gar keine Nerven dafür und verlangte, umgehend zur Domaine zurückgebracht zu werden.
Marita sah auf die Uhr. Eineinhalb Stunden waren vergangen. Nicht genug! Lucien hatte davon gesprochen, dass der Besuch der Manager bestimmt drei Stunden in Anspruch nehmen würde. Als Pierre mit seinem Piaggio weggefahren war, schob sie den Rollstuhl mit dem verärgerten alten Mann sehr langsam am Jasminfeld vorbei in Richtung Straße. Auf der Hälfte des Weges gab sie vor, umgeknickt zu sein. Sie hielt sich den vermeintlich schmerzenden Knöchel und wollte nicht weitergehen. Georges musterte sie prüfend.
»Was soll das Theater?«, schrieb er schließlich. Er war ja nicht blöd.
Marita entschied sich für die Wahrheit. Sie gestand Georges, dass Lucien sie darum gebeten hatte, ihn fernzuhalten. Den Grund dafür kenne sie allerdings nicht.
Georges Lafleur wurde wütend. Er schlug mit der Faust auf den Rollstuhl, und Marita sah, wie schrecklich es in diesem Moment für ihn war, Gefangener seines Körpers zu sein. Dass er jetzt nicht einfach loslaufen konnte, sondern abhängig davon war, dass andere ihm den Gefallen taten –

oder eben nicht. Es war demütigend, und Marita fühlte sich hundeelend.

Sie setzte sich ins Gras. »Es tut mir leid.«

Georges winkte ab. Er schrieb nichts und blickte über sie hinweg. So saßen sie beinahe fünf Minuten und schwiegen sich an. Schließlich stand Marita auf und klopfte sich den Staub von der Kleidung.

»*Alors ... on y va*«, sagte sie. Aber Georges schüttelte den Kopf. »Warten wir. Lucien wird seine Gründe haben«, schrieb er mit resigniertem Gesichtsausdruck. Dann deutete er auf eine kleine Bank am Rand des Feldes im Schatten der Bäume. Dort saßen sie auch am Nachmittag manchmal, wenn sie ihre Runde drehten. Marita schob den Rollstuhl hin, ohne verknacksten Knöchel, und setzte sich. So saßen sie stumm nebeneinander, ein jeder hing seinen Gedanken nach, bis Marita bemerkte, dass Georges schlief.

Sie bedauerte es ebenfalls, dass sie den Besuch der Chanel-Delegation verpasst hatte. Sie war neugierig gewesen, hätte nur allzu gerne mitbekommen, wie die Leute des großen Pariser Modehauses aussahen. Aber Lucien hatte ihr noch am Vorabend versichert, dass Karl Lagerfeld nicht mit von der Partie sein würde, lediglich ein paar hohe Managementtiere aus der Kosmetiksparte. Nichts Aufregendes also. Allerdings hatte Marita den Eindruck gehabt, dass Lucien nicht so ganz aufrichtig war. Er hatte das Thema schnell vom Tisch haben wollen, und auf Maritas Nachfrage, warum er seinen Vater partout aus der Schusslinie haben wollte, antwortete er ausweichend.

Nach einer Stunde hielt es Marita für an der Zeit, Georges zu wecken, und dann trotteten sie beide gemächlich hinüber zur Domaine. Schon von weitem sah Marita, dass drei

schwarze Limousinen vor dem Haus standen, und stockte. Sie waren noch da. Georges seufzte. Marita konnte seinen Frust spüren, sie sah ihm am Hinterkopf an, wie enttäuscht er davon war, dass er, der Mann, dessen Lebenswerk die Domaine war, ausgeschlossen wurde. Kurzerhand entschied sie sich, mit Georges nach Hause zu gehen. Es war doch kindisch, ihn künstlich fernzuhalten. Und was konnte Georges schon anrichten, um die Verhandlungen zum Scheitern zu bringen? Warum sollten die Leute von Chanel denn nicht den Mann kennenlernen, der den Betrieb über fünfzig Jahre geführt hatte?
Entschlossen schob sie den Rollstuhl in Richtung des Hauses. Auf der Terrasse saßen unter den großen weißen Schirmen einige Menschen mit Lucien beim Essen. Schon von weitem konnte man sehen, dass die Stimmung gut war, Champagnergläser standen auf den Tischen, es gab vielleicht etwas zu feiern. Die Stimmung schien ausgelassen, Marita hörte das Stimmengewirr, Lachen und Gläserklirren. Als sie mit Georges kurz vor der Terrasse angekommen war, drehte sich Lucien, der mit dem Rücken zu ihnen saß, plötzlich um. Auch alle anderen Anwesenden wandten ihren Blick der Frau und dem alten Mann im Rollstuhl zu. Ségolène, die gerade ein Dessert servierte, blickte entgeistert zu Marita und schüttelte kaum merklich den Kopf.
Lucien starrte erst Marita an, dann seinen Vater. Die anderen Menschen auf der Terrasse blickten ebenfalls neugierig zu ihnen herüber. Marita wollte gerade hallo sagen und Georges und sich vorstellen – obwohl das, wie sie fand, die Aufgabe von Lucien gewesen wäre –, da erhob sich eine Frau – die einzige Frau in der Delegation, soweit Marita

auf den ersten Blick sehen konnte. Diese Frau hatte eine besondere Ausstrahlung, und Marita war sofort fasziniert von ihr. Schlank, zierlich, die Haut weiß und durchscheinend, aber übersät mit zarten Sommersprossen. Dazu rote Haare, ganz offensichtlich natürliches Rot, nicht gefärbt, die wie ein leuchtender Feuerkranz lockig ihr zartes Gesicht umrahmten. Dieses war fein, beinahe feenhaft, sie hatte eine zierliche Nase, sinnliche Lippen und strahlend grüne Augen. Eine Schönheit. Marita erwiderte das Lächeln dieser Frau, die nun ihrerseits den alten Herrn Lafleur freundlich begrüßte. Im selben Moment aber spürte Marita, wie der Senior sich verkrampfte, seinen Körper in den Rollstuhl stemmte, als sei die Rothaarige eine Hexe, die ihn augenblicklich mit einem Fluch belegen konnte. Seine Hand zuckte nach dem Tablet, und er begann sofort zu schreiben.
Marita erfasste in einem Sekundenbruchteil das skeptische Gesicht von Lucien und drehte kurzerhand den Rollstuhl um, so dass keiner der Anwesenden lesen konnte, was auf dem Monitor erschien. Und das war auch besser so, wie Marita jetzt erkannte. Georges begann eine Kanonade wüster Beschimpfungen in sein Tablet zu hacken, die sich allesamt auf die Rothaarige bezogen.
Sie murmelte über die Schulter eine rasche Entschuldigung an die Gesellschaft, dass sie ihren Patienten sofort in sein Zimmer bringen müsse, und rollte dann den erbosten Georges Lafleur davon.

»Was ist bloß mit Ihnen los?« Marita hatte die Tür hinter ihnen geschlossen und setzte sich Georges' Rollstuhl gegenüber.

Der Alte war ganz blass, offensichtlich hatte ihm der Anblick der Rothaarigen einen Schock versetzt.
Er atmete tief aus und ein, dann versuchte er zu sprechen. Er lallte, und Marita konnte tatsächlich ein paar Bruchstücke verstehen, aber der Sinn des Satzes erschloss sich ihr nicht ganz. Trotzdem: Georges wäre durchaus in der Lage, sich zu artikulieren, wie sie erstaunt feststellte, zog es aber vor, über seinen Monitor zu kommunizieren.
Marita legte ihre Hand auf seine. »Georges. Sie sind mir keine Rechenschaft schuldig. Aber ich muss mich schon wundern, was hier los ist. Es hat mit dieser Frau zu tun, aber nicht nur. Zwischen Ihnen und Lucien ist etwas nicht in Ordnung.«
Georges blickte sie an. Marita konnte den Blick nicht einordnen, also entschloss sie sich, mit der Wahrheit herauszurücken.
»Sie belügen Ihren Sohn. Schon geraume Zeit. Ich weiß, dass Sie nicht halbseitig gelähmt sind. Oder zumindest nicht so, wie Sie vorgeben.«
Georges' Augen weiteten sich.
»Vorhin haben Sie Ihre linke Hand benutzt, als Sie nach dem Tablet gegriffen haben. Und das war nicht das erste Mal. Sie sind ein Simulant.«
Der Alte sah sie schweigend an. Aber Marita war entschlossen, jetzt nicht lockerzulassen.

Marita kraulte einen der Hasen zwischen seinen langen Ohren. Sie war seit ihrem Geburtstag zum ersten Mal wieder bei den Ställen, sie hatte es nicht ertragen, an den puscheligen schwarzen Louis in ihrem Geburtstagsessen zu denken. Aber nach dem Gespräch mit Georges hatte sie

Abstand gebraucht. Sie wäre jetzt auch reif für eine Zigarette gewesen, aber zum Glück hatte sie das letzte angebrochene Päckchen an ihrem Geburtstag vernichtet.
Es war kein Gespräch mit dem Senior gewesen, eher ein zähes Hin und Her zwischen seinen getippten Botschaften und ihren Nachfragen. Aber schließlich hatte sie doch die ganze Geschichte erfahren.
Tatsächlich simulierte Georges die Lähmung nur. Er hatte seit seinem Schlaganfall durchaus mit Beeinträchtigungen auf der linken Körperhälfte zu kämpfen, aber sie waren bei weitem nicht so einschneidend, wie er vorgab. Auf Maritas verständnislose Frage, warum man sich selbst um jede Bewegungsfreiheit bringen wolle, hatte Georges geantwortet, dass ihm im Gegenteil die vorgespielte Lähmung Spielraum verschaffe. Sein Sohn halte ihn seitdem nicht mehr unter ständiger Beobachtung und überlasse ihn der vermeintlichen Kontrolle einer Pflegerin. Und die sei ja leicht an der Nase herumzuführen. Hatte Georges gedacht ...
Marita war baff gewesen. »Jeder Pflegeprofi kommt irgendwann dahinter!«, hatte sie ihn gescholten. Und ihm gesagt, dass Babette Babajou es gewesen war, die sie mit der Nase darauf gestoßen hatte. Georges hatte nur verächtlich geschnaubt.
Der Grund für das ganze Theater war dem alten Mann schwer zu entlocken, aber als er Marita alles erzählt hatte, begriff sie auch, warum das so war. Georges Lafleur schämte sich. Er schämte sich für seine Vergangenheit.
Er hatte das Geschäft von seinem Vater übernommen. Bis in die sechziger Jahre liefen die Geschäfte mit dem Blumenanbau für die Kosmetikindustrie in Grasse und also auch für die Domaine de Lafleur sehr gut. Aber mit der Erweiterung

der Märkte und der beginnenden Globalisierung drängten andere Anbauländer auf den Markt, Länder, die viel günstiger produzierten: Asien, Ägypten, Marokko. Die französischen Unternehmen machten eines nach dem anderen Pleite, auch der Domaine ging es schlecht. Georges hielt sich noch immer gerade so über Wasser, die Lafleurs führten schließlich ein Traditionshaus, in den großen Parfüms des Jahrhunderts fanden sich ihre Essenzen. Aber als seine Frau starb – der einzige Sohn, Lucien, war bereits aus dem Haus –, verlor Georges den Halt. Er begann zu trinken. Und er begegnete dem allmählichen Untergang des Traditionshauses nicht etwa mit Sparmaßnahmen, sondern verprasste das wenige, was noch übrig war. Er frönte einem ausschweifenden Lebenswandel, gab viel Geld für seine Leidenschaft für exquisite Kleidung aus, war häufiger Gast in den Kasinos der Küste und trank. Das Unternehmen ging vollkommen den Bach runter, er war über beide Ohren verschuldet, die Domaine mit Hypotheken belastet und ihr Chef nicht mehr in der Lage, sich selbst aus dem Sumpf zu ziehen.

Und dann kehrte Lucien überraschend zurück. Er hatte eigentlich einen anderen Weg eingeschlagen, war Parfümeur bei einem bekannten Unternehmen in den USA, und die großen Kosmetikkonzerne bemühten sich um ihn. Georges hatte nicht damit gerechnet, dass sein Sohn jemals das marode Unternehmen, das nun den Banken gehörte, würde übernehmen wollen.

Und Lucien seinerseits war schockiert, dass nichts mehr vom Glanz des Hauses Lafleur übrig war. Es kam zum Bruch zwischen Vater und Sohn, in dessen Folge Georges einen Schlaganfall erlitt. Und während er sich peu à peu davon erholte, merkte Georges, dass Lucien ihn nun, da er

gehandicapt war, weniger kontrollierte als zuvor. Der Sohn war dem Vater gegenüber, dem er zum Vorwurf machte, mit seiner Unbedachtheit das Geschäft ruiniert zu haben, weniger misstrauisch. Er wollte verhindern, dass Georges wieder begann, zu trinken und das Geld zum Fenster hinauszuwerfen, oder gar weitere Kredite aufnahm. Auch aus diesem Grund wurde eine Pflegekraft für ihn angeheuert.
Als Georges aus der Reha kam, hätte er auf einen Rollstuhl verzichten können, aber er entschied sich dafür, weiterhin halbseitig gelähmt zu bleiben – was er nach dem Schlaganfall auch gewesen war.
»Und die Dialyse?«, hatte Marita sich misstrauisch erkundigt.
Georges hatte gegrinst und »Ich gehe zum Pokern« geantwortet.
Marita war nicht wirklich überrascht gewesen, jetzt erklärte sich auch, warum die Damen am Empfang so verständnislos reagiert hatten, als sie sich nach der Dialysestation erkundigt hatte. Es hatte mitnichten an ihren Französischkenntnissen gelegen. Während Marita darüber nachsann, war ihr gleich ein nächster Gedanke gekommen.
»Und François? Der hat Sie durchschaut?«
Nun hatte sich das Gesicht des alten Herrn verfinstert.
»Dieser Ganove«, schrieb er.
Das war also das Ergebnis des Telefonats gewesen! Als François wegen des Gewitters im Krankenhaus angerufen hatte, hatte er erfahren, dass das Poliklinikum gar keine Dialyse hatte. Aber warum hatte er das Marita nicht erzählt? Sie gab diese Frage an Georges weiter.
»Weil er alleine den Nutzen daraus ziehen wollte«, antwortete dieser. »Er erpresst mich.«

»Was?!«
Nun hatte Georges emsig in sein Tablet getippt. Er war der Meinung, dass François sich an Marita herangemacht hatte, um Einblick in die Geschäfte der Domaine zu bekommen – die er für ein florierendes Unternehmen hielt. Als ihm der Zufall die kleine Lügengeschichte von Georges in die Hände gespielt hatte, hatte er eine Chance gewittert. Er hatte von Georges verlangt, an den Pokerrunden teilnehmen zu dürfen, weil er sich erhoffte, die alten Männer – allen voran Georges – abzuzocken.
»Und, hat es geklappt?«
Georges hatte erneut gegrinst und »Ich bin besser« geschrieben.
»Aber was will François dann?«, hatte Marita gefragt.
Georges Lafleur hatte wie Ségolène geantwortet. »Geld. Egal wie und egal wie viel, Hauptsache, er muss dafür nicht arbeiten. Er ist ein Kleinkrimineller.«
Das hatte Marita auch schon begriffen. Dabei hatte sie jedoch den Eindruck gehabt, François sei zwar charmant, aber nicht eben sehr gerissen.
»Ist er gefährlich?«
»Niemals!« Georges hatte in sich hineingekichert. »Aber er nervt.«
Zwei Fragen hatten Marita noch auf der Seele gelegen. Auf die eine, nämlich danach, was es mit Georges unbändiger Wut auf die rothaarige Frau von Chanel auf sich hatte, bekam sie keine Antwort. Die andere, viel heiklere Frage, stellte sie, kurz bevor sie das Zimmer verließ.
»Und wie ist es, Georges, ist Luciens Misstrauen Ihnen gegenüber berechtigt?«
Georges hatte fein gelächelt und ein bisschen traurig ge-

guckt. »Nein. Ich versuche, den Schaden wiedergutzumachen. Ich spiele ein bisschen hier und da. Und meistens gewinne ich.«
Marita nickte. »Aber Sie lügen Ihren Sohn an.«
Pause.
»Aber besser, als ihn zu verletzen«, hatte der alte Mann schließlich geantwortet.

Daran dachte Marita nun, als sie auf der Bank bei den Ställen saß. Sie hatte Hasen und Ziegen etwas Salat und Karotten mitgebracht und sah den Tieren beim Futtern zu.
Das Verhältnis zwischen Lucien und seinem Vater schien ziemlich verfahren zu sein. Aber nicht hoffnungslos, dachte Marita. Es beruhte alles auf einer Lüge und ein paar Missverständnissen. Sie wünschte, sie könnte ihren Teil dazu beitragen, dass Vater und Sohn sich wieder annäherten.
Eines aber konnte sie mit Sicherheit tun, fiel ihr nun ein. Und das war, François eine Lektion zu erteilen. Denn das hatte dieser Filou bitter nötig.
Und sie wusste auch schon, wie.

14.

Als Marita im Dunkeln ins Haus zurückkam, war es zu spät, um Georges noch in ihren Plan einzuweihen. Aber anders als sonst, da das Haus meistens still dalag, wartete noch jemand auf sie. Lucien saß bei Kerzenschein auf der Terrasse, und als Marita das Haus erreicht hatte, sprach er sie an.
»Marita! *Bonsoir!*«
»Guten Abend, Lucien. Sie arbeiten ja heute gar nicht. Haben Sie auf mich gewartet?«
Trotz der Dunkelheit konnte Marita erkennen, dass Lucien eine feine Röte ins Gesicht stieg.
»Ja. Entschuldigen Sie bitte, aber ich wollte mich bei Ihnen bedanken.«
»Bedanken, wofür?«
»Dass Sie so geistesgegenwärtig reagiert haben.«
»Mit Ihrem Vater? Dafür müssen Sie mir nicht danken. Ich verstehe bloß nicht, warum …«
Lucien hob abwehrend beide Hände. »Das erkläre ich Ihnen gerne. Aber in Ruhe. Würden Sie mir die Ehre geben und morgen mit mir essen? Ich lade Sie ein.«
Marita war überrascht. Ein Abend allein mit Lucien? Das

könnte zäh werden. Andererseits: War es nicht längst Zeit, sich besser kennenzulernen?
»Wer bleibt bei Ihrem Vater?«
»Alles organisiert. Ségolène und Gilbert leisten ihm Gesellschaft. Ich habe für uns einen Tisch in meinem Lieblingsrestaurant bestellt. Passt Ihnen acht Uhr?«
Marita lachte. »Ich habe nichts anderes vor, wie Sie sicher wissen. Und ja, ich freue mich. *Bonne nuit!*«
Lucien strahlte über das ganze Gesicht. Und Marita fühlte sich geschmeichelt.

»Georges, wenn Sie zum Sprechtherapeuten gehen würden statt zum Pokern, dann könnte man vielleicht wirklich etwas an der Lähmung ändern.«
Sie saßen im Auto auf dem Weg nach Nizza. Offiziell waren sie zur Dialyse unterwegs, inoffiziell brachte Marita Georges zu seiner Pokerrunde. Er hatte darauf bestanden, die Fassade noch eine Weile aufrechtzuerhalten, bis er seine Schulden bei diversen Gläubigern abbezahlt hatte. Es war nicht mehr viel, versicherte der alte Herr Marita. Und dann könne er seinem Sohn guten Gewissens gegenübertreten.
Marita ließ sich schweren Herzens darauf ein. Georges Lafleur tat ihr leid, und sie glaubte ihm, dass ihm daran gelegen war, seine alten Fehler wiedergutzumachen. Aber sie hatte eine Bedingung gestellt: Sie wollte einmal bei seiner Pokerrunde dabei sein.
Zähneknirschend hatte der Senior eingewilligt.
Dann aber hatte Marita, kaum saßen sie im Auto, ihm ihren Plan eröffnet, wie man François einen Denkzettel verpassen und ihn sich ein für alle Mal vom Hals halten könne.

Und der alte Herr war so begeistert, dass er in sein Tablet tippte und gleichzeitig versuchte, sich mündlich zu artikulieren. Was aber nicht von Erfolg gekrönt war.
Der Vorschlag mit dem Sprechtherapeuten verhallte bei Georges ungehört, er schmückte gerade Maritas Idee weiter aus.
»Er wird sein blaues Wunder erleben«, erschien auf dem Monitor.
»Übertreiben Sie es nicht, Georges, lassen Sie ihn leben.«
»Haben Sie etwa noch was für ihn übrig?«
Marita schwieg und dachte nach.
Hatte sie?
François war unmöglich. Sie war überzeugt davon, dass Georges recht hatte: François hatte sich nur an sie herangemacht, um Kontakt zur Domaine zu bekommen. Wenn sie ehrlich war, hatte sie gespürt, dass er keine tiefen Gefühle für sie gehabt hatte.
Tiefe?
Nicht einmal seichte.
Auf der anderen Seite dachte Marita an François' Unbeschwertheit. Seine gute Laune, seinen Einfallsreichtum. Er hatte ihr Südfrankreich von einer Seite gezeigt, die sie sonst nie kennengelernt hätte. Die Geschichten, die er kannte, wie bewandert er war in Historie und Kunst, in Politik und Brauchtum. Kannte jeden und alles, war ein Hansdampf in allen Gassen. Er war ein wunderbarer Unterhalter und charmanter Begleiter. Und er hatte sich durchaus Mühe gegeben, ihr ein paar unvergessliche Nachmittage zu verschaffen.
Was also empfand sie für François?
Dankbarkeit. Ein durchaus warmes Gefühl. Wenn sie an

ihn dachte, erinnerte sie sich nur an schöne Erlebnisse. War das so schlimm? Sie konnte nicht wirklich wütend auf ihn sein. Sie verspürte keinerlei Rachegefühle. Er hatte ja nichts getan. Ja, er hatte ihr nicht einmal etwas versprochen, was er nicht gehalten hatte. Marita erwartete nichts mehr von François, sie wollte jetzt nur noch, dass er ehrlich war. Und dass er Georges nicht länger erpresste.
»Ich bin nicht in ihn verliebt, falls Sie das meinen. Aber ich habe Sympathie für ihn.«
Georges schnaubte verächtlich. »Er ist ein Filou«, erschien auf dem Monitor.
Ja, du meine Güte, dachte Marita, das habe ich jetzt aber schon oft über ihn gehört. Ist es denn so schlimm, ein Filou zu sein?
Laut sagte sie: »Und was sind Sie?«
Darauf hatte Georges keine Antwort. Eben, dachte Marita, der Alte hatte es doch genauso faustdick hinter den Ohren. Sie waren angekommen. Marita hielt wie immer auf dem Parkplatz des Poliklinikums. Sie half Georges aus dem Wagen in den Rollstuhl, wobei sie ihn nun genau beobachtete. Er schaffte es eigentlich allein, auch den Rollstuhl brauchte er nicht wirklich. Aber sie hatte darauf bestanden, dass er für sie das tun sollte, was er immer getan hatte, wenn sie ihn vor der Klinik alleine gelassen hatte.
Sie rollten zum Haupteingang hinein, Georges grüßte das Mädchen am Empfang freundlich, und sie grüßte ebenso zurück. Niemand wunderte sich über den alten Mann, der sich nicht anmeldete, man war seinen Anblick offensichtlich gewöhnt, und niemand fragte danach, was er hier trieb. Manche Ärzte grüßten ihn wie einen alten Bekannten.
Georges bog gleich in einen Gang zur Notaufnahme ab.

Marita folgte ihm bis zum Ende des Ganges, dort war eine Glastür, die zum Innenhof der Klinik führte. Der Senior drückte einen Knopf, die Tür öffnete sich automatisch – und draußen wartete bereits sein Komplize.
Es war ebenfalls ein älterer Herr, in das rentnertypische Graubeige gewandet. Er trug eine Schiebermütze zum weißen Schnauzer und stützte sich auf einen eleganten Gehstock mit silbernem Knauf.
Als der Mann Marita erblickte, zog er gentlemanlike seine Kappe und machte einen kleinen Diener. Offenbar war er von seinem Pokerkumpel bereits vorgewarnt worden, dass die Scharade aufgeflogen war, denn er sah kein bisschen erstaunt aus.
Georges machte Marita und seinen Freund miteinander bekannt, dann nahm er den Gehstock seines Kumpanen, der seinen Rollstuhl schob. Es war nur ein kleines Stück, das sie zurücklegen mussten, denn direkt hinter dem Krankenhaus führte ein netter kleiner Weg in eine luxuriöse Appartementwohnanlage. In eines der hübschen weißen Häuser gingen sie hinein und klingelten an einer Tür. »Maréchal« stand auf dem Messingschild.
Ein Mann öffnete die Tür, der ebenfalls alt, aber sowohl gepflegt als auch freundlich war. Er bat Marita und seine Freunde herein. Im Wohnzimmer saß bereits ein weiterer Senior, außerdem war der Tisch bereit für die Pokerpartie. Karten, Gläser, kleine Bierfläschchen mit Heineken, Wasser, Knabberzeug und Aschenbecher waren sorgfältig darauf drapiert.
Marita begrüßte den vierten Mann im Bunde, der sie schelmisch fragte, ob sie die Absicht habe, die schöne Pokerrunde platzenzulassen.

»Wir spielen ja nur zwei Mal die Woche, wissen Sie? Und sehr viel mehr Freude haben wir nicht mehr«, sagte er und lachte. Tausend feine Falten überzogen sein Gesicht. Das Lachen endete in einem rasselnden Raucherhusten.
Marita musste unwillkürlich lächeln. Sie fühlte sich durch die vier alten Herren sofort auf ihre Station in Husum zurückversetzt. Sie dachte an die letzten Patienten, Hans-Peter und Joseph, derentwegen sie Ärger mit dem Klinikmanager bekommen hatte. Ob sie noch lebten? Mit ihnen hatte sie auch immer gepokert und einen großen Spaß dabei gehabt.
»Nein«, entgegnete sie. »Ich will – und kann! – Ihnen gar nichts verbieten. Aber ich kann auch nicht zulassen, dass Georges sein Geld hier verspielt.«
Alle vier Männer brachen augenblicklich in schallendes Lachen aus – mit und ohne Raucherrasseln. Am lautesten lachte Georges Lafleur.
»Was hast du ihr erzählt, alter Knabe?«, fragte Monsieur Maréchal, der Wohnungsbesitzer, der dem von Marita sehr verehrten Schauspieler Walter Matthau nicht unähnlich war. Er wandte sich an Marita. »Er verliert nie. Dass er überhaupt noch mit uns spielen darf, ist ein Wunder. Er zieht uns das Geld aus der Tasche. Jedes Mal.«
Georges Lafleur zwinkerte Marita verschwörerisch zu. »Die drei bezahlen meine Schulden. Sozusagen.«
Die Herren nahmen am Tisch Platz. Marita war herzlich eingeladen, sich dazuzusetzen, aber sie lehnte dankend ab.
»Aber sie können es sich auch leisten«, fuhr Georges fort und meinte seine Freunde. Geschickt mischte er die Karten. Beidhändig natürlich, von Lähmung keine Spur. Außerdem blieb er als Einziger, wie Marita bemerkte, beim Wasser.

»Frédéric«, er deutete auf den Herrn, der sie am Klinikum empfangen hatte, »war Aufsichtsratsvorsitzender bei Peugeot. Lambert«, das war der Monsieur Maréchal, in dessen Wohnung sie sich befanden, »ist Bankier. Privatbank. Und Alexandre«, das war der Dritte im Bunde, »Sozius in einer der größten Kanzleien Frankreichs.«
Alles honorable Mitglieder der Gesellschaft. Die sich zwei Mal in der Woche trafen, um ihrem nicht ganz so angesehenen Hobby zu frönen. Dagegen konnte niemand etwas haben, auch Lucien nicht. War die Schmierenkomödie, die der alte Lafleur seinem Sohn vorspielte, überhaupt nötig?
Marita blieb noch eine gute Viertelstunde und amüsierte sich beim Anblick der Pokerrunde. Es wurde getrunken und geraucht, viele schmutzige Witze gerissen, und en passant ging es um die quälenden Zipperlein und wer aus dem Bekanntenkreis unlängst verstorben war. Georges blühte auf. Er verständigte sich mit seinen Freunden kaum über Tablet, seine für andere so unverständlich gelallten Worte schienen für seine Freunde durchaus Sinn zu machen. Er war vollkommen in seinem Element und wirkte gleich um zehn Jahre jünger, als wenn er stumm im Rollstuhl saß.
Sie hatten verabredet, dass Marita ihn in drei Stunden wieder abholen käme. In der Zwischenzeit wollte sie in Nizza ein paar Mitbringsel für ihre Lieben zu Hause besorgen und sich mit Babette Babajou auf einen Kaffee treffen.

»Du hattest übrigens recht.« Marita hob ihr Glas Campari Orange und prostete Babette zu. »Er kann sich bewegen. Die Lähmung ist vorgespielt.«
»Ah!« Babette klatschte laut in die Hände und freute sich. »Was habe ich gesagt? Mir macht keiner was vor.«

»Mir leider schon.« Und dann sprudelte es aus Marita hervor. Sie erzählte Babette, die ihr mittlerweile als Freundin richtig ans Herz gewachsen war, nicht nur von Georges Lafleurs Schwindeleien, sondern auch von François. Und davon, wie François einen Denkzettel verpasst bekommen sollte.
Babette bekam immer größere Augen, warf an geeigneten Stellen einen Kommentar ein, und als Marita mit ihrer Geschichte am Ende war, nahm Babette einen Zettel und schrieb ihr eine Nummer auf.
»Da.« Sie schob den Zettel zu Marita. »Das ist euer Mann. Der passt perfekt in den Plan.«
Marita steckte den Zettel ein und sah auf die Uhr. »Ich muss so langsam mal aufbrechen. Begleitest du mich ein Stück?«
Babette nickte und hakte Marita draußen auf der Straße unter. Marita kam sich stets wie ein Zwerg vor, die Freundin war einen Kopf größer als sie und wenn sie, so wie heute, ihren kunstvollen Kopfschmuck trug, sogar zwei.
»Warum willst du zurück nach Deutschland? Gefällt es dir hier nicht?«
»Natürlich gefällt es mir. Aber ich habe Heimweh. Und ich habe das Gefühl, hier nur auf Urlaub zu sein. Ich gehöre irgendwie nicht hierher.«
Babette warf ihr einen Seitenblick zu. »So gesehen gehöre ich auch nicht hierher. Aber ich habe mich eingelebt. Und das kann man überall, oder nicht? Man muss sich nur darauf einlassen.«
Marita schwieg. Vielleicht hatte Babette recht. Auch sie kam schließlich aus einer ganz anderen Kultur. Wie fremd musste der Frau von der Elfenbeinküste Frankreich an-

fangs erschienen sein! Aber jetzt?! Waren Einwanderer wie Babette und Aristide Babajou mit ihren Kindern nicht mehr wegzudenken aus der französischen Gesellschaft. Zu Hause ist, wo das Herz ist. Das hatte ihre Mutter immer gesagt. Das traf bei den Babajous auf alle Fälle zu.
Aber Maritas Herz hing noch immer am Norden.
»Außerdem, Babette, gibt es für mich keinen Grund zu bleiben. Georges braucht mich nicht. Nicht so jedenfalls, dass man mich rund um die Uhr für seine Pflege bezahlen müsste. In dem Moment, wo er Lucien die Wahrheit sagt, bin ich auf der Domaine überflüssig.«
Babette seufzte. »Sehr schade. Ich finde, du passt sehr gut dorthin. Was sollen die zwei Junggesellen denn ohne dich anfangen?«
Marita lachte. »Sie haben Ségo. Und Lucien wird nicht immer Single bleiben.«
Babette wiegte den Kopf und wollte etwas entgegnen, aber Marita lenkte schnell vom Thema ab und zeigte auf ein Geschäft mit Taschen. Sie wollte sehen, ob sie dort etwas für ihre Mutter bekommen konnte.

Pünktlich zur Abholzeit klingelte sie bei Monsieur Maréchal, der ihr umgehend die Tür öffnete. Er bat sie noch für einen Moment herein.
»Wir haben uns da etwas überlegt, was wir Ihnen unbedingt erzählen wollen«, sagte er, während er vor ihr her ins Wohnzimmer ging. Dieses war total verqualmt trotz geöffneter Fenster, und Marita beglückwünschte sich insgeheim, dass sie seit zwei Wochen keine Zigarette mehr angerührt hatte. Die Karten waren weggepackt, und die Herren am Tisch sahen sie mit erwartungsfrohen Gesichtern an. Sie

sehen aus wie kleine Jungs, die eine Dummheit ausgeheckt haben, dachte Marita amüsiert.
Wie groß die Dummheit war, erfuhr sie umgehend. Es dauerte keine fünf Minuten, bis Alexandre, Lambert und Frédéric ihr dargelegt hatten, was sie sich ausgedacht hatten. Georges grinste nur, aber Marita hatte keinen Zweifel daran, dass der Plan im Wesentlichen von ihm stammte.
»Ist das nicht eine Nummer zu groß für uns?«, fragte sie, nachdem sie staunend zugehört hatte.
»Aber meine Liebe«, der Herr mit dem Schnauzer, Frédéric, beugte sich zu ihr nach vorn, »eine Nummer kleiner wäre unter unserer Würde.« Dazu lächelte er fein.
Marita schluckte. »Also gut.« Sie wühlte in ihrer Tasche nach dem Zettel, den ihr Babette gegeben hatte. »Ich habe hier noch jemanden empfohlen bekommen. Madame Babajou meint, er ist ein Profi.«
Georges Lafleur nahm ihr den Zettel aus der Hand. Er nickte und reichte den Zettel an Lambert Maréchal weiter.
»Wir kennen ihn«, sagte dieser, nachdem er den Namen gelesen hatte. »Wir hatten schon einmal das Vergnügen. Tatsächlich ist er ein Profi und kein Amateur. Also wenn der mitmacht …« Er pfiff durch die Zähne.
»Und jetzt sind Sie dran, Marita«, tippte Georges in sein Tablet.
Marita nickte, ihr war unwohl. Aber jetzt gab es kein Zurück mehr. Sie holte ihr Handy hervor. »*Salut,* François. Können wir uns treffen? Ich brauche jemanden zum Reden. Es ist wegen Georges«, gab sie ein. Dann drückte sie auf Senden.
Das Spiel nahm seinen Lauf.

15.

Das Restaurant, das Lucien für ihr gemeinsames Essen ausgesucht hatte, ähnelte dem, in welchem Marita mit François vor dem Gewitter gewesen war. Es lag auf der Strecke zwischen Grasse und Draguignan, etwas abseits der Route Nationale, versteckt in einem Korkeichenwald, am Ende eines sandigen, für Autos beinahe zu schmalen Weges. Die weinumrankte Terrasse auf der Rückseite des Hauses bot einen fantastischen Blick über das Hügelland.
Lucien, der ohnehin immer tadellos gekleidet war, hatte sich heute extraschick gemacht: Er trug ein dunkelblaues Hemd aus feinem Leinen und schmale Stoffhosen im gleichen Ton, dazu extravagante Schuhe in flaschengrünem Wildleder. Marita gefiel der modische Kick. Obwohl sie selbst nicht gerade experimentierfreudig war, mochte sie es, wenn sich Männer jenseits der fünfzig nicht einfach nur praktisch oder sportlich kleideten.
Sie selbst hatte noch vor dem Kleiderschrank überlegt, was sie anziehen sollte, sie wollte weder zu sexy noch zu öde rüberkommen. Schließlich hatte sie sich für ein schwarzes langes Sommerkleid entschieden, dass sie schon vor drei Jahren in Husum im Sommerschlussverkauf erstanden,

aber noch nie getragen hatte. Sie hatte sich die Haare ausnahmsweise hochgesteckt und trug ein bisschen Schmuck, dazu die glitzernden Leder-Flipflops, die ihr Babette am Nachmittag in Nizza aufgeschwatzt hatte.

Als sie sich im Spiegel betrachtet hatte, war sie sich völlig fremd vorgekommen, aber Lucien hatte ihr sofort ein überschwengliches Kompliment gemacht, und jetzt, mit einem Glas Champagner, hoch über den Hügeln der Côte d'Azur, fühlte es sich alles genau richtig an.

Lucien hatte Marita gefragt, ob es etwas gab, das sie nicht essen mochte – alles außer Schnecken und Kugelfisch –, und dann ein Menü für sie beide zusammengestellt.

Als Entree wurden frische Austern serviert, und es war das erste Mal, das Marita sie kostete. Lucien zeigte ihr, wie man den Zitronensaft auf die frisch geöffnete Auster träufelte und sie dann aus der Schale schlürfte.

Marita war enttäuscht. Die Tiere schmeckten für sie nur nach Salz, und als sie erfuhr, dass die bemitleidenswerten Wesen noch lebten, wenn man sie aß, verzichtete sie auf weitere.

Darüber war Lucien so bestürzt, dass er anbot, seinen Menüvorschlag zurückzuziehen und Marita selbst wählen zu lassen. Er hatte es gut gemeint, die meisten Leute waren verrückt nach frischen Austern, die ja gemeinhin als Delikatesse galten. Aber Marita beruhigte ihn – sie würde sich dennoch in seine Hände begeben und seiner Menüauswahl voll und ganz vertrauen.

Zu Recht – das Essen, das sich über drei Stunden hinzog, war ein Traum. Fischsuppe mit Sauce Rouille, gegrillter Fisch mit Ratatouille, ein Lammgericht, der Dessertteller, auf welchem der Koch eine Kostprobe seiner diversen

Nachtische angerichtet hatte, Käse, Kaffee und nicht zuletzt der sagenhafte Rotwein – Marita schwelgte im Genuss und war nicht einfach satt, sondern auch glücklich gemästet.
Aber nicht nur das Essen war ein Genuss – auch Lucien stellte sich als äußerst angenehme Begleitung heraus. Sie unterhielten sich in einem Kauderwelsch aus Französisch und Englisch, obwohl Lucien Marita bescheinigte, große Fortschritte in seiner Muttersprache gemacht zu haben. Und sie redete viel an diesem Abend. Denn im Gegensatz zu François fragte Lucien. Er war ein aufmerksamer Zuhörer, er sah sie an, während sie sprach, er hakte nach und kommentierte klug. Alles wollte er wissen: wo sie herkam, wie sie nach Husum gelangt war, wie es sich dort lebte (in der Kälte!), warum sie Krankenschwester geworden war. Er fragte nach ihrem Ex-Mann (nicht der Rede wert) und nach ihrer Tochter. Er interessierte sich aufrichtig – umso weniger aber erzählte er von sich.
Der Kaffee wurde serviert, als sich die Terrasse bereits weitgehend geleert hatte. Es war stockfinster, nur die Windlichter, die überall verteilt waren, spendeten flackernde Helligkeit. Da kam Lucien auf die Sache zu sprechen, die er Marita in aller Ruhe hatte erzählen wollen: was es mit der rothaarigen Frau von Chanel und Georges' Wut auf sich hatte.
»Sie ist meine Ex-Frau«, sagte er und drehte dabei etwas verlegen die Tasse in den Händen. »Und mein Vater hasst sie.«
Marita schwieg.
»Ich verstehe ihn«, fuhr Lucien fort. »Und weil ich wusste, dass sie bei dem Termin dabei sein würde, wollte ich, dass mein Vater sie nicht zu Gesicht bekommt. Es stand zu viel auf dem Spiel.«

Er sah Marita direkt in die Augen. »Dafür danke ich Ihnen also. Dass Sie so geistesgegenwärtig reagiert haben.«
»Dann hat es geklappt? Ist die Entscheidung von Chanel zu Ihren Gunsten ausgefallen?«
Lucien schüttelte lächelnd den Kopf. »Ich weiß es nicht. Das kann noch ein oder zwei Wochen dauern. Aber der Termin verlief sehr gut. Ich mache mir also Hoffnungen.«
Marita spürte, dass da noch mehr war, und hakte vorsichtig nach. »Aber nur weil sie Ihre Ex-Frau ist, würde Ihr Vater doch nicht den Deal aufs Spiel setzen, oder? Er wusste doch, wie wichtig der Termin für das Unternehmen ist.«
»Er traut ihr nicht. Und das völlig zu Recht. Sie hat mich betrogen.« Lucien schenkte ihnen noch den Rest Rotwein nach. Er machte eine Pause. Es fiel ihm offenbar schwer, die richtigen Worte zu finden.
»Nicht mit einem anderen Mann. Das wäre vielleicht weniger traumatisch gewesen …«
Marita konnte sich nicht vorstellen, wie ein noch schlimmerer Betrug aussehen mochte, und war gespannt auf das, was kam. Sie schwieg und ließ Lucien erzählen.
Es war weniger eine Geschichte von Betrug als von Verrat. Lucien und Zoe, so hieß die Rothaarige, hatten sich auf der Parfümeurschule in Paris kennengelernt. Lucien hatte bereits ein Chemiestudium abgeschlossen und war acht Jahre älter als sie. Aber es war beiderseits Liebe auf den ersten Blick – so glaubte jedenfalls Lucien. Zoe war eine ebenso begabte »Nase« wie er, und Lucien beschrieb ihre Liebe wie eine Reise zweier Seelenverwandter durch die Welt der Düfte.
Er beschrieb, dass er manchmal Schwierigkeiten hatte, sich anderen Menschen, die nicht seine Gabe oder eine ähnliche

tiefe Sensitivität besaßen, verständlich zu machen. Er drücke sich durch das Empfinden von Düften oder aber durch seine Musik, das Cellospiel, aus. Der Umgang mit Worten sei ihm nicht in die Wiege gelegt worden, er habe es sich erst mühsam angeeignet, Menschen durch Sprache zu überzeugen, als er die Domaine übernommen hatte. Bis dahin sei er ein schweigsamer, in sich gekehrter Mensch gewesen.

Lucien empfand Zuneigung und Wohlbefinden je nach Geruch. Wenn etwas seine Nase empfindlich störte, konnte er nicht verweilen – in einem Raum, einer Gegend, bei einem Menschen. Nun, Zoe sei es ebenso gegangen, allerdings war sie im Gegensatz zu ihm sehr extrovertiert, was er an ihr stets bewundert habe.

Es war also die große Liebe. Und als er die Parfümeurschule beendet hatte, ein Jahr vor ihr, wollte er ihr zuliebe Paris nicht verlassen, obwohl er fantastische Angebote von großen Kosmetikkonzernen in den USA hatte. Es war Zoe gewesen, die darauf bestand, dass er ging – sie wollte, dass er den Sprung über den Großen Teich machte. Sie selbst träumte davon, für Lancaster, Revlon oder Estée Lauder zu arbeiten, und behauptete, Frankreich sei ihr zu eng. Lucien unterschrieb schließlich auf ihr Drängen hin einen Vertrag in New York, bestand aber seinerseits darauf, Zoe vor seinem Weggang zu heiraten.

Gesagt, getan.

Und wie versprochen kam Zoe auch regelmäßig zu ihm nach New York. Doch als sie ihren Abschluss in der Tasche hatte, eröffnete sie ihm, dass sie nicht daran dachte, ihm zu folgen. Sie blieb in Paris. Als freie Parfümeurin. Das konnte sie sich leisten, weil sie eine Duftkreation für

eine horrende Summe an Yves Saint Laurent verkauft hatte. Es war die Formel für ein Jahrhundertparfüm. Lucien hätte stolz auf seine Frau sein, sich für sie freuen können. Das Problem daran aber war: Es war seine Kreation.
Zoe hatte ihn bestohlen.
Schon während der Schule hatte er an dem großen Duft gearbeitet, hatte seine Fortschritte mit ihr geteilt. Es sollte sein Durchbruch werden. Sein Opus magnum. Sie kannte jedes Detail seiner Entwicklungen. Alles hatte er mit ihr geteilt. Hatte ihr noch aus den USA regelmäßig geschrieben, wie er vorankam, welche Essenzen er reduzierte, welche hinzufügte.
Der Verrat war so tief greifend, dass Lucien nicht mehr in der Lage war, seiner Arbeit nachzugehen. Er fiel in ein tiefes dunkles Loch, schwor sich, nie wieder einen Duft zu kreieren.
Er schwor sich, nie wieder zu lieben.
»Hätten Sie nicht klagen können?«, warf Marita zaghaft ein.
Aber Lucien schüttelte den Kopf. »Natürlich gibt es ein Copyright. Aber erst wenn der Duft veröffentlicht ist. Wenn er einen Namen, eine Marke hat. Vorher …« Er machte eine vage Geste in der Luft. »Sie kann sagen, dass es Zufall ist. Die Chancen wären nicht gut gewesen bei einem Prozess. Und ich hätte ihn nicht durchgestanden.«
Lucien kehrte als gebrochener Mann auf die Domaine zurück. Er wollte seine Wunden lecken und plante, in das Geschäft seines Vaters einzusteigen. Jedoch: Es gab kein Geschäft mehr.
Es war die Zeit, in der die Domaine de Lafleur praktisch am Boden lag. Hochverschuldet, durch Hypotheken fast

zur Gänze den Banken überschrieben, die Auftraggeber abgewandert. Und sein Vater? Ein Alkoholiker. Ein Spieler. Hatte aus Unglück über den Tod seiner Frau den Halt im Leben verloren.

»Das konnte nicht gutgehen«, fuhr Lucien fort und wagte ein zaghaftes Lächeln. Es war die falsche Zeit, der falsche Ort. Sie konnten einander keinen Halt geben. Sie misstrauten sich. Georges konnte nicht verwinden, dass Lucien, der Hochbegabte, nicht weiter als Parfümeur arbeiten konnte. Oder wollte. Der alte Mann hatte geglaubt, dass seinem Sohn eine großartige und lebenslange Karriere bevorstand, es war ihm deshalb in seiner desolaten Situation sinnlos erschienen, ein Erbe aufrechtzuerhalten, das sein Sohn vermutlich niemals antreten würde. Doch dann trat das Unerwartete ein. Sein Sohn wollte das Geschäft übernehmen, um zur Ruhe zu kommen. Aber Lucien, der Verletzte, der seine Wunden lecken wollte, stand ein weiteres Mal vor dem Nichts.

»Eine Woche habe ich in meinem Zimmer gelegen, schlaflos, habe an die Decke gestarrt und mit niemandem ein Wort gesprochen. Ich wusste nicht, was tun. Die einzigen Menschen, die ich in dieser Situation um Rat fragen hätte können, waren meine Eltern. Aber meine Mutter war tot und mein Vater …«

»Haben Sie ihm verziehen?«

Lucien nickte. »Ich konnte es ihm nicht vorwerfen. Ich verstand ja, warum es so weit gekommen war. In gewisser Weise war ich nicht viel besser. Aber so konnte es eben nicht weitergehen.«

»Jetzt haben Sie die Verantwortung übernommen. Und die Domaine arbeitet erfolgreich. Was ist passiert?«

»Ségolène und Gilbert.« Jetzt lächelte Lucien breit. »Die sind passiert. Ségo hat schon immer für uns gearbeitet. Ich kenne sie, da war ich noch ein Teenager, da hat sie bei uns den Haushalt gemacht. Sie hat mich nach der einen Woche praktisch aus dem Bett geprügelt.«
Marita musste lachen. Sie konnte sich sehr gut vorstellen, wie die rundliche kleine Frau ins Zimmer gepoltert kam, dem traurigen Mann die Decke wegzog und ihm eine Standpauke hielt.
»Ja, so ähnlich war es auch«, räumte Lucien ein. »Und dann hat sich Gilbert mit mir über die Bücher gesetzt. Er hat keine Ahnung von Blumen und Düften. Aber er führt seine Autowerkstatt sehr erfolgreich, und die Buchhaltung macht er selbst, also …«
Er zuckte mit den Schultern, nahm den letzten Schluck Wein und winkte dem Patron, dass er zahlen wolle. »Wenn Sie möchten, trinken wir noch einen Schluck zu Hause. Die wollen hier gerne dichtmachen.«
Marita war einverstanden. Als sie im Auto saß, fragte sie nach dem Rest der Geschichte. »Und Ihr Vater? Was haben Sie mit ihm gemacht?«
»Zuerst habe ich ihm alle Vollmachten entzogen. Wir hatten einen furchtbaren Streit. Zwei Tage darauf bekam er den Schlaganfall.«
Marita schwieg, und Lucien warf ihr im dunklen Auto einen raschen Seitenblick zu. »Ja, ich weiß, was Sie sagen wollen. Ich fühle mich schuldig, natürlich. Aber der Arzt sagt, bei seinem Lebenswandel wäre der Schlag so oder so gekommen.«
»Er trinkt nicht mehr.«
»Nein, ich weiß, keinen Tropfen. Trotzdem: Ich traue ihm

nicht. Er sollte kein Geld in die Hand bekommen. Wir sind noch nicht aus den Schulden heraus.«

Aber genau daran arbeitet Georges, wollte Marita jetzt am liebsten sagen. Auf seine Weise. Aber sie hatte dem Alten versprochen zu schweigen, bis die Sache mit François vorüber war. Außerdem hatte sie von Georges verlangt, dass er seinem Sohn selbst gegenübertrat und sich mit ihm aussprach. Sie kannte jetzt beide Seiten und glaubte, dass Vater und Sohn nicht weit voneinander entfernt waren. Georges war stolz auf Lucien, weil dieser die Domaine wieder hochgebracht hatte. Und Lucien würde stolz auf seinen Vater sein, wenn er erfuhr, dass dieser Geld »erwirtschaftet« hatte, um seine Schuld abzutragen.

Den Rest der Fahrt schwiegen sie, aber als sie vor dem Haus anhielten und Lucien Marita die Autotür aufhielt, fragte sie, was sie schon lange wissen wollte. »Wie funktioniert das eigentlich? Mit den Blüten und dem Duft?«

Lucien blickte sie verständnislos an.

»Ich meine, ich sehe die Arbeit, die Sie machen. Wie die Blüten angebaut und geerntet werden. Und ich weiß, dass sie nachher im Parfüm sind, sozusagen. Aber alles dazwischen …«

»Das glaube ich nicht!« Lucien war richtiggehend schockiert. »Sie sind seit zweieinhalb Monaten hier, und niemand hat sich die Zeit genommen, Ihnen das zu erklären?«

Marita schüttelte den Kopf.

»Auch nicht mein Vater?«

»Der erst recht nicht.«

Lucien sah auf die Uhr. Es war eine halbe Stunde vor Mitternacht. »Was dagegen, wenn es heute später wird?« Marita musste lachen und schüttelte den Kopf.

»Also gut.« Lucien lief entschlossen vor ihr her ins Haus, durchquerte den Flur und machte schließlich Licht in der Küche. »Dann bekommen Sie jetzt eine Einführung von mir. Beginnen wir mit Kaffee.«
»Kaffee?«, echote Marita verständnislos.
»Trinken, nicht riechen. Aber sonst schlafe ich ein.«

Mit je einem *bol* Kaffee in der Hand wechselten sie vom Haupthaus zu dem flachen Anbau an der Rückseite des Hauses. Marita war schon dort gewesen, sie wusste auch, was hier in etwa passierte – die Blüten wurden gewogen und anschließend destilliert, aber von den genauen Abläufen hatte sie keine Ahnung.
»Die Ernte der Mairose hast du ja miterlebt«, begann Lucien und unterbrach sich sogleich. »Pardon – können wir du sagen?« Marita nickte.
Lucien streckte die Hand aus und sagte »Lucien«, was bei ihr umgehend zu einem Lachanfall führte. Meine Güte, wenn er nur nicht immer so förmlich wäre! Dennoch ergriff sie seine Hand und sagte artig ihren Namen. Lucien strahlte und fuhr fort.
»Der Jasmin ist noch empfindlicher als die Rose. Wenn die Blüte beginnt, Anfang August – wir feiern das übrigens in Grasse mit der Fête du Jasmin, das wird dir gefallen –, beginnen wir noch vor dem Sonnenaufgang mit der Ernte.«
Oje, dachte Marita, Anfang August, da wollte ich schon zurück nach Husum … schob den Gedanken dann aber beiseite und hörte weiter zu.
»… die Blüte ist so zart, dass sie durch Sonne und Wind sofort austrocknet und dann weniger Blütenöl und Duftstoffe beinhaltet. Nach sechs Stunden ist die Ernte been-

det – wie die der Rose. Die Ernte wird gewogen – was meinst du, wie viel schafft eine Pflückerin pro Schicht?«
Marita zuckte mit den Achseln. Sie hatte so oft beobachtet, wie die Frauen ihre vollen Schürzen in die Weidenkörbe leerten, hatte aber keinen Schimmer, was so eine Blüte wog. Fast nichts vermutlich. Und in sechs Stunden? Füllte eine Pflückerin vielleicht einen der Körbe.
»Vier, fünf Kilo?«, riet sie aufs Geratewohl.
»So ungefähr«, nickte Lucien, »etwas weniger. Im Schnitt schaffen die besten drei Kilo am Tag. Für einen halben Liter reinen Jasminextrakt brauchen wir aber 330 Kilo.«
Er hielt einen gläsernen Messbecher hoch und zeigte auf den Eichstrich, der einen halben Liter markierte. »Das ist ungefähr der ganze Raum hier, vollgestopft mit Blüten.«
Das war unvorstellbar für Marita. Und Lucien wusste um die Wirkung, die diese Zahlen hervorriefen. Er führte regelmäßig Touristen durch seine kleine Fabrik, und jedes Mal blieb den Besuchern der Mund offen stehen.
»Natürlich ist es unbedingt erforderlich, dass die Pflanzen gesund sind. Verregnete oder zu heiße Sommer, Insektenplagen, Pilze, die die Pflanzen befallen – das ist eine Katastrophe. Die Ernte eines Jahres ist schnell vernichtet. Es ist sozusagen ein Hochrisikogeschäft.« Dann wandte er sich den Kesseln zu. »Nach dem Wiegen kommen die Blüten umgehend in die Kessel. Deshalb haben wir die Destillation auch hier auf dem Gelände. Jeder Transport, jede Lagerung führt zu Verlust an Duftstoffen.«
Dann erklärte er Marita genau, wie das mit der Destillation funktionierte. Zunächst wurden die wertvollen Jasminblüten in einen Tank geschüttet und dann mit einer Heugabel gleichmäßig verteilt. Anschließend wurde der

Jasmin in einem Lösungsmittel gebadet, an das er Duftstoffe und Blütenwachs abgab. Vierundzwanzig Stunden später waren die einst weißen Blüten nur mehr eine ausgelaugte bräunliche Masse und wurden entsorgt. Das Lösungsmittel aber wurde im Kessel erhitzt, bis es verdampfte. Zurück blieb das sogenannte *concrète*, eine wachsartige, hellbraune Paste aus ätherischem Öl, das sich im Kessel ansammelte.

Lucien öffnete eine kleine Dose und ließ Marita daran riechen. Es roch sehr eindeutig nach Jasmin, aber nicht besonders angenehm, eher zu intensiv, fast stechend.

Wenn genug *concrète* zusammenkam, wurde das Wachs mit Alkohol herausgelöst. Auf diese Art entstand die *Essence absolue*, reiner Jasminextrakt, der wichtigste Stoff für die Parfümproduktion.

»Und jetzt gehen wir rüber in mein Allerheiligstes, dann lasse ich dich an der *essence* von unserem Jasmin riechen. Das ist das Gold der Parfümeure«, sagte er stolz.

Sie verließen den Anbau, Lucien sperrte sorgfältig zu.

»Als ich mich damals bei euch beworben habe, hat meine Tochter, Sophie, ein bisschen recherchiert. Über die Branche. Und sie hat gesagt, dass die Jasminessenz teurer ist als Gold?!«

Lucien nickte, während er mit Marita in den ersten Stock seines Hauses hinaufging. Hier hielt sich Marita nur selten auf. Das Zimmer von Georges, die Küche und der »Salon« waren im Erdgeschoss, im zweiten Stock befanden sich das Bad und ihr Schlafzimmer. Der erste Stock war fast ausschließlich Lucien vorbehalten. Hier waren sein Büro und ein weiteres Zimmer, das Marita noch nie betreten hatte. Dieses sperrte Lucien nun auf.

»Ein Liter *absolue* kostet bis zu vierzigtausend Euro. Und ist damit tatsächlich teurer als Gold.«

Jetzt erst machte er das Licht in dem Raum an, und Marita hielt die Luft an. Es sah aus wie in einem chemischen Labor. Der Raum war komplett weiß bis auf den Holzfußboden und das große Fenster. An den Wänden standen weiße Regale, indirekt beleuchtet, was ein wenig geheimnisvoll wirkte. Und auf den Regalen reihten sich Fläschchen – unzählige. Auf der linken Seite dunkelbraune kleine Glasflakons, auf der rechten Aluminiumfläschchen – so wie das eine, in dem der Duft war, den Lucien Marita zum Geburtstag geschenkt hatte. In der Mitte des Raumes aber stand eine Art Tisch, weiß, halbrund, mit einem treppenartigen Aufbau, auf dem ebenfalls die kleinen braunen Glasfläschchen zu sehen waren sowie einige Glaszylinder, Pipetten und papierne Duftstreifen, wie Marita sie aus der Parfümerie kannte.

»Eine Duftorgel«, erläuterte Lucien und wies auf den Tisch. »Der Arbeitsplatz eines Parfümeurs.« Auf dem Tisch lag ein kleines schwarzes Notizbuch aufgeschlagen, und Lucien klappte es mit einer beiläufigen Geste zu. »Entschuldige. Aber gebranntes Kind …«

»Also kreierst du doch wieder Düfte?« Marita ging staunend die Reihe mit den Glasflakons ab. Auf den Etiketten standen meistens lateinische Namen, einige erkannte sie, wie Benzoe und Amber, andere Bezeichnungen sagten ihr gar nichts.

»Ich habe wieder angefangen, ja.« Lucien ließ seinen Blick durch das Zimmer schweifen. »Ich habe gemerkt, dass ich nicht leben kann ohne diese Arbeit.« Er ging zu dem Regal an der rechten Seite und nahm ein Alufläschchen heraus.

»Das sind aber unfertige Düfte. Arbeitsprojekte. An manchen arbeite ich schon sehr lange. Manche Kreationen sind gerade erst entstanden.« Er nahm ein Papierstäbchen und tauchte es vorsichtig in das Fläschchen. Dann schüttelte er die Tropfen ab, schwenkte das Stäbchen durch die Luft und ließ Marita daran riechen. Es war ein erdiger Geruch, ein bisschen altmodisch, vielleicht sogar mit einem Hauch Muffigkeit. Kein Parfüm, das Marita benutzen wollte.
Lucien sah ihre Ratlosigkeit. »Das ist kein Parfüm im kosmetischen Sinne. Ich versuche, einige Düfte meiner Kindheit einzufangen. Das hier ist dem Haus meiner Großmutter nachempfunden. Da ist sogar Linoleum drin. Und Lakritz.«
Er lächelte und ließ Marita noch einmal riechen. Jetzt, wo sie wusste, dass es sich nicht um ein Parfüm handeln sollte, löste auch bei ihr der Duft Erinnerungen aus. Bei ihrer Oma hatte es gar nicht so sehr anders gerochen. Leder, Linoleum, dazu eine süßlich herbe Note nach zu schwerem Parfüm und Mottenkugeln.
Lucien führte sie noch ein wenig durch sein Duftuniversum, zwischendurch öffnete er eine Dose mit Kaffeebohnen und forderte sie auf, ein paar tiefe Züge von dem Aroma zu nehmen. »Das neutralisiert«, erklärte er.
Marita war völlig fasziniert. Die Kunst der Parfümeure bestand zu einem Großteil aus chemischem Wissen, Lucien konnte im Schlaf aufsagen, in welche Moleküle sich welcher Duftstoff aufspaltete. Gleichzeitig war diese Kunst so sinnlich wie kaum ein anderer Beruf – vom Kochen vielleicht abgesehen. Sie lernte, dass es Jahre dauerte, einen neuen, runden und harmonischen Duft zu kreieren. Wie kostbar die Bestandteile waren, mit denen die Parfümeure

arbeiteten. Lucien hatte alle diese Ingredienzien und auch die Duftorgel selbst von New York hierherschaffen lassen. Denn diese vielen hundert Fläschchen waren ein Vermögen wert, er hätte sie sich nicht einfach so noch einmal selbst kaufen können. Auch das war ein Grund, warum die allermeisten »Nasen« festangestellt für große Konzerne arbeiten – die Rohstoffe, mit denen sie hantierten, waren einfach zu teuer.

»Auch Zoe hat letztendlich ihre Selbständigkeit aufgegeben«, sagte Lucien. »Sie arbeitet jetzt fest für Chanel, was natürlich ein Traum für jeden in unserer Branche ist.«

»Aber wird es die Entscheidung von Chanel nicht beeinflussen? Eure Geschichte?«

Lucien schüttelte den Kopf. »Sie wird ja niemandem erzählt haben, dass sie mich bestohlen hat. Auf der anderen Seite hoffe ich, dass sie weiß, dass sie etwas gutzumachen hat. Sie hat sich fair verhalten, als sie hier war.«

»Wie groß ist die Konkurrenz? Also wie viele andere Produzenten sehen sie sich noch an?«

»Keine!« Lucien lachte. »Ich bin der Einzige, also hier in Grasse. Sie können sich nur entscheiden, darauf zu verzichten, und ins Ausland abwandern – wie im Übrigen alle anderen auch. Indien, Marokko, Ägypten. Dort gibt es überall Jasminanbau. Die *essence absolue* ist dort auch preiswerter – aber nirgendwo riecht der Jasmin so wie hier. Unser Jasmin ist süßer, reicher, wärmer – einfach einzigartig.«

Marita schwieg. Sie war tief beeindruckt von der Leidenschaft, mit der Lucien seiner seltenen Profession nachging. Kein Wunder eigentlich, dass er immer so abwesend wirkte, so gar nicht von dieser Welt. Heute Abend allerdings war er ausgesprochen charmant und leutselig gewesen.

»Vielen Dank, Lucien«, sagte sie nun. »Das war ein zauberhafter Abend. Und das hier«, sie ließ den Blick durch den Raum schweifen, »ist wahnsinnig faszinierend. Ich bin total beeindruckt.«

Lucien nahm ihre Hand. »Ich bin auch beeindruckt.« Seine Stimme war plötzlich ein wenig rauh. »Von dir.«

Damit beugte er sich zu ihr und gab ihr einen Kuss. Ihre Lippen berührten sich nur für den Bruchteil einer Sekunde, dann schreckte Marita sofort zurück. Sie brachte gerade noch ein »Gute Nacht!« hervor und eilte dann schnell eine Treppe höher auf ihr Zimmer. Ohne sich noch einmal nach Lucien umzusehen, schloss sie die Tür hinter sich und ließ sich aufs Bett fallen. Ihr Herz raste, die Knie waren weich wie Pudding. Nicht auch noch Lucien! Sie hatte der Liebeswirren wahrlich genug gehabt, ihr reichte diese Sache mit François, und sie hatte ja fest vor, nur noch den Rest der Probezeit auf der Domaine zu verbringen und dann nach Husum zurückzukehren.

Sie griff nach ihrer Handtasche, um ihren Handywecker zu stellen, da sah sie, dass sie eine neue Nachricht hatte. Von Knut. »Ich hole dich gerne ab, wenn du wieder nach Hause kommst.«

Nein, dachte sie erschöpft. Nicht du auch noch.

16.

Nervös starrte Marita durch die Windschutzscheibe. Ihre Hände, die das Lenkrad umklammerten, schwitzten. Sie fühlte sich fast so wie damals, als sie das erste Mal mit Georges zur Dialyse gefahren war.
Ach was, schlimmer!
Nur dass sie jetzt nicht befürchten musste, sich in Nizza zu verfahren. Den Weg kannte sie mittlerweile im Schlaf. Nein, sie war nervös, weil sie an das dachte, was ihr bevorstand.
Im Kofferraum war dieses Mal nicht nur der zusammengeklappte Rollstuhl, sondern auch ein schicker kleiner Metallkoffer. In diesem befand sich ihr Kostüm. Und das war wörtlich gemeint: die Verkleidung. Sehr sorgfältig hatte Georges ausgewählt, was er tragen würde, wenn die Vorstellung stattfand. Den Dreiteiler, auf den seine Wahl gefallen war, hatte er bereits an, aber die passenden Accessoires – rahmengenähte Budapester, die Fliege passend zum seidenen Einstecktuch und ein Seidenhemd – befanden sich im Koffer. Ebenso wie Maritas Kostüm und die extrem hochhackigen Pumps. Beides war geliehen von Marie, Ségolènes Tochter, die bei der Bank arbeitete und entsprechende Outfits im Schrank hatte.

Marita sollte, so hatte Georges es angeordnet, edel und seriös aussehen. Beides keine Attribute, die aus Maritas Kleiderschrank bedienbar gewesen wären. Sie hatte lustig, bunt, bequem, praktisch und im besten Fall ordentlich im Angebot. Die Zeit, sich etwas zu kaufen, war zu kurz gewesen und Marita mit der Aufgabe auch überfordert. Der Senior, der, seit sie ihre Pläne geschmiedet hatten, bester Laune war, hatte Marita überreden wollen, mit ihm shoppen zu gehen, er hätte das Outfit gerne gesponsert, aber Marita hatte dankend abgelehnt. Sie hielt das für eine unnötige Geldausgabe. Sie würde das Outfit ja nur ein paar Stunden tragen und danach vermutlich nie wieder.

Also hatte sie nach langem Zögern Ségolène ins Vertrauen gezogen. Allerdings mit der Auflage, niemandem etwas zu verraten. Zwei Stunden später hatte Marie in der Küche gestanden – mit zwei verschiedenen Outfits, die sie Marita leihen würde. Marita war klar: Wenn einer aus der Familie Verbier Bescheid wusste, dann wussten wahrscheinlich sehr schnell alle Bescheid. Es war nur eine Frage der Zeit, dass auch Lucien eingeweiht wäre. Sie konnte nur hoffen, dass Ségolènes Familie so lange dichthalten würde, bis sie und Georges aus dem Haus waren. Denn danach war es zu spät, um einzugreifen.

»Macht ihr das wirklich nur, um François eins auszuwischen?«, hatte die Haushälterin sich erkundigt. »Ganz schön viel Aufwand.«

Marita hatte mit den Schultern gezuckt. »Wenn es Monsieur Lafleur so viel Spaß macht.«

Aber es blieb dennoch das Gefühl, dass bei Georges mehr dahintersteckte ... Tatsächlich betrieb Georges einen Riesenaufwand – nur um sich François ein für alle Mal vom Leib zu halten. Sie würde den Alten im Auge behalten müssen.

»Was haben Sie dem Filou eigentlich gesagt?«, erkundigte sich Georges jetzt per Tablet.
»Ganz einfach«, gab Marita zurück, »dass ich mir Sorgen mache um Sie. Dass Sie an einer ganz großen Pokerpartie teilnehmen. Und ich Angst habe, dass Sie alles aufs Spiel setzen könnten.«
»Sehr gut«, tippte der Senior ein und rieb sich dann zufrieden die Hände. »Der Dummkopf geht Ihnen einfach auf den Leim.«
»Was mich dabei ärgert«, Marita setzte den Blinker, »ist, dass er mich für total bescheuert hält. Er hat mich natürlich ausgequetscht, wann und wo die Partie stattfindet – und tatsächlich geglaubt, ich merke es nicht!«
Georges Lafleur kicherte in sich hinein. »Der wird sein blaues Wunder erleben.«
Sie hatten ihr Ziel erreicht: die Wohnung von Lambert Maréchal. Hier wechselten sie nicht nur das Outfit, sondern auch das Fahrzeug. Der ehemalige Bankier hatte in seiner Tiefgarage einen Bentley stehen. Einen wunderbaren, top gepflegten Oldtimer, den der alte Herr manches Mal durch die rasanten Kurven der Grande Corniche zwischen Nizza und Menton ausfuhr. Oder nach Monaco und wieder zurück.
Niemals hätte sich Marita getraut, mit diesem wertvollen und vor allem überdimensionierten Wagen durch die Straßen von Nizza zu kurven, aber Monsieur Maréchal hatte angeboten, sie und Georges eigenhändig zum Negresco zu

chauffieren. Denn das war das Ziel ihrer Fahrt: das nobelste Hotel Nizzas. Das Negresco war auf der ganzen Welt berühmt, es war ein Luxushotel aus der Zeit der Belle Époque. Gekrönte Häupter und die Reichsten der Reichen waren hier schon abgestiegen. Jedes Zimmer war in einem anderen Stil eingerichtet, das Restaurant führte zwei Michelin-Sterne, und Marita bekam ganz zittrige Knie, wenn sie daran dachte, dass sie dort heute absteigen würde.

Der Bentley rollte auf der Auffahrt des Hotels langsam aus. Ein Portier in einer prachtvollen Uniform – kobaltblauer Gehrock mit roten Aufschlägen und dazu ein Zylinder – eilte sofort zu ihnen und öffnete die Türen. Den Rollstuhl hatten sie in Lamberts Wohnung gelassen, für François war dieser Teil der Scharade nicht nötig, er wusste schließlich, dass der alte Lafleur darauf nicht angewiesen war.
Georges hielt nun den Spazierstock mit dem silbernen Knauf in der Hand, und der Hotelangestellte war ihm beim Aussteigen sofort behilflich. Lambert und Marita verließen den Bentley ebenfalls, wobei Marita Georges unterhakte und Lambert den Kofferraum des Wagens öffnete, damit der Hotelboy den Metallkoffer herausholen konnte. Den Koffer brauchten sie natürlich nicht wirklich, sie hatten sich bereits umgezogen und würden die Nacht nicht im Hotel verbringen, sondern dieses gleich nach der Pokerpartie verlassen. Aber er war Teil der Inszenierung, wenigstens für das Hotel sollten sie ein normales Touristenpärchen sein, das auf seiner Tour eine Nacht im Negresco abstieg. Ein vermögender alter Mann mit seiner viel zu jungen Gattin.

Denn das war der Plan: François glaubte, an einer hochkarätigen illegalen Pokerrunde teilzunehmen, in die er sich, nachdem er durch Marita davon erfahren hatte, hineingeschmuggelt hatte. Er hatte den Köder, den sie ihm hingeworfen hatte, anstandslos geschluckt. Der Filou sollte so geschickt ausgetrickst werden, dass er zum Schluss mit leeren Händen dastand.

Georges hatte Marita versichert, dass er dabei keinerlei Risiko eingehen würde, denn erstens war er der hundertmal bessere Pokerspieler als François, und zum anderen wären alle anderen Teilnehmer an der Pokerrunde eingeweiht und spielten mit. Sie wollten François mit geschickter Taktik dazu bewegen, immer höhere Einsätze zu wagen. Er sollte stets ein wenig gewinnen, so dass er Runde um Runde risikofreudiger würde. Nur um zum Schluss haushoch zu verlieren. Selbstverständlich, so versicherte Georges, wären die Karten gezinkt.

Marita war aus mehreren Gründen mulmig bei dem Gedanken an das Spiel. Zum einen hatte sie, als sie auf die Idee gekommen war, François einmal richtig auszunehmen, nicht an diese Dimensionen gedacht. Sie fand, es genügte doch, François an einer der Pokerrunden der alten Herren teilnehmen zu lassen. Wenn er ein paar hundert, im Maximalfall tausend Euro verlöre, würde er schon die Lust verlieren, Georges weiterhin unter Druck zu setzen. Aber sie hatte nicht mit der kriminellen Energie der alten Herren gerechnet. Sie fanden, man müsse das Ganze so groß wie möglich aufziehen. Also hatte Frédéric eine Suite im Negresco gemietet – bei den Kosten allein wurde Marita schwindelig. Und Freunde angeheuert, die sich als hochvermögende Pokerspieler ausgaben. Der Bentley, die edlen

Klamotten, alles sollte nur so nach Geld stinken. François sollte gierig werden – denn wer gierig ist, fasst selten noch klare Gedanken.

Dazu kam, dass sie alle empfindliche Strafen zu erwarten hätten, wenn sie aufflögen, befürchtete Marita. Privates Glücksspiel mit hohen Einsätzen war auch in Frankreich verboten. Wie hatten sich die alten Herren das nur vorgestellt, dass sie in einem Hotel wie dem Negresco unbeobachtet bleiben könnten? Schließlich würden sie im Laufe des Abends – Georges rechnete mit vier bis fünf Stunden – Essen und Trinken bestellen wollen. Und wenn ein Hotelangestellter in die Suite kam, wo eine Pokerpartie lief – war das nicht ein zu hohes Risiko?

Aber Georges und seine Freunde hatten immer nur fein gelächelt und Marita geraten, sich eine schöne Zeit im Spa des Hotels zu machen, während die Partie lief. Ihre Nerven würden doch sowieso nicht mitmachen.

Und wie recht sie damit hatten!

Marita und Georges hatten bereits eingecheckt und fuhren mit dem Fahrstuhl in das Stockwerk, in dem ihre Suite lag, und Marita hatte währenddessen größte Mühe, ihre Nervosität im Zaum zu halten.

Das Vorzimmer der Suite war ungefähr so groß wie ihre Wohnung in Husum. Die Wände waren mit Brokattapeten dekoriert, das Mobiliar antike Möbel in modernem Gewand. Barocke Sofas und üppige Stühle mit Samtbezügen in sattem Türkis. Die Farbe der Möbel spiegelte die des Meeres wider, auf das man vom Balkon aus, über die Promenade des Anglais hinweg, einen freien Blick hatte. Draußen wiegten sich Palmen leicht im Wind, Surfer flitzten über die Wellen, drinnen zogen üppige Obstkörbe und

ein großer Blumenstrauß mit weißen Lilien den Blick auf sich.
Kristalllüster, Rokokokommoden und Ölbilder vervollkommneten den Eindruck, man sei in einem Sommerschlösschen des Hochadels zu Gast.
Natürlich dufte auch ein riesiger Flat Screen nicht fehlen, und das Badezimmer war ganz im Stil eines modernen Spas gestaltet.
Es war der Himmel.
Marita hätte einen Aufenthalt in dieser Suite, in diesem Tempel des Luxus, durchaus genießen können, wenn sie nicht diese gefährliche Gaunerkomödie hätte spielen müssen. Sie fühlte, dass ihr die Sache aus der Hand geglitten war, und fragte sich, ob sie jetzt noch Kontrolle über das Geschehen ausüben konnte. Vermutlich sollte sie versuchen, sich einfach nur zu entspannen und zuzusehen, wie François von den alten Jungs die Hosen heruntergezogen bekam. Aber sie hatte das vage Gefühl, dass Georges auch ihr gegenüber mit wortwörtlich gezinkten Karten spielte. Deshalb: kein Spa-Bereich für sie. Marita war fest entschlossen, die Suite nicht zu verlassen, um bei etwaigen Katastrophen sofort eingreifen zu können.

Frédéric und Alexandre, die beiden anderen Kartenfreunde von Georges, warteten bereits im Wohnzimmer der Suite auf sie. Der Pokertisch war aufgestellt und gedeckt, der Zimmerservice hatte jede Menge Getränke und edles Fingerfood bereitgestellt. Natürlich hatte Lambert, als er das Zimmer reserviert hatte, nichts davon gesagt, dass eine Pokerpartie stattfinden würde. Er hatte vielmehr behauptet, dass man einen wichtigen Geschäftsabschluss tätigen wolle und deshalb angemessene Verpflegung benötige.

Nun begrüßten die zwei Freunde Georges Lafleur überschwenglich, klopften ihm bestens gelaunt auf die Schulter und freuten sich auf den Spaß, der ihnen allen bevorstand. Frédéric bemerkte Maritas besorgte Miene.

»Ist Ihnen nicht wohl, meine Liebe? Sie sehen übrigens grandios aus, eine wahre Augenweide.«

»Ich danke Ihnen, Frédéric. Aber ja, ich mache mir Sorgen. Was, wenn François wider Erwarten gewinnt? Was, wenn man uns auf die Schliche kommt und uns wegen illegalem Glücksspiel verhaftet, was, wenn …«

»Ah, ah, ah – *l'Allemande!*«, ging Alexandre dazwischen. »Sie haben zu viele Bedenken, Marita. Es wird gutgehen, wir spielen ja nur ein Spiel. Niemand von uns hat vor, wirklich Geld einzusetzen. Es ist alles ein Bluff! Keine Sorge. Und bitte, verderben Sie uns nicht den Spaß.«

»Spaß? Also ich weiß nicht …«, sagte Marita skeptisch. »Und überhaupt: Das wird ein teurer Spaß! Wer bezahlt das alles hier?«

»Das lassen Sie unsere Sorge sein«, gab nun Frédéric zurück.

In dem Moment klopfte es. Aber nicht irgendwie, es handelte sich offenbar um ein vorher vereinbartes, geheimes Klopfzeichen. Alexandre öffnete, und herein trat ein sehr großer Schwarzer. Unverkennbar ein direkter Verwandter von Babette! Sie ähnelten sich aufs Haar. Die drei älteren Herren begrüßten den Neuankömmling freudig, dieser küsste Marita formvollendet die Hand und grinste in die Runde. »*Allons, truands* – Also, Ganoven!«, dröhnte er und inspizierte sofort den Pokertisch.

Offenbar fand der Aufbau sein Gefallen, er nickte, schob hier und da einen Stapel mit Pokerchips und die Karten ein paar Millimeter herum und wandte seine Aufmerksamkeit dann den Getränken zu. Marita wollte ihn eigentlich fragen, ob er tatsächlich Bescheid wisse, was für ein Spiel hier gespielt wurde, einfach nur um sicherzugehen, aber da ertönte das Klopfzeichen erneut.
Frédéric, der noch an der Tür stand, öffnete, und herein trat der Star des Abends: der Filou, um dessentwillen das Spektakel hier überhaupt veranstaltet wurde. François Rebus. Auch er hatte sich in Schale geschmissen. Die Haare waren sauber geschnitten, ein Businessanzug und die teure Uhr am Arm – eine echte Rolex? – vervollkommneten das Bild eines seriösen Geschäftsmannes. Erstaunlicherweise hatte François dabei nichts von seiner Lässigkeit eingebüßt. Er hatte diese jungenhaft-verspielte Aura noch immer, und Marita stellte wieder einmal, heute aber mit tiefem Bedauern fest, dass er ein wirklich schöner Mann war.
Zu schade.
Schade um ihn.
Sie riss sich am Riemen, erinnerte sich ihrer besprochenen Rolle und tat, als fiele sie bei seinem Anblick aus allen Wolken.
»François, was …!« Sie griff Georges theatralisch an den Arm. »O mein Gott!«
Georges gab seinerseits den verwirrten Tattergreis. Er blickte irritiert von einem zum anderen und verzichtete darauf, in sein Tablet zu tippen, stattdessen lallte er kehlig – und bedauernswert. Ein alter, harmloser Trottel.
François war durch nichts aus der Ruhe zu bringen. Er

grinste nonchalant und zog dann Marita sanft mit sich auf den Balkon.
»Was, zum Teufel, machst du hier?«, stellte sie sich wie verabredet dumm.
»Keine Bange, Marita. Ich mache, worum du mich gebeten hast.« Das Lächeln wich nicht von François' Gesicht.
»Aber ich habe dich um nichts gebeten. Wovon redest du?«
»Du hast mir gesagt, du machst dir Sorgen um Georges. *Et voilà!* Hier bin ich.«
»Bitte, was?«
»Ich passe auf ihn auf! Nur deshalb bin ich hier. Keine Sorge, ich werde darauf achten, dass Georges nicht sein gesamtes Hab und Gut verspielt.«
Marita war fassungslos über die Chuzpe. François schaffte es tatsächlich, seine Anwesenheit hier so hinzudrehen, dass es aussah, als täte er ihr einen Gefallen! Er war wirklich ein Lügner, der vor nichts zurückschreckte.
Da Marita eine Antwort schuldig blieb, zwinkerte François ihr zu, hauchte ihr einen Kuss auf die Wange und ging wieder zu den anderen hinein.
Hier war mittlerweile ein weiterer und vermutlich letzter Gast eingetroffen. Es handelte sich um einen älteren Japaner mit versteinertem Gesicht, der Marita mit einer tiefen Verbeugung begrüßte. Beinahe hätte Marita mit einem Knicks geantwortet, besann sich aber im letzten Moment und nickte nur huldvoll. Allerdings konnte sie es sich nicht verkneifen, dem Japaner zuzuzwinkern, als Zeichen der Verschwörung. Dieser reagierte nicht darauf, aber seine Begleitung, ein jüngerer Landsmann, der dolmetschen sollte, sah Marita ganz irritiert an.
Die Herren, Georges, Frédéric, Alexandre, Babettes Bru-

der und der Japaner, nahmen schließlich am Pokertisch Platz. Der Dolmetscher saß schräg hinter dem Japaner, aber so, dass er dessen Nachbarn nicht in die Karten gucken konnte. Georges hatte sein Tablet samt Monitor aufgebaut, so dass er problemlos mit allen Teilnehmern der Runde kommunizieren konnte.
Um nicht in den Verdacht zu kommen, geheime Botschaften an Georges zu geben, verzog sich Marita auf den Balkon mit der herrlichen Aussicht. Alexandre hatte die Flasche Champagner, die im Eiskübel auf dem Buffet stand, bereits für sie geöffnet, und nun nahm sie sich ein Glas, dazu ein paar Köstlichkeiten von dem Fingerfood. Garnelenspieße, Sushirollen, winzige Hamburger, Pasteten und Obst und eine ausladende Platte mit französischem Rohmilchkäse verlockten Marita, und sie war sicher, dass sie die nächsten Stunden sehr gut mit Champagnertrinken und Essen herumbringen würde.
Am Morgen noch hatte sie vor Aufregung nichts heruntergekommen, aber mittlerweile war es später Nachmittag, Zeit, die Nerven damit ein wenig zu beruhigen.
Natürlich wollte ihr das nicht gelingen. Sosehr sich Marita auch zwang, auf das Meer zu starren, auf das Treiben auf dem großen Boulevard unter ihr oder die sich sanft wiegenden Palmen im Wind – immer wieder warf sie einen nervösen Blick in das Zimmer, in dem die Pokerpartie stattfand. Sie konnte nur wenig sehen, die Herren saßen in einem Nebenzimmer, und die Geräusche drangen auch nicht bis zu ihr nach draußen. Alle paar Minuten blickte sie auf die Uhr, aber der Zeiger rückte nur im Schneckentempo voran.
Nach einer Stunde schließlich und zwei weiteren Gläsern

Champagner ging sie zur Toilette. Sie hoffte, den Gesprächen etwas entnehmen zu können, aber sie vernahm nur einzelne Wortfetzen und dumpfes Gemurmel. Nichts, aus dem hervorging, wie die Partie verlief.

Marita ließ in dem Bad, das mit hellen Terrakottafliesen ausgekleidet war, kaltes Wasser über ihre Handgelenke laufen und betrachtete die unendlich vielen Maritas, die sie durch die Rundumverspiegelung anstarrten. Und plötzlich musste sie lachen. Es gluckerte aus ihrem Bauch nach oben, perlendes, luftblasengleiches Gelächter. Wie verrückt war das denn? Hier stand eine elegante, nicht wiederzuerkennende Marita, Krankenschwester aus Husum, im edlen Bad in der Suite eines der nobelsten Hotels an der Côte d'Azur, zwei Gläschen Champagner intus, und wartete darauf, dass drei alte Herren eine gezinkte Pokerpartie zu Ende brachten. Das war doch wie im Film!

Weswegen sorgte sie sich eigentlich? Sie sollte diese durch und durch absurde Situation genießen! Niemals hätte sie so etwas auch nur annähernd erlebt, wäre sie in Husum geblieben!

Marita wurde ganz leicht ums Herz. Georges war vierundachtzig, er, Frédéric und Alexandre waren erfahrene Geschäftsmänner, die wussten doch, was sie taten! Sie würde jetzt hinausgehen, sich noch einmal von den Köstlichkeiten nehmen, ein weiteres Glas Champagner trinken – und vielleicht auf dem Balkon tanzen!

Gesagt, getan. Marita tanzte zwar nicht, aber sie legte sich auf eine der bequemen Sonnenliegen, die auf dem Balkon bereitstanden, und schloss die Augen. Sie lauschte den Straßengeräuschen, die von der belebten Promenade zu ihr heraufdrangen, genoss den leichten Wind im Gesicht, und manchmal, wenn ein Dampfer oder eine sehr große Yacht auf dem Meer kreuzte, drang das Geräusch der Wellen zu ihr, die an das Ufer rauschten.

Sie musste ein wenig eingenickt sein, denn sie wurde davon wach, dass Alexandre sie vorsichtig an der Schulter schüttelte.

»Marita?«

Sie schlug die Augen auf und blickte kurz verwirrt um sich.

»Wir haben die Partie beendet«, sagte der ehemalige Anwalt und grinste.

»Und?« Marita traute sich kaum, ihm in die Augen zu sehen.

»Er hat verloren. *Naturellement!*« Ein spitzbübisches Grinsen lag auf dem faltigen Gesicht des alten Herrn. »Nicht so viel wie der Japaner, aber ihn trifft es sicher empfindlicher.«

Der Japaner ist ja auch nur eine Spielfigur, wollte Marita nachsetzen, aber sie schwieg lieber, denn sie sah jetzt im Rücken von Alexandre François, der sich einen Whisky einschenkte. Einen doppelten, wie es aussah.

Marita stand auf und ging nach innen. Die Männer hatten den Pokertisch alle verlassen und standen bei dem Fingerfood und den Getränken. Der Japaner reichte Georges in dem Moment einen Scheck. Seine Miene war so versteinert wie zu Beginn der Partie. Er spielt das wirklich gut, dachte Marita belustigt. Sie ging zu Georges, der ihr den Scheck zeigte: 50 000 Euro. Der Japaner verbeugte sich und trat mitsamt seinem Dolmetscher den Rückzug an. Er hatte weder etwas gegessen noch getrunken.

Marita flüsterte Georges ins Ohr. »Und François?«

»Hat einen Schuldschein unterschrieben. 15 000. Das Geld sehe ich nie«, schrieb Georges.
Marita schluckte. Diese empfindliche Summe ging über einen Denkzettel weit hinaus. Andererseits: War François nicht selbst schuld, wenn er so einen hohen Einsatz wagte?! Und Georges hatte ja recht. Vermutlich war der Schuldschein genauso wenig wert wie der gefakte Scheck des Japaners. Aber er würde François hoffentlich ein für alle Mal davon abhalten, jemals wieder mit Georges Lafleur zu pokern oder diesen wie auch immer zu erpressen.
»Ich verlange eine Revanche«, tönte nun die Stimme von François in den Raum. Marita sah sich erschrocken um. François stand in der Tür, das große Glas Whisky in der Hand. Das Sakko hatte er längst ausgezogen, die Ärmel des Hemds waren hochgekrempelt, der Kragen weit geöffnet, unter den Achseln zeichneten sich Schweißflecke ab. Auch das lässige Grinsen war aus seinem Gesicht verschwunden. Er war weiß um die Nase, die Augen lagen tief in den Höhlen, und er strahlte vor allem eines aus: Verzweiflung.
»Sie haben haushoch gewonnen, Monsieur Lafleur. Sie könnten einen Einsatz wagen«, setzte er nun nach. Dabei hielt er den rechten Arm hoch. »Ich setze meine Uhr.«
Georges Lafleur zögerte kurz. Hinter François traten nun die anderen Teilnehmer des Spiels in den Raum – außer dem Japaner.
»Also gut«, erwiderte der Senior. »Spielen wir. Ich setze die Domaine.«
Marita wurde schwarz vor Augen.

17.

Alexandre packte Marita sofort mit festem Griff am Arm.
»Kommen Sie, wir vergnügen uns in der Brasserie«, sagte er zu ihr, die sich von dem Schock noch nicht erholt hatte, und zog sie mit sich aus dem Zimmer.
Marita war willenlos, sie konnte nicht glauben, was sie eben gehört hatte. Georges spielte allen Ernstes um die Domaine?! Das konnte, das durfte nicht sein!
»Es ist ein Bluff«, flüsterte Alexandre ihr ins Ohr, während er die Tür zur Suite hinter ihnen schloss. »Glauben Sie mir, es kann nichts passieren.«
Nur aufgrund dieser Versicherung des alten Herrn war Marita bereit, keine Szene zu machen. Sie hätte sich jetzt eigentlich theatralisch auf den Pokertisch werfen müssen, aber sie glaubte Alexandre. Und vertraute Georges. Obwohl er in der Vergangenheit viel Geld verloren und die Domaine de Lafleur bereits einmal aufs Spiel gesetzt hatte, war sie willens, ihm diesen Vertrauenskredit zu gewähren. Er war, als er ihr davon erzählt hatte, aufrichtig gewesen, hatte nichts beschönigt oder verschwiegen – und vor allem: Georges Lafleur war voller Reue. Er wollte nichts lieber als

alles ungeschehen machen. Wollte die Schulden, die er damals gemacht hatte, tilgen und seinen Sohn unterstützen. Warum sollte er also seinen gesamten Besitz gegen eine lächerliche Rolex setzen? Das ergab keinen Sinn.
François allerdings schien nicht so weit zu denken. Kaum hatte Georges ausgesprochen, dass er entschlossen war, um die Domaine zu spielen, hatte die Gier aus François' Augen geblitzt. Georges und seine Freunde hatten recht gehabt. Sobald François ein Geschäft witterte, schaltete er offenbar sein Gehirn aus.
Mit einem mulmigen – nein, einem *sehr* mulmigen – Gefühl folgte Marita Alexandre auf dem Weg in die Brasserie *La Rotonde*. Der freundliche ältere Herr redete unablässig auf sie ein mit dem Ziel, sie abzulenken und zu beruhigen. Tatsächlich ließ sich Marita von ihm ein wenig einlullen, ihre Gedanken aber schweiften stets nach oben in die Suite.
Als sie im Aufzug standen, fragte sie sich einen Moment, ob sie Ségolène anrufen und sich ihren Rat holen sollte. Aber dann entschied sie, die Haushälterin lieber nicht verrückt zu machen. Zwar neigte Ségolène nicht zur Hysterie, im Gegenteil, sie hatte Nerven wie Drahtseile, aber wer weiß? Vielleicht vertraute sie sich dann Lucien an, und das war das Letzte, was Marita wollte.
Es war ihre Idee gewesen, François ein bisschen reinzulegen. Also musste sie da jetzt durch.
Obwohl die Brasserie des Hotels eine Sensation war – alles war im Stil eines historischen Rummelplatzkarussells gestaltet, wie der Name des Lokals schon sagte. Überall farbige Glühbirnen, antike Karussellpferde, weiß und bunt bemalt, Tische, Stühle, Aufbauten – wunderschönstes Art

déco. Auch die Speisekarte ließ keine Wünsche offen. Es gab eine Unzahl von kleinen Schweinereien, denen man nur schwer widerstehen konnte. Allein – Marita war nicht in der Stimmung. Den frischen Erdbeer-Daiquiri, den Alexandre für Marita bestellen wollte, konnte sie noch ablehnen und auf ein großes Glas kalten Pfirsich-Eistee, hausgemacht, mit frischem Pfirsich aus der Region, ausweichen. Den Avocado-Shrimps-Cocktail aber ließ sich Alexandre nicht ausreden.
In diesem stocherte Marita nun herum und hörte mit halbem Ohr den Geschichten von Alexandre zu. Sie wollte nicht unhöflich sein, aber die Kamellen aus seiner Kanzlei interessierten sie im Moment nicht besonders, ihre Gedanken kreisten einzig und allein um das Geschehen dort oben in der Suite.
Alexandre war sich dessen wohl bewusst, und ihm schien es nicht anders zu gehen, denn er blickte dauernd verstohlen auf seine Uhr. Nach ungefähr einer Stunde, die für Marita so zäh verlaufen war, dass sie glaubte, es seien mindestens zwei vergangen, blies er zum Aufbruch.
»Ich denke, wir können«, sagte er und tätschelte liebevoll Maritas Hand. »Sie waren sehr tapfer.«
Es tat Marita leid, dass sie den Aufenthalt in der Brasserie nicht angemessen hatte würdigen können. Noch nie war sie in so einem zauberhaften Lokal gewesen, und sie nahm sich fest vor, noch einmal wiederzukommen. Vielleicht würde sie es in den nächsten Jahren schaffen, einen kleinen Südfrankreichurlaub mit ihrer Tochter zu unternehmen und ihr all die Plätze zu zeigen, die sie in diesen aufregenden drei Monaten an der Côte d'Azur besucht hatte.

Kaum waren sie mit dem Lift im Stockwerk der Suite angekommen, kam Bewegung in Marita. Ihre Anspannung ließ sie fast zur Suite rennen. Sie öffnete die Tür – und sah François in die Augen, der sich gerade ein Glas Champagner einschenkte und breit grinste. Als er Marita erblickte, die stocksteif in der Tür stand, griff er nach einem weiteren Champagnerkelch und goss diesen voll.

»Stoßen wir an!«, sagte er und reichte ihr das Glas. »Auf den neuen Besitzer der Domaine de Lafleur.«

Marita blieb wie angewurzelt stehen. Alexandre schob sich hinter ihr in den Raum und schloss die Tür. Nun trat Georges, schwer auf den Spazierstock gestützt, aus dem Raum, in dem die Pokerrunde stattgefunden hatte, hinzu. Neben ihm ging der Bruder von Babette. Marita versuchte, an ihren Mienen abzulesen, was geschehen war, aber es wollte ihr nicht gelingen. Pokerfaces.

»Nun, dann feiere ich allein«, sagte François und stellte das volle Glas, das Marita nicht angenommen hatte, zur Seite.

In Maritas Kopf ging es drunter und drüber. Das hier sah nicht aus wie ein Bluff. Das hier sah aus wie das Ende eines Spiels, in dem es einen Gewinner und einen Verlierer gegeben hatte. Und zwar den falschen Gewinner und dementsprechend auch den falschen Verlierer.

Sie wollte schon auf François losgehen, ihn anbrüllen, dass er kein Recht habe ... – da klopfte es. Nicht dezent, sondern resolut, so als begehre jemand umgehend Einlass.

»*La police!*«, sagte der große Schwarze und stürzte nach nebenan. Frédéric folgte ihm, offenbar wollten sie alle Spuren des Glücksspiels beseitigen.

Alexandre zögerte, die Tür zu öffnen, und sah zu Georges, als erwarte er eine Erlaubnis. Auf dessen Gesicht zeichnete

sich nun auch eine Mischung aus Unglauben und Verwirrung ab, als sei die Sache plötzlich aus dem Ruder gelaufen. Marita reichte es. Sie öffnete die Tür – und herein stürmte Lucien. Niemand konnte so schnell gucken, geschweige denn reagieren, wie Lucien ausholte und François, der mit seinem Glas Champagner etwas überrascht aus der Wäsche guckte, einen rechten Schwinger unters Kinn versetzte.
»Das ist für meinen Vater!«, rief Lucien. François ließ den Kelch fallen und fasste sich ungläubig ans Kinn. Er war vor Verblüffung außerstande, sich zur Wehr zu setzen.
»Und das für Marita!«, setzte Lucien nach und boxte François gezielt auf die Nase. Jetzt ging dieser zu Boden, und sowohl Marita als auch Alexandre stürzten sich auf den wütenden Lucien und hielten ihn davon ab, dem am Boden Liegenden noch weiter zuzusetzen.
Lucien keuchte. »Du mieser Schmarotzer. Halte dich von meiner Familie fern, oder ich ...«
Aber François grinste nur. Er hielt sich die Nase, aus der nun ein Rinnsal dunklen Blutes floss, aber rappelte sich auf und lächelte.
»Das wird ein bisschen schwierig werden, mein Lieber.« Er sah zu Georges Lafleur. »Denn dein Vater hat die Domaine an mich verloren.« Er kramte in seiner Hosentasche und zog ein Blatt Papier hervor. »Hier, ich habe es schwarz auf weiß. Ich bin der neue Besitzer.«
Marita wurde es ganz schlecht. François' Selbstgefälligkeit war an Frechheit kaum zu überbieten, aber zu ihrem Erstaunen schien Lucien nicht sehr überrascht von der Neuigkeit zu sein. Er stöhnte und wandte sich an seinen Vater. »Wann hört das endlich auf? Du hast mein Erbe schon einmal verspielt.«

Georges Lafleur grinste. Marita musste zwei Mal hinsehen, weil sie es nicht glauben konnte. Er grinste?!
Und Lucien? Entspannte sich. Er holte tief Luft und sagte zu seinem Vater: »Wir sprechen uns gleich.« Dann wandte er sich an François und zerrte diesem mit einer schnellen Bewegung den Schuldschein aus den Händen. »Sie können nicht der Besitzer sein. Weil mein Vater selbst nicht der Besitzer ist.« Damit riss er das Stück Papier in kleine Fetzen. François bekam einen hochroten Kopf. »Ich kann darauf klagen.« Er versuchte, die Fetzen vom Boden aufzulesen.
Alexandre und Marita ließen Lucien endlich los. Fragend ging Marita zu Georges hinüber. »Was ist hier eigentlich los? Wir hatten das so nicht verabredet.«
Georges sah hilfesuchend zu Alexandre, der nun an seiner statt antwortete. »Er hat um die Domaine gespielt in dem Wissen, dass sie ihm gar nicht mehr gehört«, gab der Anwalt stellvertretend zur Antwort. »Georges hat sie damals auf Lucien überschrieben. Und einklagen kann der Herr hier gar nichts. Die Veranstaltung ist illegal, also …« Er sah zu François hinüber und fuhr dann fort: »Dieses Spiel hat sozusagen nicht stattgefunden. Sie haben nichts gewonnen«, er nickte zu François, »und Georges hat nichts verloren.«
Georges lachte verschmitzt und holte den Scheck des Japaners hervor.
»Der ist dann wohl auch nichts wert«, sagte Marita, schnappte sich den Scheck und machte Anstalten, das Stückchen Papier ebenfalls zu zerreißen. Nun aber wurde der Senior ganz blass. Er riss Marita den Scheck aus der Hand.

»Um Gottes willen!«, rief Frédéric nun. »Der Japaner war echt!«
»Georges!« Marita war empört. »Wir hatten abgemacht, dass alles nur gespielt ist! Es sollte der große Bluff sein! Was wäre passiert, wenn der Japaner gewonnen hätte?!«
Georges, Frédéric, Alexandre und der Bruder von Babette lachten. »Unwahrscheinlich«, sagte Frédéric. »Aber wer nicht wagt, der nicht gewinnt.«
Lucien sah zu Marita. »Ich dachte, dass du besser auf ihn aufpasst.«
Marita schämte sich schrecklich und stammelte eine Entschuldigung. Aber Georges trat neben sie und legte einen Arm um Marita.
Lucien lächelte. »Tut mir leid, Marita. Ich habe es nicht so gemeint. Aber ich bin froh, dass du dich Ségolène anvertraut hast. Die hat mir alles erzählt. Und ich traue François nicht. Also bin ich hierher gerast. Völlig umsonst, wie es aussieht.« Dann stutzte er. Und blickte auf seinen Vater. Es schien ihm erst jetzt aufzufallen, dass dieser nicht im Rollstuhl saß. »Aber was…?« Er deutete verblüfft auf den Spazierstock.
Jetzt war es an Marita einzugreifen. »Das erklärt er dir besser unter vier Augen.« Damit schob sie die Männer zur Tür.
Beim Hinausgehen zog Babettes Bruder die Rolex von François aus der Hosentasche. »Ihre Uhr«, sagte er, »Sie können sie wiederhaben. Es ist übrigens eine Fälschung.«
François nahm die Uhr regungslos entgegen und sah den Männern zu, die einer nach dem anderen die Suite verließen. Marita aber blieb. Sie sah, wie noch immer Blut aus François' Nase tropfte, die nun auch dick und immer

dicker wurde, ebenso wie die Schwellung am Kinn. Lucien schien einen ordentlichen Wumms in der Faust zu haben. Sie aber ging ins Bad, nahm einen der kleinen Waschlappen und machte ihn nass. Dann füllte sie aus dem Kübel, in dem der Champagner stand, Eiswürfel in den Waschlappen und reichte ihn François.
Dieser nahm ihn wortlos entgegen und ließ sich dann auf einen der Stühle plumpsen.
Marita setzte sich ebenfalls. Sie schwiegen.
»Es tut mir leid«, sagte François irgendwann.
»Mir auch«, gab Marita zurück. »Ich wollte nicht, dass es so ausgeht.«
François stöhnte.
Marita kannte das. Zuerst war da nur der Schock, später kam der Schmerz. »Du solltest nur einen kleinen Denkzettel bekommen. Und aufhören, Georges zu erpressen.«
François nickte, schwieg aber weiter.
»In der Nacht, als du mir mit dem Mofa geholfen hast«, Marita hatte die Frage schon länger stellen wollen, »hast du da schon gewusst, dass ich bei den Lafleurs arbeite?«
»Nein.« François wollte den Kopf schütteln, aber das war keine gute Idee. »Ich wollte einfach nur helfen. Der Gedanke, dass da vielleicht etwas für mich rausspringt, kam erst später.«
Marita war erleichtert. »Du bist kein schlechter Mensch, François.« Jetzt sah er sie direkt an. »Und ich möchte dir danken, dass du mir so viel Schönes gezeigt hast. Nizza, die Ausflüge …« Dann fiel ihr noch etwas ein. »Und was ist mit den Kinderdörfern? War das auch …?«
François schüttelte nur stumm den Kopf. Auch das war eine Lüge.

Marita holte tief Luft und stand dann auf. »*Salut*, François.«
Jetzt grinste er ein klein wenig. Und sah so wunderbar jungenhaft aus, wie sie ihn stets erlebt hatte. »*Au revoir*, Marita.« Dann zuckte er mit den Schultern. »*C'est la vie.*«
Marita verließ die Suite, und ihr war ein bisschen schwer ums Herz.

Als sie unten in der prachtvollen Lobby stand, sah sie sich um. Von den Männern keine Spur. Sie beschloss, in der Bar nachzusehen. Tatsächlich saßen Lucien und sein Vater dort. Sie hockten am Tresen, nah beieinander, Lucien mit einem Glas Whisky, Georges mit Wasser. Der Senior tippte in sein Tablet, Lucien sah sehr konzentriert darauf, nickte und wischte sich immer wieder über die Augen.
Marita hoffte, dass Vater und Sohn sich die Zeit für eine gründliche Aussprache nahmen. Und sie fand, dass sie dabei fehl am Platz war. Stattdessen durchquerte sie wieder die Lobby und stöckelte auf ihren High Heels aus dem Hotel. Draußen stand einer der Portiers und fragte, ob er ihr einen Wagen holen solle. Aber Marita schüttelte den Kopf und ging schnurstracks geradeaus. Ihr Weg führte sie über die mehrspurige Promenade des Anglais zum Strand. Sie streifte die Pumps von den schmerzenden Füßen und zog auch die Kostümjacke aus. Der Sand war warm, massierte die Fußsohlen, eine Wohltat. Am Strand war es nicht mehr so voll, nicht zu dieser späten Stunde. Lange würde es nicht mehr dauern, dann würde die Sonne untergehen, die jetzt noch bleich und schwer wie eine Grapefruit über dem trägen Meer hing.
Marita ließ Schuhe und Jacke in den Sand fallen und lief ins

Wasser. Sie grub die Zehen fest in den feuchten Sand, dann wagte sie sich noch ein Stückchen weiter in die Wellen. Diese schlugen ihr nun bis zu den Knien, leckten am Rocksaum. Aber das war Marita völlig gleichgültig. Am liebsten hätte sie sich bäuchlings in die Fluten geschmissen. Eine Runde schwimmen, planschen, tauchen – einfach alles abwaschen, was sie heute belastet hatte. Die Anspannung, das Falsche, der Bluff.
Lange stand sie so, ihr Rock hatte sich mit Wasser so vollgesogen, dass er ihr an den Oberschenkeln klebte.
Als Marita sich irgendwann umdrehte, sah sie, wie Lucien den Boulevard überquerte. Er rannte auf sie zu, um ein Haar hätte ihn eines der Autos erfasst. Aber Lucien achtete nicht auf den Verkehr. Er hob eine Hand und winkte Marita zu. Mit einem Satz sprang er über die Balustrade der Promenade, überquerte den Strand und watete ins Wasser. In Hose und Schuhen.
»Marita«, sagte er, als er durch die Wellen auf sie zukam.
Sie lächelte. Und wollte etwas sagen, aber dazu kam sie nicht. Lucien war jetzt bei ihr, fasste sie an den Oberarmen und zog sie an sich. Und er küsste sie. Oh, er küsste sie so leidenschaftlich und lange und ohne ihr Einverständnis abzuwarten, dass Marita ein bisschen schwindelig wurde.
Sie schlang die Arme um ihn und erwiderte seinen Kuss, sie drückte sich an ihn und wäre am liebsten in ihn hineingekrochen, so sehr genoss sie die Intensität, seinen Geschmack, die Berührung seines Körpers.
Irgendwann war sie so erschöpft davon, dass sie sich einfach fallen ließ. Und Lucien fiel mit ihr. In voller Montur platschten sie ins Mittelmeer, tauchten unter, kamen wie-

der hoch, bespritzten sich mit Wasser, schwammen und gingen schließlich Hand in Hand ans Ufer zurück.
»Nächste Woche ist Fête du Jasmin«, sagte Lucien. »Ich hoffe, du bleibst noch.«
Er lächelte. Marita küsste ihn und schloss die Augen. Ja, dachte sie, ich bleibe.

Epilog

Monate später, im Winter

Der Landungssteg war vereist. Jede halbe Stunde kam ein Mitarbeiter der Wyker Dampfschiffs-Reederei und streute Salz und Kies. Aber die hohen Brecher, deren Gischt immer und immer wieder über den Asphalt leckte, spülten das Streugut sofort ins Meer und schoben neue Wassermassen über den Anleger. Marita wunderte sich, dass heute überhaupt noch Fähren verkehrten, starker Seegang und Windstärke sechs machten eine Überfahrt gewiss nicht zum Vergnügen. Sie zog sich den dicken Wollschal über die Nase und hauchte in das weiche Gewebe. Die Fähre, die aus Dagebüll kam, war noch ein gutes Stück weit weg, aber man konnte auch aus dieser Entfernung sehen, welche Mühe es dem Schiff machte, sich durch die grobe See zu kämpfen.
»Ist das die letzte für heute?«, fragte sie den Mann von der Reederei. Der nickte. »Kein Schiffsverkehr mehr. Nach Schlüttsiel fährt schon seit zwei Stunden keine Fähre mehr.« Nur zwischen Dagebüll, Wyk auf Föhr und Wittdün auf Amrum verkehrten die großen Autofähren. Sie lagen sicherer im Wasser als die kleineren Schiffe, die nach Schlüttsiel fuhren. Auch zwischen Sylt und Amrum war der

Schiffsverkehr eingestellt, das hatte ihr Vater Marita schon gesagt.
Lucien hatte also Glück, dass er noch auf die Insel kam. Hoffentlich war er seetüchtig, denn selbst auf den großen Schiffen wie der *Schleswig-Holstein* oder der *Uthlande* war dieser Seegang kein Vergnügen. Und es würde noch schlimmer werden, Hochwasser war erst in drei Stunden.

Marita war bereits seit zwei Tagen auf der Insel. Und sie würde noch weitere zwei Wochen bleiben. Davor war sie drei Tage in Husum gewesen. Hatte ihre Freunde und ihre ehemaligen Kollegen besucht und in ihrer kleinen Wohnung nach dem Rechten gesehen. Seit sie auf der Domaine lebte, hatte sie ihre Wohnung möbliert vermietet, für ein Jahr an zwei polnische Kolleginnen, die als Pflegerinnen im Krankenhaus arbeiteten.
Es war die beste Zeit im Jahr, um drei Wochen Urlaub zu nehmen. Auf der Domaine war im Winter wenig zu tun. Lucien hatte Marita viel beigebracht, sie sollte in der nächsten Saison die organisatorischen Aufgaben für ihn übernehmen. Die Arbeit des Wiegens, die Einteilung der Pflückerinnen, Abfüllung, Verpackung, Verschickung. Der Vertrag mit Chanel war zustande gekommen, und damit fiel einiges an zeitraubender Arbeit für Lucien weg. Da nun auch Marita mit ins Geschäft einstieg, hatte er wieder Muße, sich als Parfümeur zu betätigen. Peu à peu hatte er damit angefangen, sich in seinen Raum mit den Düften zurückzuziehen, und war manches Mal freudestrahlend und aufgeregt herausgekommen, hatte Marita ein Duftstäbchen unter die Nase gehalten und sie um ihre Meinung gefragt. Von seinem früheren Arbeitgeber, dem amerikanischen

Konzern, hatte er tatsächlich einen Auftrag erhalten, und das war auch der Grund, warum er Marita nur eine Woche nach Deutschland begleiten konnte.

Husum war schön gewesen, sie hatte sich furchtbar gefreut, alle wiederzusehen. Ein wenig Schmerz war auch dabei, sie würde immer Sehnsucht nach dem Norden haben, der schließlich ihre Heimat war. Sie genoss den Schnee, die Eiskristalle am Fenster, das Ziepen, wenn man mit der Nase Luft holte und dabei das Gefühl bekam, die Nasenlöcher frören zu. Ein richtiger knackiger Winter, der nach einem heißen Tee, Kuschelsocken, Sofa und einem dicken Buch schrie – oder nach einem Winterspaziergang in eisiger Kälte, den man, dick eingemummelt, in einem der gemütlichen Friesencafés beenden würde – das fehlte Marita. An der Côte d'Azur war der Winter eher halbherzig. Ein verfrorenes kleines Kerlchen, das sich nicht traute, die Muskeln spielen zu lassen. Dafür war der Sommer dort ein umso mächtigerer Machomann, der allen zeigte, in welch schwindelnde Höhen er die Temperaturen treiben konnte, ein richtiger Hau-den-Lukas.

Deshalb hatte sie sich wie ein kleines Kind gefreut, als sie in Hamburg aus dem Zug gestiegen war und alles unter einer weißen Schneekappe begraben gewesen war. Im Regionalexpress war Marita weiter nach Husum gefahren, wo sie für die drei Tage bei Babsi untergekommen war. Sophie war noch auf Reisen, aber sie hatte ihrer Mutter bereits aus Kalifornien mitgeteilt, dass sie nun wisse, was sie wolle: Meeresbiologie in Kiel studieren. Auch Sophie würde also nicht in die Husumer Wohnung zurückkehren.

Gleich am ersten Abend waren sie im *Glücklichen Matthias*

gestrandet. Annette hatte ausnahmsweise ihren ansonsten recht spaßbefreiten Mann mitgebracht, und Marita hatte Knut angerufen. Knut Meißen war ihr in den vergangenen Monaten immer mehr ans Herz gewachsen. Nach der Aktion im Negresco hatte sie sich ein Herz gefasst und ihm am Telefon reinen Wein eingeschenkt. Dass sie sich in Lucien verliebt hatte. Und dass sie nicht nach Husum zurückkehren würde. Jedenfalls nicht so schnell. Und Knut? Er hatte sich als guter Verlierer gezeigt. Schließlich, so meinte er, hatte er ja auch die schlechteren Karten, aus zweitausend Kilometer Entfernung konnte er seine Vorzüge nur schwerlich ins rechte Licht rücken. Er war auch der Einzige, der Marita nicht mit Bedenken kam, so wie beinahe alle anderen aus ihrer Heimat – außer Sophie natürlich. Ihre Eltern, ihre Freundinnen, alle stellten die gleichen Fragen: Was wirst du arbeiten? Wovon willst du leben? Was ist, wenn es nicht gutgeht? Bist du versichert? Gib deine Wohnung nicht auf, damit du jederzeit zurückkannst! Und dergleichen Bedenken mehr. Nur Knut hatte gesagt, dass er Marita bewundere. Dass er ihr alles Glück der Welt wünsche. Und dann hatten sie weiterhin jede Woche telefoniert. Wenn es mal Unstimmigkeiten zwischen ihr und Lucien gab, dann lächelte Lucien irgendwann und sagte: Ruf Knut an. Und das tat Marita dann auch.

Im Oktober war er zu Besuch gekommen. Knut hatte sich in Husum mit seiner Hündin Tilla ins Auto gesetzt und war gemächlich durch Deutschland, Österreich, die Schweiz und Italien getuckert, bis er schließlich in Grasse angekommen war. Lucien und er hatten sich auf Anhieb verstanden. Eine Woche war Knut in Grasse geblieben, und Marita hatte sich wie verrückt gefreut, Besuch aus der Heimat zu haben.

Wieder Deutsch sprechen zu können. Sie hatten Wanderungen und Ausflüge unternommen und jeden Abend mit Lucien und Georges, manchmal auch mit Ségolène und Gilbert, auf der Terrasse des Hauses gesessen und geklönt.
Das Wiedersehen im *Glücklichen Matthias* war also herzlich und sehr feuchtfröhlich ausgefallen. Das herbe Bier hatte Marita ein bisschen zu sehr geschmeckt, und der Aquavit zum Schluss war vielleicht auch keine so gute Idee gewesen. Aber es war ein Abend gewesen, wie sie ihn schon lange nicht mehr erlebt hatte: laut, ausgelassen, rauchgeschwängert und bierselig. Nach Mitternacht hatte Hauke, der Wirt, den Aquavit gebracht und mal wieder die größten Hits der Achtziger bis zum Anschlag aufgedreht. Sie hatten getanzt und waren schließlich, wie sie es früher so oft getan hatten, alle nebeneinander untergehakt, durch die dunklen Straßen Husums nach Hause getorkelt.

Und jetzt stand sie hier und wartete auf Lucien. Sechs Tage hatten sie sich nicht gesehen, und schon hatte Marita Sehnsucht nach ihm. Nach diesem stillen und feinen, sensiblen und emotionalen Mann. Noch nie war sie mit jemandem zusammen gewesen, der so war wie Lucien. Empfindsam, aber nicht empfindlich. Humorvoll, aber nicht lustig. Still, aber nicht langweilig. Marita hatte in den vergangenen Monaten gemerkt – und es genossen –, dass Lucien nicht nur mit einem außergewöhnlichen Geruchssinn begabt war. Alle seine Sinne waren besonders fein ausgeprägt. Lucien war in der Lage, Missstimmungen und falsche Töne früher als andere wahrzunehmen, deshalb spürte er immer sofort – oft noch vor Marita –, wenn etwas nicht stimmte. Das irritierte sie zwar, half aber auch, Konflikte zu vermeiden. Manchmal verglich Marita Lucien mit einem Hund, einem freundlichen Hund, der sofort witterte, wenn etwas nicht in Ordnung war.

Marita dagegen war nicht unsensibel, aber sie bretterte durchaus darüber hinweg, wenn Lucien in zweifelnder Stimmung war. Und auch das hatte seine Vorteile. Schon manches Mal hatte sie ihn aus der Düsternis geholt und mit ihrer Fröhlichkeit und Unbefangenheit mitgerissen.

Die Fähre kam immer näher, stampfte und rollte durch die schlammbraun aufgewühlte Nordsee. Marita konnte jetzt erkennen, dass es die neue *Rungholt* war, Stolz der Flotte. In der Saison war das Deck immer voll mit freudig erregten Urlaubern, die es nicht erwarten konnten, ihre Lieblingsinsel endlich zu betreten. Nicht so bei diesem Wetter. Ein einziges kleines Männlein stand an der Reling des Aussichtsdecks und trotzte dem Sturm. Marita winkte auf gut Glück, und der mutige Mensch dort oben winkte zurück. Ob es Lucien war? Marita blies in ihre Hände, die trotz der Handschuhe eiskalt waren.

Das Anlagemanöver war abenteuerlich. Der Kapitän bewies unendlich viel Geduld und Geschick, aber die Wellen waren auch im Hafenbereich so hoch, dass die Fähre immer wieder an die hölzernen Verschalungen und die großen Stahlträger der Landungsbrücke stieß. Schließlich aber lag sie in der richtigen Position fest, die Ladeklappe bewegte sich nach unten, und die ersten Pkws fuhren auf die Insel. Erst danach kamen Fußgänger und Radfahrer. Ein versprengtes Häuflein nur, im Sommer drängten sich Massen über den Landungssteg auf die Insel.

Sie sah ihn sofort. Lucien trug einen dicken Schal und eine

dicke blaue Strickmütze, fast sah er wie ein echter Küstenbewohner aus, wäre da nicht sein südlicher Teint gewesen. Er grinste breit, als er sie sah.
»Willkommen bei den Eskimos«, grüßte Marita lächelnd und stupste mit ihrer Nase an seine.
»Hallo, Walfängerstochter«, gab Lucien zurück, und dann küssten sie sich. Einmal und dann gleich noch einmal, zum Aufwärmen, wie Lucien sagte, und dann bestand er auf einem dritten Mal als Vorbeugung gegen das Erfrieren.
Schließlich, als auch der letzte Wagen die Fähre verlassen hatte, gingen sie zum Auto, das sich Marita von ihren Eltern geliehen hatte, und verstauten sein Gepäck.
»Ich soll dich von meinem Vater grüßen«, sagte Lucien, als er ins Auto stieg. »Und du sollst bitte sehr schnell zurückkommen.«
»Wie geht es ihm?«
»Er ist des Todes.« Lucien machte ein betrübtes Gesicht. »Babette zwingt ihn zur Physiotherapie. Und schleppt ihn zum Logopäden.«
Sie lachten beide. Georges Lafleur fürchtete sich vor Babette, aber trotzdem hatte Marita die Freundin als ihren Ersatz engagiert. Nun kam Babette einmal am Tag aus Nizza hergefahren und kümmerte sich um Georges. Viel Hilfe brauchte er nicht, aber alle fühlten sich besser, wenn er in Maritas Abwesenheit jemanden hatte, der sich mit ihm beschäftigte. Babette Babajou war gnadenlos, aber in ihrem Job hervorragend.

Marita lenkte den Wagen durch Wittdün und dann die Inselstraße entlang über Süddorf nach Nebel. Lucien sah interessiert aus dem Fenster, während Marita ihm erläuterte,

was er sah. Die *Blaue Maus,* die beste Bar auf der Insel und fest im Plan für die kommende Woche, die Dünen, der Leuchtturm, die Mühle. Marita konnte gar nicht aufhören zu erzählen, und sie konnte es noch weniger erwarten, Lucien alles zu zeigen. Ihre Eltern hatten ihr und Lucien eine der Ferienwohnungen überlassen, etwas außerhalb von Nebel, am Watt. So lieb Marita ihre Eltern hatte, wusste sie doch, dass es irgendwann unweigerlich Missstimmungen geben würde, wenn sie die ganze Zeit unter ihrem Dach wohnte. Außerdem wollte sie mit Lucien ungestört sein.
»Wir sind zum Abendessen bei meinen Eltern eingeladen«, teilte sie ihm jetzt mit, während sie die Wohnung aufschloss. »Es gibt selbstgemachte Sülze vom Salzwiesenlamm und Bratkartoffeln.«
Lucien guckte etwas ratlos. Marita hatte die Worte auf Deutsch gesagt, sie wusste weder, was »Sülze«, noch, was »Salzwiese« auf Französisch hieß. »Egal«, lachte sie, »es wird dir schmecken.«
Lucien betrat hinter ihr die Wohnung. Es war warm und gemütlich, auf dem Tischchen neben dem Sofa stand eine Kanne Tee auf dem Stövchen, daneben Kekse, Kandiszucker und Tassen. Er riss sich Mütze und Schal herunter und streifte die Jacke ab. »Was heißt abends?«
Marita zuckte mit den Schultern. »So gegen sieben?«
Er sah auf die Uhr. »Dann haben wir ja noch Zeit.« Lucien zog Marita an sich, küsste sie und schob sie dabei ins Schlafzimmer.

Es war noch immer Zeit bis zum Treffen mit ihren Eltern, aber Marita hatte Lucien gezwungen, die Wohnung schon vorher zu verlassen und mit ihr einen kleinen Spaziergang zu machen. Sie brannte darauf, ihm ihre Entdeckung zu zeigen. Das heißt, eigentlich war es die Entdeckung ihrer Mutter gewesen. Ganz aufgeregt hatte sie Marita vor Weihnachten in Südfrankreich angerufen und davon erzählt. Marita hatte es kaum glauben können, aber natürlich hatte sie sich an die Sache erinnert, jeder Amrumer kannte die Geschichte. Sie hatte einfach nicht mehr daran gedacht.

Jetzt gingen sie auf den alten Friedhof an der Nebler Kirche. Das Licht war schon schwach, aber man konnte, wenn man sich anstrengte, die Inschriften auf den Grabsteinen noch entziffern. Die alten Steine waren eine der Touristenattraktionen von Amrum, es gab Bücher darüber, und der Inselchronist hatte ihre Geschichte detailliert erforscht.

Marita ging zielstrebig an der Reihe der großen, kunstvoll behauenen Steine entlang. Die auffallendsten waren aus dem 17. bis 19. Jahrhundert, in verschlungenen Lettern erzählten sie vom Leben und Sterben derer, deren Gräber sie zierten. Die Sandsteingiebel waren häufig mit in den Stein gehauenen Schiffen verziert, Zeichen für das Leben auf See, das der Tote geführt hatte.

Der Grabstein, um den es Marita ging, war sowohl auf der Vorder- als auch auf der Rückseite eng beschrieben. Offenbar hatte der Tote, für den der Stein gedacht war, ein aufregendes Leben geführt.

Lucien sah sich die Arbeit interessiert an und war sichtlich beeindruckt – aber auch verwirrt. Er konnte die Inschrift nicht entziffern. Marita las stolz vor. Zwar konnte auch sie nicht jeden der verwitterten Buchstaben lesen, zumal die Schrift alt war, aber sie kannte den Text mittlerweile auswendig.

»Seliger Bo Ricklefs, daselbst geboren auf Amrum. Anno

18. April 1725. Zur See gefahren in seinen jungen Jahren. Zum türkischen Meer und Afrika, von den Spaniern und zu den Griechen ihn sein wundersamer Weg geführet. Bis er gestrandet in der Bucht von Frankreich und sein Leben fürderhin als Kaufmann gefristet. In Grasse in den heiligen Stand der Ehe getreten und drei Kinder gezeuget. Darob Handel getrieben und zu Wohlstand gelanget. Anno 1789 als Witwer glücklich auf seinem Vaterland angelanget. Im Jahre 1796, den 13. Dezember ihn der Herrgott gnädig zu sich genommen hat.«

Dann versuchte sie, das Ganze noch einmal ins Französische zu übersetzen.

Lucien sah erst sie, dann den Grabstein ungläubig an und versuchte, darauf etwas von dem, was Marita vorgetragen hatte, wiederzuerkennen.

»In Grasse?«, fragte er. »Ist das sicher?«

Marita nickte. »Ja. Er ist ganz schön weit herumgekommen. Für einen Amrumer. Die meisten waren damals Grönlandfahrer.«

Lucien konnte es noch immer nicht glauben. »Und?«, fragte er. »Seid ihr verwandt?«

»Ich weiß es nicht. Aber ich stelle es mir gerne vor.« Marita strahlte stolz. »Wär doch schön, oder?«

Lucien sah sie verliebt an. »Madame Richlesse«, sagte er in dem Bemühen, den Namen Ricklefs auszusprechen. »Hört sich schön an.«

Dann nahm er ihre Hand, und gemeinsam legten sie die Rose, die Marita mitgebracht hatte, auf Bo Ricklefs' Grab.

Nachbemerkung

Noch nie habe ich mir so sehr den Duftcomputer gewünscht wie bei diesem Buch. Als ich ein junges Mädchen war, kam die Idee des Duftkinos auf: Man bekam zum Film ein Kärtchen und musste an Stellen, auf die im Film hingewiesen wurde, die entsprechende Stelle auf dem Kärtchen freirubbeln. Dann stieg einem der Duft zum Film in die Nase. Das war nicht immer angenehm, und diese Idee konnte sich – verständlicherweise – nicht durchsetzen.

Dennoch: Bei meiner Recherche hätte ich mir allzu oft ein solches Kärtchen gewünscht! Ich bin durch Blumenfelder und Parfümlabore gesurft, habe »Nasen« bei ihrer Arbeit zugesehen und beobachtet, wie edle Parfüms in ausgefallene Flakons abgefüllt werden. Die Welt der Düfte ist voller großer Namen, die Erinnerungen hervorrufen, und wie gern hätte ich die berühmten Düfte dann sofort in der Nase gehabt! Bestimmt war die Recherche zu diesem Buch eine der freudvollsten, die ich jemals gemacht habe.

Dass ich mit diesem, meinem fünften Roman in die Welt der Düfte eintauchen durfte, hat eine besondere Bedeutung für mich. Vier Romane haben an der Nordsee gespielt,

in vier Romanen bin ich an den Ort meiner Sehnsucht gereist. Aber dennoch hatte ich das Gefühl, dass ich sehr gerne einen Ortswechsel unternehmen wollte. Es ging mir wie Marita, die ihre Heimat über alles liebt und trotzdem Sehnsucht nach Veränderung hat.
Dass ich nun mit einer Geschichte nach Südfrankreich reisen durfte, verdanke ich Christine Steffen-Reimann und Steffen Haselbach, die mir das Vertrauen geschenkt haben, dass ich nicht nur in der Nordsee schwimmen kann. Aber wie man sieht: Ganz ohne Friesland geht es noch nicht …

Marie Matisek im Sommer 2015